Katherine Center est originaire du Texas. Ses romans inspirants, récompensés par de nombreux prix littéraires et traduits dans le monde entier, mettent en scène des personnages qui tombent et se relèvent, qui traversent des épreuves sans jamais cesser de savourer les petits bonheurs de la vie. Quand elle n'est pas occupée à écrire, Katherine Center donne des conférences sur le pouvoir de la fiction. Elle vit à Houston avec son mari, ses deux enfants, et leur chien féroce sous ses airs de peluche.

De la même autrice :

La Vie rêvée de Margaret
(Prix des lectrices)
La Vie à portée de main
Le jour où mon cœur a pris feu

CE LIVRE EST ÉGALEMENT DISPONIBLE
AU FORMAT NUMÉRIQUE

www.editions-hauteville.fr

Katherine Center

La Vie à portée de main

Traduit de l'anglais (États-Unis) par Nathalie Guillaume

Hauteville

Hauteville est un label des éditions Bragelonne

Titre original : *The Lost Husband*

Publié avec l'accord de Ballantine Books,
une marque de Random House, département de Penguin
Random House LLC.

ISBN : 978-2-38122-018-5

Bragelonne – Hauteville
60-62 rue d'Hauteville – 75010 Paris

E-mail : info@editions-hauteville.fr
Site Internet : www.editions-hauteville.fr

À mes adorables enfants, Anna et Thomas, qui m'ont donné une toute nouvelle compréhension de l'amour.

Chapitre premier

Mon mari était mort depuis trois ans quand j'ai essayé de le contacter pour la première fois.

À ce moment-là, notre maison était vendue depuis longtemps, j'avais donné tous ses costumes, et son alliance se trouvait dans un coffre-fort. Je ne conservai qu'une boîte à chaussures remplie d'objets sans intérêt : un bouton de chemise, une vieille liste de courses, son permis de conduire, ses clés de voiture, un gribouillage qu'il avait dessiné sur un Post-it. C'étaient là toutes les choses de Danny auxquelles je m'étais raccrochée : une boîte à bazar.

Ça et, bien sûr, ses enfants.

Petit à petit, j'avais laissé notre ancienne vie derrière moi – même si j'imagine qu'on pourrait affirmer qu'elle m'avait laissée en premier –, et à présent j'étais aux derniers stades précédant un redémarrage à zéro, ce qui impliquait, pour ma petite famille bancale, de quitter la ville. Ainsi, dans la chaleur texane de ce matin du nouvel an, je suivais un ruban d'asphalte partant vers la campagne, vérifiant et revérifiant mon itinéraire pendant que les enfants se donnaient des coups de baguette magique sur la banquette arrière de notre camionnette.

— Hé ! dis-je en capturant leurs regards dans le rétroviseur. Elles sont prévues pour lancer des sorts, pas de coups ! Ou sinon…

C'était à peu près la dixième fois que je les menaçais de confisquer les baguettes. Un peu faible, en termes d'éducation, je le savais. J'aurais dû leur retirer dix sorties plus tôt – pas de secondes chances. Mais je n'avais pas envie d'endurer le drame qui s'ensuivrait immanquablement. Je voulais que la menace suffise.

Nous arrivions à la place publique d'Atwater, Texas. Une ville à deux heures de Houston en bordure du pays des collines, que je n'avais jamais visité et dont je n'avais jamais pensé grand-chose. La limitation de vitesse se renforçait tandis que nous approchions, et aux champs vallonnés qui nous entouraient depuis que nous avions quitté l'autoroute succédaient maintenant des magasins d'alimentation animale de la taille de granges, des motels en parpaing et des fast-foods. Je baissai les yeux pour revoir ma dernière étape : contourner le tribunal, puis à droite sur la départementale 2237, connue par les gens du coin, apparemment, comme la route de l'Arbre fendu.

Nous commencions, ne cessais-je de dire aux enfants d'une voix qui sonnait faux même à mes oreilles, « une aventure ». Bien que, en vérité, en s'installant à Atwater, il s'agissait beaucoup moins d'un commencement que d'une fin. Car les épreuves s'étaient enchaînées, l'année suivant la mort de mon mari – découvrir qu'il avait dépensé toutes nos économies, par exemple, et encaissé son assurance vie –, la plus difficile, et de loin, ayant été de devoir emménager avec ma mère.

Nous avons vécu dans son appartement pendant deux années passives-agressives durant lesquelles j'ai subi des jugements à perte de vue sur ma façon d'élever mes enfants, ma silhouette, mes rides, mon processus de deuil, ma coupe de cheveux et ma *joie de vivre* jusqu'à ce que, de manière inattendue, je reçoive une lettre de la fameuse sœur cinglée de ma mère me proposant un travail et un endroit où loger.

Dans sa ferme – elle élevait des chèvres. À Atwater. Quelque part au sud-est de San Antonio.

À présent, moins d'une semaine plus tard, il me semblait que nous échangions un type de folie contre un autre – tout en espérant en dépit de tout une légère amélioration.

Ce matin-là, le trajet depuis Houston ne se résuma donc pas au bitume séparant deux villes. Nous passions de notre ancienne vie à la nouvelle. Toute la matinée je l'avais senti – l'*énormitude* de l'événement – comme un papillonnement nerveux dans la poitrine, assise bien droite dans le siège conducteur, agrippant le volant des deux mains comme une apprentie conductrice au garde-à-vous.

Enfin, autant qu'on peut l'être avec deux enfants à l'arrière qui se flanquent des coups de baguette sur la tête. Parce que, au moment même où la route nous menait à un panneau « stop » de la place publique et où je prenais ma respiration à hauteur du tribunal du comté qui se dressait devant nous comme un château Disney, mon fils frappa sa sœur une fois de plus sur la tête avec sa baguette et, lorsqu'elle cria, je freinai et me tournai entièrement pour être face à eux.

— Arrêtez ça ! ordonnai-je en leur lançant mon regard le plus sévère. La prochaine fois, je balance les baguettes par la vitre.

Ils inclinèrent un peu la tête et se tinrent tranquilles.

— Compris ? demandai-je.

Ils acquiescèrent tous les deux.

Juste quand je me retournais, j'entendis un homme sur le trottoir hurler :

— Hé ! Attention !

Je relevai les yeux, mais ce n'était pas moi qu'il interpellait. C'était quelqu'un sur le passage piéton devant nous – et au même moment où j'en pris conscience, je m'aperçus que ma voiture n'était pas totalement arrêtée. En me retournant dans mon siège, j'avais relâché la pression de mon pied sur le frein, et nous roulions en avant.

J'écrasai la pédale à temps pour voir une fille debout sur les clous, directement devant ma voiture. Elle aussi avait tourné la tête au cri, et se tenait les mains tendues vers le capot, comme si elles avaient pu la protéger, à la seconde où nous faisions halte en vacillant, dans un crissement de pneus, à moins de cinq centimètres de ses genoux. Elle regarda droit dans mon pare-brise, et nous nous observâmes fixement, plus longtemps que je n'avais jamais soutenu un regard auparavant.

Je me mis au point mort, mais avant même que je sois sortie de la voiture, l'homme qui avait crié à notre intention apparut sur le passage piéton et attrapa la fille par les épaules. Et voilà tout ce que je vis quand je bondis de mon siège conducteur et que j'arrivai à côté d'eux : son visage confus, et un type aux cheveux blancs avec une sirène tatouée sur l'avant-bras. Il criait.

— Bon Dieu, Sunshine ! Regarde où tu vas !

Elle le chassa de la main.

— Ça va, dit-elle. Je vais bien.

Puis il se tourna vers moi.

— Vous l'avez presque tuée !

J'étais hors d'haleine.

— Je suis désolée ! Je pensais avoir mis mon frein ! Mes enfants se disputaient ! Je suis levée depuis 5 heures du matin !

— Écrasée par une camionnette, dit la fille, Sunshine, comme si nous lisions des gros titres. Ce n'est pas comme ça que je préférerais mourir.

— Non, concédai-je. Bien sûr que non.

— Tuée par un camion de glace, peut-être, poursuivit-elle en haussant les épaules, comme si cette suggestion était plus acceptable. Ou un jet-ski, proposa-t-elle encore en baissant les yeux vers les bandes blanches sur la chaussée. Peut-être dans un accident de parapente.

Dans la camionnette, mes enfants avaient repris leur duel comme si de rien n'était. Je percevais le mouvement des baguettes et les cris. Des voitures s'alignaient derrière moi. J'étais sur le point de prendre congé quand elle claqua des doigts, planta son regard dans le mien et pointa un index sur moi.

— Une attaque de requins ! dit-elle.

Ce brainstorming sur le meilleur titre pour la mort de cette fille était bizarre. Mais il paraissait également impoli de lui refuser quoi que ce soit. Alors je jouai le jeu :

— Oui ! lançai-je avant de hocher vigoureusement la tête. Tellement mieux qu'une camionnette.

Cependant, elle voyait que je simulais. Elle laissa retomber sa main et la fourra dans sa poche.

— Je suis tellement désolée, dis-je de nouveau.

— Ne vous en faites pas.

Je me rendis alors compte que le type tatoué m'étudiait.

— Est-ce que vous êtes qui je pense ? me demanda-t-il.

— Hum. Qui pensez-vous que je sois ?

— Êtes-vous la nièce de Jeannie ?

C'était si étrange qu'il sache cela. Et je n'avais jamais entendu de ma vie ma tante se faire appeler Jeannie, encore moins avec autant d'affection. Mais il me tenait.

— Oui, dis-je. C'est moi.

Alors il fit la chose la plus insolite. Il s'avança pour me serrer dans ses bras. Fort. Une bonne grosse embrassade texane.

— Bienvenue à Atwater, dit-il quand il finit par me lâcher.

Je n'étais pas certaine de ce que je devais dire. Sunshine se détournait pour partir. Nous étions sur la route depuis trop longtemps. Au même instant, le chauffeur du camion derrière nous commença à s'impatienter. Il klaxonna. Le bruit nous fit tous sursauter et réveilla Sunshine. Elle fit volte-face et sembla me voir pour la première fois – presque me reconnaître, même. Elle revint vers moi, me prit la main une seconde et promena ses yeux sur mon visage.

— Ce mari que vous avez perdu…, dit-elle, tout à coup. Je peux le trouver pour vous.

Ce mari que j'ai perdu.

Le jour où je l'ai perdu, nous nous étions disputés.

J'avais rêvé qu'il me trompait avec – et je ne plaisante pas, là – une trapéziste de cirque. Dans le rêve, je les surprenais en train de prendre un café chez Starbucks. Il portait sa cravate bleu glacier, ma préférée, et elle un justaucorps couleur chair à sequins au décolleté plongeant. Inutile de préciser qu'elle était plus jolie que moi. Sans aucun doute plus souple. Et bien plus scintillante.

Danny ne comprenait pas mon énervement.

— C'était un rêve, ne cessait-il de dire. Ce n'était pas réel.

— Ça l'était pour moi.

Il se préparait pour aller travailler – la serviette autour de la taille, se rasant devant le lavabo. Ma fille Abby, alors âgée de quatre ans, dormait encore, tout comme son petit frère, Theodore, *alias* Tank. J'entendais leurs respirations distinctes sur leurs babyphones respectifs.

Au départ, Danny trouva le rêve amusant.

— Comment sais-tu que nous avions même une liaison ? dit-il. Peut-être que je voulais juste une leçon de trapèze.

Sous mon peignoir, je portais toujours la babiole en dentelle que j'avais enfilée la veille dans l'espoir d'amorcer une nuit d'amour. Celle-là même dans laquelle je m'étais endormie avant qu'il arrive à la maison, en vérité. Mais, pour sa défense, j'étais au tapis à 20 h 30.

— Crois-moi, dis-je. Tu voulais bien plus que des leçons de trapèze.

— Tu n'en sais rien, rétorqua-t-il.

— Si, je le sais. Parce que j'étais là.

Danny croisa mon regard dans le miroir.

— C'est un point crucial, dit-il. Car je n'y étais pas.

Il avait raison. Je haussai les épaules.

— Ça m'a juste anéantie de vous voir, OK?

Danny prit une inspiration.

— S'il te plaît, dis-moi que tu n'es pas réellement en colère pour quelque chose que tu as imaginé pendant que je dormais profondément à côté de toi.

— Je sais que ça paraît dingue..., commençai-je.

— Ça ne paraît pas seulement dingue, dit-il d'une voix qui se durcissait. En fait, *c'est* dingue.

Je baissai les yeux.

— Et si je faisais un rêve insensé à ton sujet? poursuivit-il, poussant son avantage. Et si je me réveillais un matin fumant de rage parce que tu avais cramé la maison? Ou bousillé la voiture? Ou acheté un tigre pour animal domestique? Et qu'ensuite je me trimballais toute la journée en te le reprochant?

— Un point pour toi, admis-je.

Ce n'était pas la première fois que je faisais un tel rêve sur Danny. En fait, nous avions élaboré toute une théorie sur la façon dont ma mère négligente, qui était un jour partie avec le camion de déménagement avant de s'apercevoir qu'elle m'avait laissée derrière elle, m'avait insufflé une peur de l'abandon. Mais cela ne semblait pas beaucoup changer dans la pratique. Je continuais de m'attendre à ce qu'il me quitte. Et rien qu'il puisse faire – y compris ne *pas* me quitter invariablement depuis huit ans – ne parvenait à me convaincre du contraire.

Ça le dérangeait. Après un moment, ça le dérangea vraiment. Parce que c'était un chouette type, et qu'il en avait assez d'être traité comme un voyou.

Le problème était, sous certains angles – et nous en avions discuté aussi –, qu'il *était* un si chouette type. Il était exactement le type que j'avais toujours espéré. Il était drôle, affectueux, il aidait pour la vaisselle. Mais le souci, quand vous obtenez ce que vous avez toujours voulu, c'est qu'une fois que vous l'avez, il ne vous reste qu'à craindre de le perdre. Et plus vous réprimez cette peur, plus elle ressort de curieuses manières. La peur des cambrioleurs, par exemple. Ou des catastrophes naturelles. Ou des trapézistes.

Ma vie avant Danny – ou peut-être était-ce juste ma mère – m'avait appris à m'attendre au pire. Et pourtant, le pire ne semblait jamais se produire. Alors, environ quatre fois par an, je me mettais en colère contre Danny pour quelque chose que j'inventais.

Pour ma défense, les rêves peuvent être très réels à leur façon.

— Mais, repris-je – et là, nous arrivions au cœur du sujet –, tu es toujours amoureux. De moi, je veux dire. N'est-ce pas ?

C'était une question vulnérable, stupide – une question que je me sentais même ridicule de poser. Une question qui offrait un éventail de bonnes réponses possibles de la largeur d'un rasoir. Et tandis qu'il fermait les yeux en les plissant d'irritation, je sus avec certitude qu'il la prendrait mal.

Il se retourna.

— Bon Dieu, ça vient d'où, ça ?

Je n'aurais pas pu lui répondre même si j'avais essayé. Peut-être du fait qu'il travaillait douze heures par jour depuis plus d'un an. Ou de ce qu'il avait toujours l'air pressé de se rendre ailleurs. Ou du fait que sa vie se compose à quatre-vingt-dix pour cent de trucs d'adultes, et la mienne à quatre-vingt-dix pour cent de trucs de gamins, et que je ne savais plus vraiment où nos existences se chevauchaient. Je ne pensais pas sérieusement qu'il avait une liaison. Toutefois, quelques paroles rassurantes auraient été bienvenues. Voire appréciables.

Mais ce fut alors qu'Abby se réveilla, et nous entendîmes son cri, amplifié dans le babyphone :

— Est-ce que c'est déjà le matin ? Allô ? C'est le matin ?

Cela réveilla ensuite son frère, ce qui enclencha les rouages de nos routines matinales – les enfants et moi qui descendions pour petit déjeuner de flocons d'avoine agrémentés de rondelles de banane, et Danny qui passait furtivement devant nous plus tard dans son costume, marquant une pause juste assez longue pour embrasser nos trois fronts sur son chemin vers la voiture. Honnêtement, je ne savais pas vraiment si nous étions toujours fâchés ou pas après son départ. Et à midi ce jour-là, j'avais déjà laissé plusieurs messages vocaux où je m'excusais et demandais si c'était OK entre nous.

— Je vérifie juste, dis-je en substituant une voix chantante à de la véritable bonne humeur.

J'étais allée à Gymboree, j'avais fait de la salade de fruits et des macaronis au fromage pour le déjeuner, déposé Abby à son atelier d'art et couché Tank pour sa sieste de l'après-midi avant d'avoir reçu la moindre réponse. En fin d'après-midi, un texto de Danny arriva enfin.

On est OK. Te vois au dîner.

Mais je ne le vis pas au dîner. Ce soir-là, alors que Danny s'engageait sur une voie d'accès très fréquentée après être allé récupérer Abby, un pick-up lancé à toute vitesse a percuté sa Jeep. L'impact fut si violent que la voiture fut instantanément compressée comme un pot de yaourt. Et le fémur d'Abby fut si finement broyé qu'elle en garde encore des séquelles – elle boite encore légèrement. Danny perdit conscience sur la route de l'hôpital, et ce texto fut notre ultime conversation. Un texto auquel j'avais décidé – dans un moment que j'allais regretter éternellement – de ne même pas répondre.

Trois années s'étaient écoulées depuis. Trois absurdes années. Et j'allais bien. En vérité, j'étais parvenue, sans savoir comment, à poursuivre, comme on est censé le faire dans ces circonstances, paraît-il.

Mais ce n'est pas tout à fait exact. Je n'avais pas tant poursuivi que suivi le mouvement. Tout ce que j'avais vraiment fait, c'était rester dans le courant du monde vivant – quelque chose qui relevait moins d'un choix que d'un manque de choix –, en le laissant me porter.

Trois ans, c'est long. En trois ans, nos enfants étaient passés de deux et quatre ans à cinq et sept ans. De bébé joufflu, Tank était devenu un *garçon* maigre et longiligne. Abby avait perdu quatre des dents de lait qu'elle avait si péniblement fait pousser, commencé à lire des romans jeunesse et laissé ses cheveux bruns pousser jusqu'à la taille – sans parler de tous les efforts qu'elle avait fournis pour guérir sa jambe blessée. L'accident et ses séquelles avaient intégré le passé, et aucun des deux ne gardait le souvenir de son père au-delà d'une photo, ou peut-être d'une sensation.

À dire vrai, je ne me souvenais pas de lui aussi bien qu'à une certaine époque non plus. Le tranchant du deuil avait cédé la place à une douleur sourde, que j'avais longtemps interprétée comme une réaction à la perte. Même si, au cours des derniers mois, j'avais commencé à suspecter que la douleur ne venait plus tant de la perte que de l'endroit où l'on se situe. Le mien, en particulier, et sa proximité avec ma mère. Qui avait ses bons côtés, mais, comme on dit, qu'il fallait aussi se farcir.

Emménager avec elle avait paru raisonnable après avoir perdu notre maison. En fait, cela avait semblé être la seule option à ce moment-là. Il apparut que Danny avait fait de mauvais investissements sans m'en parler, et qu'ensuite – toujours sans m'en parler – il avait utilisé nos économies et son assurance vie pour arranger la situation. Ce qui se serait bien résolu s'il avait vécu, car il était doué pour gagner de l'argent et avait un plan, à en juger par ses papiers, pour tout remettre en ordre. Au lieu de ça, il est mort. Et je me retrouvai avec une maison que je ne pouvais pas payer, pleine de choses que je ne pouvais pas conserver.

Et donc, en l'espace d'un an, j'avais tout vendu, petit à petit, et pris un poste d'employée de banque, la meilleure position possible avec ma licence de maths après des années en tant que mère au foyer. J'avais aussi retiré les enfants de leurs écoles huppées et m'étais résignée au canapé de l'appart de ma mère afin qu'ils puissent avoir la chambre d'amis.

Je tenais le coup la journée en me concentrant sur les menus détails : les paniers-repas, les feuilles de permission, les listes de courses, les factures à payer. Avoir une vue d'ensemble ne m'intéressait pas. Je gardais la tête baissée et les yeux rivés uniquement sur ce qui se présentait devant moi. Tout le reste m'étourdissait. J'étais en vie, même si je n'appelais pas ça *vivre*.

Le soir où la lettre de ma tante Jean arriva chez ma mère, celle-ci était en train d'essayer de me convaincre de me faire faire des mèches. On était quatre jours après Noël, mais elle avait déjà replié le faux sapin et rangé la guirlande.

— Juste illuminer un peu autour du visage, disait-elle. Une femme ne devrait pas avoir l'air d'âge moyen à trente-trois ans.

Je ne répondis pas.

— Ou tu pourrais y aller à fond et redevenir blonde, comme quand tu étais petite. (Elle eut une petite moue affectueuse.) Je déteste te voir châtain clair.

J'étais encore dans ma jupe et mon chemisier, à faire la vaisselle après avoir passé toute une journée debout au travail, préparé le dîner et couché les enfants. Je remplis l'évier d'eau savonneuse.

Ensuite, elle commença à me soutenir que j'avais besoin d'un homme. C'était son projet depuis le début – me virer de son appart *via* le Nouveau Mari Express.

— Il faut qu'on te dégote un soutien financier, aimait-elle dire.

Je répondais :

— Je ne suis pas le type de femme qu'un soutien financier recherche, maman.

— Tu ne l'es plus, concéda-t-elle. Mais nous pourrions te remettre en état ! Tu étais assez jolie, avant.

— Maman, je ne veux pas parler de ça.

— Pourquoi pas ? Je paierai.

Je fermai les yeux.

— Et alors quoi ? Je ferai la tournée des bars pour aller à la pêche au mari ?

— Si tu y es obligée. Oui.

— Et qu'est-ce que je suis censée faire avec les enfants ?

— Chérie, c'est pour ça qu'on a inventé la télévision.

— Vraiment ? dis-je. (J'avais une telle migraine…) C'est pour *ça* qu'on a inventé la télévision ?

Elle se moquait des détails.

— Libby, j'essaie d'aider. Je ne veux simplement pas que tu commettes les mêmes erreurs que moi.

C'était trop méchant, mais je rétorquai malgré tout :

— Maman, si je passe toute ma vie d'adulte à courir après les hommes en négligeant mes enfants, je *commettrai* les mêmes erreurs que toi.

Vrai. Et alors ? Alors, elle avait renoncé à des amitiés, à un travail important et même à sa relation avec sa fille unique, pour enchaîner les déceptions et trois époux différents. Qu'allait-elle faire à présent ? Y voir clair ? Changer le passé ? S'atteler à tisser une riche tapisserie de rapports humains satisfaisants et variés ? Bon Dieu, non. Elle allait jouer au golf avec son petit ami, Jerry. Avec un détour en chemin pour une giclée de Botox.

Ma mère cligna les yeux.

— Je veux juste te voir de nouveau heureuse.

À ces mots, je rinçai mes mains savonneuses – dont l'une portait encore mon alliance – sous le robinet, marchai vers elle, m'arrêtant à quelques centimètres, et déclarai d'une voix calme destinée à clore la conversation.

— Je ne serai plus *jamais* heureuse.

Ma mère poussa un soupir.

— Je sais que ça a été dur.

L'espace d'un instant, je ne pus m'empêcher d'espérer que j'étais tirée d'affaire. Mais elle reprit aussitôt la parole.

— N'empêche, c'est une mauvaise attitude. Tu ne trouveras jamais d'homme comme ça. Je connais des tas de veuves – *des tas !* –, et le truc, c'est de remonter en selle. Crois-tu que j'avais envie d'aller dans cette clinique d'amaigrissement après mon dernier divorce ? Non ! Mais j'ai réinventé mon rapport à la nourriture et j'ai perdu douze kilos ! Penses-tu que je serais avec Jerry aujourd'hui si je ne l'avais pas fait ?

Jerry portait des polos de golf dont des petites touffes de poils dépassaient du col en V, et avait la regrettable habitue de vous saluer en vous pressant le gras du bras. Ensuite il employait votre prénom encore et encore dans la conversation : « Libby, ravi de te voir ! Ta mère n'est pas d'accord, Libby, mais je te trouve splendide. Dis-moi, Libby, quand est-ce que tu vas quitter cet horrible boulot à la banque et te lancer dans le mannequinat ? » Et pouet pouet sur le bras.

— Je n'ai pas besoin d'un centre d'amaigrissement, maman, déclarai-je.

— Eh bien, même si c'était le cas, tu ne pourrais pas te l'offrir.

— Maman ?

— Quoi ?

Elle était blessée, maintenant.

— On arrête là.

Je retournai à la vaisselle, la tête à présent palpitante, et elle prit une pile de courrier qu'elle se mit à trier bruyamment – et avec des commentaires :

— Facture. Facture. Catalogue. Pub. Facture.

J'étais sur le point de m'encastrer la figure dans le frigo quand elle annonça :

— Et une lettre pour toi de tante Jean. Cette vache folle.

Je la rejoignis pour regarder, et dus batailler pour lui prendre l'enveloppe des mains. Je l'ouvris en la déchirant du doigt tandis que ma mère tentait de lire par-dessus mon épaule.

— Qu'est-ce qu'elle dit ? demanda-t-elle.

Je me réfugiai de l'autre côté de l'îlot et lus silencieusement :

Chère Libby,

Il me vient à l'esprit que tes deux enfants et toi vivez avec ta mère depuis – doux Jésus ! – deux années entières, et j'écris pour voir si tu voudrais être secourue. Je gère une petite ferme à Atwater, et, en vieillissant, je trouve plus difficile d'accomplir mes tâches. As-tu besoin d'un logement ? Si tu es prête à aider à la ferme, je pourrai te payer un peu et t'offrir le gîte et le couvert. J'étais totalement navrée d'apprendre pour ton mari. Ce devait être un sacré type. Je n'ai jamais vu autant de monde à un enterrement.
Dis-moi ce que tu en penses !

Cordialement,

Ton affreuse tante Jean

Ma mère était penchée par-dessus l'îlot, essayant de lire à l'envers.

— Qu'est-ce qu'elle dit ?

— Elle me propose un travail dans sa ferme.

— Dans sa ferme ? Cette salope.

— Je déteste ce mot, maman.

— C'est le seul mot qui convienne.

J'entendais parler de l'affreuse tante Jean depuis toujours. C'était une « hippie », une « excentrique », une « détraquée ». D'après ma mère, elle n'utilisait ni déodorant ni savon. Elle lavait sa vaisselle avec de la terre. Elle dégommait des écureuils au fusil et les moulinait pour en faire des steaks hachés. C'était notre référence permanente pour la forme la plus inférieure d'existence humaine. Dès que ma mère voyait une personne sans abri d'apparence sauvage, elle disait : « Tiens, voilà ta tante Jean. » Et si ma part d'adulte pensait que ma mère exagérait forcément, ma part d'enfant qui rangeait tante Jean dans la catégorie croque-mitaine s'attendait plus ou moins à distinguer des traces de terre – voire peut-être de sang d'écureuil – sur la lettre même.

J'avais rencontré tante Jean une fois. Elle était apparue à ma remise de diplôme à la fac en salopette et m'avait gratifiée d'une ferme étreinte qui resta gravée dans ma mémoire. Elle n'avait pas semblé cinglée ni particulièrement crasseuse. Juste terre à terre, avec des cheveux poivre et sel, et – OK, peut-être un peu excentrique – un chapeau de paille fripé. Elle se rappelait également mon anniversaire tous les ans, ce qui dépasse ce que je pourrais dire de ma mère. Et, visiblement, elle avait assisté aux obsèques de Danny, aussi. Si je l'y avais vue, je ne m'en souvenais pas – cela dit, je ne me souvenais pas de grand-chose concernant ce jour-là.

— Elle est venue à l'enterrement ? demandai-je.

Ma mère acquiesça.

— C'était la grosse dame au balcon.

— Je n'ai pas le souvenir d'une grosse dame au balcon.

— Ah non ? Tu ne te rappelles pas une grosse dame et la puanteur des chèvres ? Je sentais son odeur depuis le premier rang.

Atwater était la ville où ma mère et sa sœur avaient grandi. Je n'y avais jamais mis les pieds, ni même vu de photos, mais tante Jean était retournée y vivre avec son petit ami hippie dans les années soixante-dix. Un choix de vie que ma mère non hippie, non éleveuse de chèvres et non grosse n'approuvait pas.

—Elle doit avoir de la place en plus dans sa maison, dis-je.

—De la place en plus! explosa ma mère, si fort que je crus qu'elle allait réveiller les enfants. C'est clair. Et ce n'est pas une maison. C'est un manoir.

—C'est un manoir?

—Tu ne savais pas?

Je secouai la tête. Ma grand-mère, dans son testament, avait légué la propriété familiale vieille de cent ans et la ferme de quatre cents acres à Jean – et seulement Jean. C'était arrivé quand j'avais peut-être quatre ou cinq ans. Aujourd'hui, toutes ces années plus tard, dès que le sujet était évoqué, ma mère se mettait encore dans une colère telle que je la croyais au bord de l'évanouissement.

—Eh bien, dis-je, je crois que je vais accepter son offre.

Ces paroles, même à mes propres oreilles, sonnaient comme un projet d'aller vivre à la décharge municipale. Une vie de propagande anti-Jean traversa ma mémoire.

—Quoi? lança ma mère en tendant la main pour me prendre la lettre. Tu n'es pas sérieuse.

Mais je plaquai la lettre contre ma poitrine. Je ne pouvais pas l'expliquer, et je savais que je prenais peut-être la mauvaise décision. Mais il y avait quelque chose dans ce mot «secourue» qui illuminait mon cœur. Est-ce que je souhaiterais être secourue? La vache, oui. Carrément.

—Il n'y a pas assez de place pour nous ici, maman, dis-je. Nous sommes là depuis deux ans.

—Et c'est comme ça que tu me remercies?

—Maman! On se rend dingues, toutes les deux.

—Faux.

Je me donnai une claque sur le front.

— Oh mon Dieu !

Devais-je lui rappeler que, à peine deux jours plus tôt, elle nous avait annoncé à tous qu'elle « n'en pouvait plus » ? Oui. Apparemment, je le devais. Mais ma mère n'allait pas en rester là.

— Tu ne peux pas me quitter pour Jean.

Je la regardai en inclinant la tête.

— Je ne te quitte pas pour Jean. Je te quitte pour…

Je m'interrompis. Je ne savais pas quoi dire. Parce que personne ne lisait la lettre d'une quasi-inconnue, mangeuse-de-rongeurs de surcroît. Et encore moins d'emménager avec elle dans la foulée. Impossible de soutenir ça. Je ne la quittais pas pour Jean. Je la quittais pour n'importe qui. Absolument n'importe qui.

Je finis par dire :

— Tu devrais être ravie !

Mais elle ne l'était pas. Aucune importance que l'offre de Jean résolve la plupart de – si ce n'était tous – nos problèmes. Aucune importance que ma mère ait voulu nous virer depuis le jour de notre emménagement. Il était clair qu'elle préférait nous faire vivre un enfer à tous pour l'éternité plutôt que de laisser Jean mettre la main sur sa fille et ses petits-enfants.

Elle tourna les yeux vers la fenêtre, même si les stores étaient fermés, et lâcha un soupir théâtral et sonore.

— Quel est ton problème avec elle ? voulus-je savoir.

— Elle a tout eu, répondit ma mère. Et maintenant elle t'a, toi.

— Elle ne *m'a* pas, maman. J'ai juste besoin d'un endroit où habiter.

Mais elle n'écoutait pas. Elle était occupée à se préparer pour cette déclaration :

— Si tu vas là-bas, dit-elle alors, tu n'es plus ma fille.

J'attendis quelque manifestation de lucidité, quelque reconnaissance de sa folie. Mais rien ne vint.

— Est-ce que tu t'entends parler ? dis-je.

— Je suis on ne peut plus sérieuse.

À cet instant, ma décision fut prise. Steaks hachés aux rongeurs ou pas, mon seul choix était d'emménager avec Jean. Ne fût-ce que pour éviter une conversation de plus exactement comme celle-ci.

— Je l'appellerai demain matin, déclarai-je.

— J'imagine que ce sera tout, dans ce cas, conclut ma mère en se tournant vers sa chambre.

Elle partait dans la matinée pour une semaine fêter le nouvel an à Cabo avec Jerry. Elle avait des valises à faire, m'expliqua-t-elle, et elle n'allait pas rester plantée là à protester.

— Sois juste partie avant que je rentre.

Le lendemain matin, je laissai mes enfants regarder des dessins animés pendant que j'appelais Jean pour avoir le scoop.

— Tante Jean ? demandai-je lorsqu'elle répondit à la septième sonnerie.

— Ce doit être Libby.

— En effet. Bonjour.

— Ma chérie, je n'arrive pas à croire que tu aies vécu avec Marsha tout ce temps.

— Eh bien, j'ai vécu avec elle toute mon enfance, alors j'avais de l'entraînement.

— J'ai vécu avec elle toute *mon* enfance, dit Jean, et je n'ai jamais pris le coup.

— Ce n'est pas pour les petites natures.

— Je parie que tu es une dure à cuire, dit Jean.

— Pas vraiment.

— Voici mon idée, poursuivit-elle. Contrairement à ta mère, je vieillis. J'ai de l'arthrite dans les mains, et je ne peux plus traire mes chèvres comme j'en avais l'habitude. Et il y a un million d'autres tâches de la ferme que je ne peux simplement plus accomplir. J'ai besoin d'une assistante, si ça t'intéresse. Je peux te proposer le gîte et le couvert ainsi qu'un menu salaire, et je serais enchantée de garder tes enfants.

J'étais consciente des nombreuses questions que je devrais lui poser sur la ferme, ce que je ferais précisément, à quoi ressembleraient nos quartiers, et quel serait ce « menu salaire ». En tant que seul parent restant pour ma petite famille, je me devais de prendre des décisions circonspectes et mûrement réfléchies. Mais je ne parvenais simplement pas à imaginer comment n'importe quelle situation pourrait se révéler pire que celle dans laquelle nous nous trouvions – moi debout toute la journée à la réception d'une banque, les orteils écrasés au bout de mes ballerines marron, les enfants à la garderie jusqu'à 18 heures tous les jours, ma mère me saoulant pour que je me fasse teindre les cils.

— Oui, dis-je. Oui à tout.

J'éprouvai une pointe ténue d'angoisse. C'était sans aucun doute la décision la plus irréfléchie que j'aie jamais prise.

— Formidable ! s'exclama-t-elle. Pourquoi ne viens-tu pas samedi ?

On était vendredi.

— Tu veux dire demain ? Le jour du réveillon ?

— Est-ce que l'année est déjà finie ?

— Oui.

— Demain, dans ce cas ! chanta-t-elle pratiquement dans le téléphone. N'amène pas ta mère, c'est tout.

Ma mère, en vérité, venait juste de sortir d'un pas lourd avec toutes ses valises en claquant la porte derrière elle.

— Je ne pense pas que tu aies à t'inquiéter, assurai-je.

En y repensant, Jean avait peut-être voulu proposer que nous venions le samedi pour lui *rendre visite*. Mais ce n'est pas ce que j'entendis. Une heure après avoir raccroché, j'avais quitté mon boulot, prévenu les écoles des enfants qu'ils ne reviendraient pas après les vacances, et résistais à l'envie pressante de sauter dans la voiture à cette minute même.

Il fallut moins d'une journée pour charger nos affaires. La majorité de notre mobilier était encore au garde-meubles, de toute façon, même après tout ce temps. Et la facilité de notre évasion m'obligea à me demander si je m'y étais à moitié attendue depuis le début : que le moment arriverait où non seulement je voudrais prendre la fuite, mais encore où j'en aurais absolument *besoin*.

Chapitre 2

Quelques minutes à peine après avoir manqué de tuer cette fille, Sunshine, j'étais de retour dans la camionnette, faisant le tour de la place en me traînant à quinze kilomètres-heure et jurant mes grands dieux d'être plus prudente à l'avenir. C'était le nouvel an, nom d'un chien. Je repartais de zéro. Je pouvais, au minimum, m'arranger pour ne pas entamer l'année avec un homicide involontaire au volant.

La place était si mignonne, presque mièvre – mais je gardai obstinément les yeux sur la route. Jusqu'à ce que nous passions un panneau sur lequel on pouvait lire :

BIENVENUE À ATWATER, TEX. ! POP. 12 001 !
NOUS SOMMES RAVIS DE VOUS ACCUEILLIR !

— Nous y voilà, annonçai-je aux enfants en me demandant qui pouvait être le 1 des 12 001. Que pensez-vous de notre nouvelle ville ?

— Chouette, dit Abby.

— Savez-vous combien de gens habitent ici ? demandai-je.

— Combien ? demanda Tank.

— Douze mille un, répondis-je.

— Je me demande qui est ce *1*, déclara Abby, et je sentis cet éclair doux-amer qui vous traverse quand vous vous voyez dans vos enfants.

— Et ils sont contents que nous soyons là, ajoutai-je, juste pour m'assurer que nous nous sentions tous les bienvenus.

— Tous ? demanda Tank.

— Tous, confirmai-je.

— Sauf peut-être cette dame qu'on a failli tuer tout à l'heure, ajouta Abby.

Je ne voulais pas songer à « cette dame » – ni à ce qu'elle avait dit. Je la chassai de mon esprit avec une aisance qui aurait dû être alarmante, même pour moi. Nous redevînmes silencieux tandis que nous tournions sur la route de l'Arbre fendu. Nous étions presque arrivés, et nous le sentions tous.

— Où suis-je censée encore tourner, Tank ? demandai-je, connaissant déjà la réponse, alors que nous approchions des lieux.

— À la grange rouge ! cria-t-il en donnant des coups de pied dans le dossier de mon siège.

Les indications de Jean étaient parfaites. Vinrent ensuite le moulin rouillé, puis la citerne rouillée, puis le fameux arbre fendu – qui était vraiment fendu : un chêne coupé en deux par la foudre, mais toujours vaillant. Et juste après ça, le portail. J'avais à peine rencontré cette femme, mais je sus aussitôt que c'était le sien. En commençant par les glycines violettes qui poussaient sur les poteaux de l'entrée – par quelque magie en fleur au beau milieu de l'hiver.

Abby le sut aussi.

— C'est là ! cria-t-elle. C'est clairement là !

Nous avançâmes sur une grille et remontâmes une allée de gravier. Tank hurla :

— Je vois les chèvres !

Avant même que j'aie mis le frein à main, les enfants bondirent de la voiture. J'eus une envie urgente de dire quelque chose de ridicule, du genre : « Ne les laissez pas vous donner des coups avec leurs sabots pointus ! », mais je changeai alors d'avis. Avez-vous souvent l'occasion de courir vers une nouvelle vie avec autant d'abandon ? Tandis que je les regardais tous les deux détaler à travers la cour, mes yeux tombèrent sur Abby et le très léger boitement que conservait sa démarche depuis l'accident. Était-ce visible ? L'aurais-je perçu si j'avais ignoré devoir le chercher ? Je n'aurais su le dire. Comme pour tout ce que vous avez examiné avec trop d'attention trop longtemps, je ne le voyais plus distinctement.

Bien sûr, je ne me souciais pas vraiment d'un minuscule boitement, presque imperceptible. Je me servais juste du corps d'Abby pour mesurer son cœur. Ce que je désirais réellement savoir, et que je vérifiais encore et encore avec impatience, presque compulsivement, c'était ceci : avions-nous mis notre chagrin derrière nous ? Ou allions-nous le trimballer partout éternellement ?

J'entendis une porte-moustiquaire claquer et relevai les yeux pour voir tante Jean sortir du côté de l'une des granges. Je la reconnus tout de suite. Elle n'avait pas l'air sale. Il ne lui manquait pas de dents. Et elle n'était assurément pas « grosse ». Pas comme ma mère l'avait dit, en tout cas. Elle était plutôt *bien en chair*. Ou *plantureuse*. Ou quelque autre terme plus aimable. Elle avait les cheveux blancs, coupés en un carré court et coincés derrière les oreilles. Elle avait un visage rond et jovial avec des pattes d'oie aux coins des yeux, et si elle avait eu une robe rouge bouffante, elle aurait pu facilement passer pour la Mère Noël. Elle portait une salopette et probablement le même chapeau de paille que dans mes souvenirs quinze ans plus tôt. Dès que je la vis, traversant la cour dans ses bottes de ferme boueuses, j'eus envie de marcher d'un pas décidé vers elle pour la prendre dans mes bras. Mais elle me devança.

— Vous y êtes arrivés, dit-elle en m'enlaçant fermement.

Elle sentait l'orange.

— Merci de nous avoir secourus, répliquai-je.

— C'est un peu tard, déclara-t-elle, avant de m'expliquer qu'un de leurs amis d'enfance était tombé sur ma mère pendant les fêtes et avait eu le scoop. Je vous aurais invités ici il y a des siècles si j'avais su.

— Eh bien, dis-je en haussant les épaules, nous sommes là, maintenant.

Elle m'étreignit de nouveau.

— Enfin.

Nous marchâmes vers les granges, où les enfants pataugeaient à présent dans une fosse de chèvres.

— Je vois qu'ils ont trouvé ces dames, dit tante Jean.

— Elles ne sont pas en enclos ?

— Les filles ? Seigneur, non !

— Elles se promènent en liberté ? Est-ce qu'elles ne s'échappent pas ?

— Non. Elles aiment bien être ici.

J'observai les figures longues et graves des chèvres, lisses et brunes avec des yeux immenses. Je m'étais attendue aux boucs bourrus du conte pour enfants – barbichettes et cornes coniques. Mais celles-ci avaient le poil raide et pas de cornes, avec de longues oreilles qui retombaient plus bas que leurs mentons, presque comme des lapins géants. À part leurs sabots, évidemment. Et leurs énormes pis démesurés qui rebondissaient entre leurs pattes arrière.

— Des nubiennes, dit Jean, pendant que je les observais. Le lait le plus crémeux du monde.

—Abby a averti son frère qu'il ne devait pas s'attendre à ce qu'elles portent des petits vêtements humains comme dans les livres de Richard Scarry, dis-je à Jean.

Nous laissâmes nos yeux se poser sur Abby alors que trois chèvres en même temps frottaient leurs museaux sur elle.

—Ce qui me fait penser qu'elle espérait plus ou moins que ce serait le cas, ajoutai-je.

—Pas de vêtements humains, confirma Jean. Mais ce n'est pas une mauvaise idée.

La ferme comptait toute une collection de granges, de la délabrée mangée par la rouille à la flambant neuve et aux planches enduites. Une colline boisée s'élevait derrière la cour de la ferme, mais la cour en elle-même était une vaste clairière avec un étang, une porcherie, et plus de gigantesques pacaniers que j'aurais pu en compter. Ainsi que, bien entendu, des machines agricoles et des animaux partout. De là où je me trouvais, j'apercevais des porcelets, au moins dix chiens de toutes les tailles, cinq ou six chats, des poulets en pagaïe, des canards, des dindes, d'autres volatiles que je ne pouvais identifier, des paons et, évidemment, les chèvres.

—Tu as vraiment beaucoup d'animaux domestiques, lança Tank à Jean.

Celle-ci sourit.

—Dans une ferme, lui répondit-elle, on les appelle juste des animaux.

Elle se tourna vers moi.

—Tout le monde a un travail, ici, expliqua-t-elle en balayant les lieux d'un geste. Les chats éloignent les souris. Les poules pondent des œufs. Les chiens protègent les poulets des coyotes. Les chèvres font du lait.

—Et les dindes ? demandai-je. Quel est leur boulot ?

— Leur boulot, c'est d'être mangées.

— Et ces adorables porcelets ? demandai-je.

— Leur boulot est de boire le petit-lait qui reste de la fabrication du fromage.

— Oh, dis-je, un peu soulagée.

— Et ensuite d'être mangés.

— Oh, répétai-je en notant mentalement de ne pas laisser les enfants s'approcher de *La Toile de Charlotte.*

— Ils seront loin d'être aussi adorables à ce moment-là, ajouta-t-elle.

— C'est-à-dire ?

— Dans environ cent kilos.

Jean poursuivit en désignant un groupe d'oiseaux après l'autre.

— Le boulot des paons est d'être beaux, et celui des pintades est de me rendre folle.

Tank commença à pourchasser un coq presque aussi grand que lui.

— Tank ! criai-je. Laisse l'oiseau tranquille !

Mais Jean dit :

— Ça, c'est Dubbie. Il peut se débrouiller tout seul.

À présent dans les chèvres nous-mêmes jusqu'à la taille, nous nous mîmes en route vers les enfants. Le coq s'envola dans un battement d'ailes confus, laissant Tank dans la poussière.

— Quel est le boulot de Dubbie ? demandai-je.

Jean me regarda en sourcillant une seconde, puis répondit :

— C'est de faire se lever le soleil tous les matins.

Une fois que nous eûmes rejoint les enfants, nous procédâmes aux présentations officielles. Abby fit un signe timide à tante Jean, et Tank tendit le bras pour lui serrer la main, comme on le lui avait appris en maternelle.

Tandis que nous nous dirigions vers le jardin potager, j'expliquai aux petits que tante Jean leur avait acheté un plaid à chacun lorsqu'ils étaient nés.

— Acheté ? dit Jean en se tournant vers moi. C'est moi qui les ai faits !

— Tu les as faits ?

Elle acquiesça. Ils étaient de grande dimension, en patchwork. Il ne m'était jamais venu à l'esprit que Jean ait pu les confectionner. Qui fabrique quelque chose comme ça ?

— Entièrement cousus main, aussi, ajouta-t-elle. Pas de machine.

— Combien de temps est-ce que ça t'a pris ? m'enquis-je.

— Peut-être un an environ. Chacun.

— Un an !

Je n'arrivais pas à imaginer pourquoi cette femme presque totalement étrangère consacrerait un an de sa vie à confectionner des plaids pour des enfants qu'elle ne verrait probablement jamais. Elle lut dans mes pensées.

— C'était du temps bien employé, déclara-t-elle. Vous trois êtes ma seule famille. En dehors de ta mère. Et elle compte à peine.

— J'y repense, pour essayer de me rappeler si je t'ai envoyé un mot de remerciements, dis-je, un peu gênée à présent. J'espère que oui.

— Je n'en ai aucune idée.

À l'autre bout de la cour, les chiens se mirent à hurler ; elle les fit taire.

— Est-ce que vous utilisez les plaids ? reprit-elle.

Là, je fus obligée de mentir. Ma mère avait insisté pour que nous les mettions au placard. Elle avait voulu que nous les mettions *à la poubelle*, mais je l'avais convaincue que nous les vendrions peut-être un jour sur eBay. Même elle devait reconnaître qu'ils étaient ravissants.

— Mais oui, nous les avons utilisés, mentis-je. En permanence.

Jean parut contente.

— Alors ça me suffit comme remerciements.

Au jardin, quelques chiens nous suivirent. Abby ferma le portail après tout le monde, mais, lorsqu'elle se retourna, elle se retrouva face à face avec le plus gros chien que nous ayons jamais vu, les enfants et moi – un genre de croisement entre un golden retriever et un ours polaire. Elle vint se glisser derrière moi pour se cacher.

— Il est gentil, dit Jean.

— Il est plus grand qu'Abby, remarquai-je.

— Oui, concéda-t-elle, mais il croit être un chihuahua. Il se soumet à tout ce qui fait la taille d'un beagle ou plus gros.

Effectivement, il avait les pattes entourées de petits chiens : un shih tzu, un rat terrier et un teckel.

— Nous avons deux meutes ici, expliqua Jean. « Les grands gars » (elle pointa du doigt un groupe de bâtards hauts jusqu'au genou près de la grange) et « les petits gars ». (Elle posa les yeux sur l'énorme chien et ses minuscules amis.) Mais, ajouta-t-elle, ils finissent toujours par jouer ensemble.

— Un peu comme les gens, hasarda Abby de derrière ma jambe.

Jean inclina la tête comme si elle voyait Abby pour la première fois.

— Oui ! s'exclama-t-elle. Un peu comme les gens, exactement.

Jean s'agenouilla à côté d'elle et dit :

— Allons faire de vraies présentations.

Elle prit Abby par la main et l'amena vers le gros chien. Il se tenait parfaitement immobile, et quand Abby fut assez près, il lui lécha le bout des doigts. Elle ne mit pas longtemps avant de le laisser lui badigeonner toute la figure avec sa langue géante.

— Comment s'appelle-t-il ? demandai-je tandis que Jean revenait vers moi.

— Bob Dylan.

— Est-ce qu'il sait jouer de l'harmonica ?

Elle secoua la tête.

— Il refuse de pratiquer.

Nous n'étions pas dans le jardin depuis longtemps que déjà Jean mettait les enfants au travail. Elle leur montra où elle conservait un tonneau d'eau de pluie « pour récupérer l'écoulement des gouttières des granges », la façon dont il fallait tourner le fausset, puis leur demanda de remplir ses arrosoirs pour les plantes. Alors qu'ils s'attelaient à la tâche, elle me dit :

— Viens, je vais te montrer la maison.

— Est-ce qu'ils sont en sécurité là-bas ? demandai-je, hésitante.

Ça n'arrivait pas très souvent – genre, jamais – que je les laisse sans surveillance.

— Qui ? demanda-t-elle.

— Les enfants.

Je savais que j'avais l'air cinglée. C'était un jardin, Dieu du ciel, pas une fosse aux serpents.

— Bien sûr ! Oui ! Ils nous appelleront s'ils ont besoin de nous.

Je me retournai pour leur jeter un autre coup d'œil.

— Est-ce qu'il y a parfois des serpents dans le jardin ? m'enquis-je en tentant de paraître désinvolte.

— Oh non, répondit Jean en ouvrant la porte. Tu tapes juste bien fort du pied en arrivant ici le matin, et ça les effraie.

Ce n'est pas courant d'emménager dans un endroit sans même l'avoir vu. En général, si vous allez dans un hôtel en vacances, vous avez au moins consulté le site Web. Tandis que nous marchions vers la maison, je fus frappée par l'idée que je n'avais sans doute jamais été moins préparée pour ce que je m'apprêtais à voir. Même si, après toutes ces années à côtoyer l'amertume et la jalousie virulentes de ma mère au sujet de la maison, je ne pouvais m'empêcher de m'attendre à quelque chose d'énorme. Assez énorme pour alimenter un conflit de trente ans.

Bien entendu, rien n'est jamais comme vous vous y attendez dans la vie. Il ne s'agissait pas d'un manoir, comme ma mère l'avait prétendu. Je m'arrêtai net et restai bouche bée. Ça ressemblait à un petit cottage anglais dodu – comme tiré d'une forêt magique. Il avait des poutres transversales apparentes, des lucarnes arrondies, des jardinières garnies de fleurs et des plantes tout autour en pleine floraison. L'ensemble était asymétrique, presque comme une maison en pain d'épice à taille réelle.

— Waouh, dis-je. Est-ce que ce toit est fait en plaques d'immatriculation ?

— Ouaip. Frank les collectionnait.

— Qui est Frank ?

Jean se tourna pour étudier mon visage et fronça un peu les sourcils, comme si elle pensait que j'aurais dû le savoir. Puis elle se retourna vers la maison.

— J'imagine que Frank était comme mon mari. Sauf que nous n'avons jamais été mariés.

Je hochai la tête. Frank était le petit ami hippie.

— Ça fait dix ans qu'il est mort maintenant.

Quelque chose dans l'émotion de sa voix me mit les larmes aux yeux. Sans me regarder, elle sembla le deviner. Elle me saisit la main et la serra.

— Ça devient plus facile, ma chérie. Vraiment.

Je jetai un coup d'œil en arrière vers les enfants, qui ne paraissaient pas en grand danger, puis reportai mon attention sur la maison.

— Frank était spécialiste du recyclage, expliqua Jean. Presque tout ce qui est ici vient de la déchetterie.

Il avait pressé des décorations dans le torchis mouillé – des bris de verre, des pierres polies, des os d'animaux – en construisant chaque mur. La porte d'entrée était arrondie sur le haut, et la galerie de devant, qui courait sur toute la largeur de la maison, se composait de poteaux de cèdre et d'un auvent fait à partir d'anciens panneaux de stations-service gigantesques en métal soudés ensemble : HUMBLE OIL, MOBIL, SINCLAIR et TEXACO. C'était de la pure fantaisie. De l'art folklorique dans lequel vous pouviez vivre. Et chaque nouveau détail que vous remarquiez semblait être le mieux – jusqu'à ce qu'un autre attire votre attention.

— Frank était épatant ! m'exclamai-je, et Jean acquiesça.

Nous entrâmes. Nous nous tenions face à une immense cheminée en roche de rivière.

— Est-ce que c'est une pièce de voiture ? demandai-je, les yeux rivés sur le manteau rouge.

— Un hayon, répondit Jean. De la décharge.

Le mobilier, limité, consistait en un mélange de meubles faits main que Frank avait créés dans son atelier et d'autres hérités de la famille. Une table à abattants peinte en rouge dans la cuisine, des lits en fer dans les chambres et un rocking-chair dans le salon avaient tous appartenu à la grand-tante de Jean, Cortie.

— Ce qui fait d'elle ton arrière-grand-tante Cortie, déclara Jean.

— Et l'arrière-arrière-grand-tante Cortie des enfants.

À l'évocation des enfants, je m'aperçus que j'avais fait une chose complètement inconcevable : je les avais oubliés. Et alors, comme en réponse à cela, j'entendis Abby crier.

Je fus dehors en moins d'une seconde, Jean sur mes talons. Je traversai la cour à toute allure, certaine qu'il s'agissait d'une morsure de serpent et qu'Abby mourrait dans mes bras tandis que nous foncerions vers l'hôpital le plus proche.

Lorsque je parvins au jardin, Abby se tenait les poings sur les hanches, l'air plus furieuse que mortellement blessée.

— Quoi ? Qu'est-ce qui s'est passé ? demandai-je, à bout de souffle.

— Tank ! cria-t-elle. Il m'a mordue !

Une morsure. J'avais à moitié raison.

Tank copia la posture d'Abby, affectant sa propre indignation.

— Elle m'a pris mon arrosoir !

— Oh, Seigneur, dis-je avant de me pencher pour mettre mes mains sur mon visage. Tu m'as fait une peur bleue ! S'il te plaît, ne crie pas à moins d'avoir une véritable raison de crier.

— Comme quoi ? demanda-t-elle.

J'aurais pu répondre : Une abeille tueuse ! Une recluse brune ! Une guêpe ! Un loup ! Un ours ! Un serpent à sonnette ! Un feu ! Un tremblement de terre ! Un serial killer ! Au lieu de ça, je répondis juste :

— Une vraie urgence, Abby. Fais appel à ton bon sens.

— Mais il m'a *mordue*, insista-t-elle, retroussant la manche de son tee-shirt pour montrer une marque rouge sur son bras.

Tante Jean nous avait rattrapés et était maintenant agenouillée à côté de Tank, parlant d'une voix qui semblait familière. Il me fallut une seconde pour prendre conscience que c'était ma propre voix d'éducation quand j'étais au top – un parfait équilibre de fermeté et de gentillesse à la fois.

— Les gens ne sont pas autorisés à mordre les autres ici à la campagne, disait-elle. Il y a beaucoup d'autres choses qui mordent vraiment.

Elle l'énonça comme si c'était juste une règle. Rien de personnel. Et je voyais dans les yeux de Tank qu'il en prenait bonne note. Ensuite, tante Jean épousseta les genoux de sa salopette et dit, toute sérieuse :

— Qui veut voir la maison ?

Jean ressemblait tellement à ma mère – la version brute – que c'était déroutant de la regarder entrer avec les enfants et s'occuper ainsi d'eux. Je tentai de songer à ce que ma mère aurait fait si elle avait été là. Mais il n'y avait aucune matière à comparaison, parce qu'elle serait partie au salon de manucure.

Les enfants bondirent dans tous les sens lorsqu'ils virent la maison. Jean leur montra la girouette, la cloche du perron qu'ils pourraient sonner à l'heure du dîner et l'emplacement sous les marches où s'était réfugiée une portée de chatons roux qui lapaient du lait de chèvre dans un bol.

Nous refîmes le tour jusqu'au porche avec la moustiquaire, qui faisait presque la taille de la maison elle-même.

— J'aime bien la façon dont tout est en biais, dis-je.

Jean sourit.

— Frank était un grand fan d'imperfection.

— Je ne suis jamais venue ici, si ? demandai-je alors. Cet endroit me paraît familier.

Il y eut une pause.

— Non, jamais.

Je savais pourquoi, évidemment. Parce que ma mère détestait Jean. Ce qui m'incita soudain à me demander si Jean détestait ma mère aussi. Je voulus poser la question, mais je ne connaissais pas Jean assez bien pour savoir comment la formuler. Debout là, je fus frappée par le fait que toutes ces années où Jean m'envoyait des cartes d'anniversaire et de l'argent, je ne lui avais jamais écrit une seule fois. Je ne l'avais jamais remerciée non plus. Ni invitée à mon mariage. C'était presque comme si elle n'avait même pas été une vraie personne. Elle incarnait une dame imaginaire menant une folle vie de hippie dans un pays lointain. Je ne lui aurais pas plus écrit pour lui demander des nouvelles que je n'en aurais pris du Père Noël. Comme c'était étrange de découvrir juste maintenant qu'elle était réelle.

— Ma mère disait que tu vivais dans un manoir. Est-ce que ceci était le…

— La maison familiale ?

Je hochai la tête.

— Non, dit-elle. Je ne vis pas là-bas. Et je n'appellerais pas ça un manoir, non plus.

— Tu voudrais peut-être le préciser à Marsha un de ces jours. Elle t'imagine vivant dans un luxe indécent.

— Elle a grandi dans cette maison. Elle sait exactement comment elle est. Mais elle n'a jamais laissé la vérité entraver la rancune.

Les enfants avaient grimpé sur la balancelle. Jean les observa un moment en silence, puis demanda :

— Est-ce qu'elle est plutôt fâchée que tu sois venue ici ?

J'acquiesçai.

— Tu n'as pas idée.

— Oh, dit-elle en fronçant le nez. Je crois que si.

Je ne pus m'empêcher d'esquisser des guillemets en l'air lorsque je précisai :

— Elle « ne me parlera plus jamais ».

Jean hausse un sourcil :

— Ça ne durera pas.

— Je mise sur deux mois.

— Je mise sur deux semaines.

Je lâchai un soupir qui ressembla presque à un rire. C'était si curieux de ne pas se connaître du tout et d'avoir pourtant ce fardeau-là en commun – celui d'avoir affaire à ma mère. Avant que je ne puisse me raviser, je m'entendis dire :

— Mais ça a duré avec toi. Presque trente ans.

Le sourire de Jean s'effaça.

— C'est vrai, je suppose, dit-elle. Sauf que, en réalité, c'est moi qui ne lui parle plus.

Chapitre 3

Il ne faisait aucun doute que Jean était une excentrique. Au cours des semaines suivantes, j'allais découvrir qu'elle n'utilisait jamais d'essuie-tout, qu'elle faisait du compost avec les restes de chaque fruit ou légume qui passait dans la maison, et récupérait toutes ses eaux usées de cuisine, de douche et de pluie pour les verser sur son jardin. Elle avait des panneaux solaires sur son toit. Elle allait à l'« église de la nature », ne mangeait que de la viande issue de commerce avec des amis, et faisait du yoga tous les matins au lever du soleil pour saluer le jour.

Elle était à peu près aussi différente de ma mère que vous pouviez l'être. Ma mère avait certainement eu raison à ce sujet. Mais elle s'était trompée sur ce à quoi ressemblait vraiment la vie de Jean. Le taudis de la vieille survivaliste grisonnante que j'avais toujours imaginé n'existait pas. Je regardai autour de moi ce premier jour et vis du charme, et encore plus de charme : les bougies partout, le meuble regorgeant de jeux de société, le fil à linge à l'arrière de la maison avec des draps blancs flottant au vent. Je fus si envoûtée, à vrai dire, que je ne remarquai pas les choses qui manquaient. Des choses comme un sèche-linge. Un lave-vaisselle. Un téléphone sans fil. Un micro-ondes. Des choses auxquelles j'étais tellement habituée – qui étaient d'une telle *évidence* – que bien après avoir eu la certitude qu'il n'y en avait pas, je continuai de les chercher.

C'était difficile de ne pas être étourdie par l'idée que cet endroit soit notre nouveau domicile, même si les dispositions pour le coucher me rendirent un peu nerveuse. La chambre de Jean était à l'étage, tout comme la chambre d'amis, où les enfants dormiraient.

— Ils vont dormir ensemble dans le même lit ? demandai-je. Ne vont-ils pas se tenir éveillés ?

— Meuh non, dit Jean. Ils dormiront mieux comme ça.

— Mais où est-ce que je serai ?

— En bas, répondit-elle, montrant le chemin en revenant sur ses pas dans un couloir jusqu'à une petite chambre avec sa propre baignoire et une porte qui donnait sur un patio en face des bois. Avant, c'était le bureau de Frank, m'expliqua Jean en précisant que le sien était à côté. Je me suis dit qu'après avoir vécu deux ans avec ma sœur, tu ne serais probablement pas contre une chambre rien que pour toi.

— Le truc, dis-je aussi poliment que possible, c'est que c'est un peu loin des enfants.

— Je peux garder un œil sur eux.

Je n'avais pas l'habitude que quiconque à part moi fasse quoi que ce soit pour les enfants. Ma mère n'avait jamais proposé de les garder ou de les emmener au parc, ni de gérer le coucher. Cela dit, j'aurais refusé même si elle l'avait fait. En l'espace de trois ans à m'en charger exclusivement, j'en étais arrivée à croire que j'étais la seule personne habilitée, de toute façon.

— Ce ne sont pas de grands dormeurs, précisai-je. Tank se lève encore presque toutes les nuits.

— Il est sans doute temps qu'il arrête.

J'acquiesçai en m'efforçant de ne pas laisser paraître mon irritation. Oui, évidemment qu'il était temps qu'il arrête.

— Rien ne marche, dis-je. J'ai tout essayé.

Jean me tapota l'épaule.

— Tu n'as pas essayé de dormir en bas dans l'ancien bureau de Frank.

— Exact, dis-je.

Je voulais qu'elle me propose sa chambre, juste à côté des enfants. Cela semblait être le seul arrangement sensé. Mais elle ne le fit pas. Je voyais déjà le désastre qui se profilait. Après cinq ans, je connaissais la méthode sur le bout des doigts avec Tank. Le rendormir quand il se réveillait signifiait le saisir en vitesse, avant qu'il ne se réveille complètement. Si vous attendiez ou que vous traîniez une seule seconde, il pouvait être debout pendant des heures. Renoncer à mes devoirs nocturnes semblait à la fois impossible et irresponsable. Toutefois, qui étais-je pour dire à Jean ce qu'elle devait faire sous son propre toit ?

Elle me guida vers la porte à côté, qui donnait accès à une pièce similaire.

— Et voici où je reçois mes patients, dit Jean.

— Tes patients ?

Il s'avéra que Jean n'était pas seulement une éleveuse de chèvres, mais une thérapeute diplômée – un point que ma mère n'avait jamais évoqué, et je me demandai si elle était même au courant. Jean raccompagnait des patients à la porte de ce bureau l'après-midi – juste deux ou trois personnes par jour, souligna-t-elle, mais elle couvrait à peu près toute la ville.

— Tout le monde a besoin d'un peu d'aide, parfois, déclara-t-elle.

— Ne m'en parle pas, répliquai-je, comme si je savais exactement ce qu'elle insinuait.

Mais il allait falloir, en vérité, qu'elle m'en parle – parce que j'ignorais ce qu'elle insinuait. Je savais assurément ce que c'était qu'avoir besoin d'aide. Mais je ne voyais pas clairement en quoi en demander consistait. J'avais appris dès le plus jeune âge que l'aide était pour les faibles – et combien il était d'une importance vitale de rester fort en toutes circonstances, même quand le sol s'effondrait sous vos pieds. Aux funérailles de votre mari, par exemple. Avec votre enfant de deux ans dans les bras. Même ma mère s'était émerveillée de la façon dont je maintins ce sourire stoïque tandis que les amis de Danny fondaient en larmes les uns après les autres.

— C'était un type bien, Libby, me disaient-ils à tour de rôle, avec leurs figures qui se liquéfiaient.

Puis nous nous étreignions, et, sans que je sache bien comment, je me retrouvais à leur tapoter les épaules au lieu de l'inverse. Ce ne fut que plus tard – les enfants endormis, la vaisselle faite, le linge plié – que je lâchai. Lorsqu'il n'y eut absolument plus personne dans les parages pour m'offrir le moindre réconfort. Un fait qui aurait pu constituer un bon sujet de thérapie, si j'avais cru en ce genre de choses.

Je souris à Jean. Ma tante : thérapeute et dame aux chèvres. Comment était-il possible qu'elle et la femme qui m'avait élevée partagent le moindre gène ?

— Tu dois être douée pour garder les secrets, finis-je par dire.

— Mon ange, dit-elle en passant son bras autour de mes épaules pour les serrer furtivement, je suis une tombe.

Avant l'heure du coucher ce soir-là, Jean baigna les enfants dans la baignoire à pieds de lion. Alors qu'Abby commençait à se déshabiller, je me rendis compte que je n'avais pas averti Jean de la cicatrice sur le côté de sa jambe, reste de l'accident. Elle faisait environ vingt-cinq centimètres de long et était toujours rose, et je craignis que Jean n'ait le souffle coupé en la découvrant. Mais je la sous-estimais.

— Cool, cette cicatrice, dit Jean tandis qu'Abby se tortillait pour sortir de son legging.

— Merci, dit Abby.

— Moi aussi, j'ai une cicatrice, intervint alors Tank en désignant l'endroit sur son menton où il avait un jour heurté le trottoir.

— Moi-même, j'en ai une, annonça Jean pendant que les enfants entraient dans l'eau du bain. Bien qu'elle ne soit pas aussi impressionnante.

Elle remonta sa manche pour leur montrer le point de son vaccin contre la variole.

— On dirait la lune quand elle est pleine, dit Tank.

— La mienne ressemble à une rivière sur une carte, dit Abby.

Jean acquiesça.

— C'est clair. Comme le fabuleux Mississippi.

Laissant traîner une oreille, je m'affairai dans la chambre des petits, déballant leurs pyjamas, leurs livres favoris et des photos de famille encadrées. Dans mon enfance, chaque fois que ma mère et moi déménagions – une fois par an, au moins –, mon premier ordre du jour était de rendre les choses accueillantes. Et me cacher sous le lit le jour du déménagement toujours mon dernier.

La maison de Jean ne nécessitait pas beaucoup d'efforts pour être accueillante, mais j'avais besoin de suivre la procédure. Je disposai des animaux en peluche. Je regonflai les oreillers. J'inspectai la chambre à la recherche d'araignées mortelles. J'évaluai l'intervalle entre les barreaux en fer des têtes de lit pour décider si je devais m'inquiéter d'éventuels cous brisés. Et puis, enfin, j'empruntai un morceau de câble pour fermer la lucarne au cas où l'un de mes enfants, soudain devenu somnambule, grimperait par la fenêtre et plongerait vers sa mort. Jean accéda à ma requête sans commentaire, mais je ne pus m'empêcher de me défendre mentalement. Ces choses se produisaient tout le temps. Les mères entendaient ces histoires constamment : des parents peu méfiants, sympathiques, normaux, qui allaient juste répondre au téléphone et revenaient pour trouver leurs enfants tués de façons inimaginables.

Je savais que les petits étaient plus en sécurité dans l'appartement beige de ma mère au beau milieu de la ville, dont les dangers tels que les serpents à sonnette avaient depuis longtemps été éliminés. Si je traînais mes enfants à la campagne et que l'un d'eux se faisait, disons, manger par un ours, je ne pourrais m'en prendre qu'à moi. Est-ce qu'ils avaient même des ours dans le centre du Texas ? Il faudrait que je google ça plus tard.

Lorsque les enfants eurent fini leur bain, ils auraient déjà dû être couchés depuis une heure. Nous sautâmes le brossage de dents, et même la vitamine E que nous appliquions toujours sur la cicatrice d'Abby au moment de les border. J'étais prête à ce que la journée se finisse. Les enfants avaient oublié que c'était le nouvel an, et je n'avais aucune intention de le leur rappeler. L'année dernière, j'avais changé l'heure du micro-ondes et les avais laissés faire le décompte jusqu'à « minuit » autour de 19 h 30. Mais, cette année, ils étaient si fatigués que je n'eus même pas à faire semblant. Avant d'éteindre la lumière, je leur réexpliquai où j'allais dormir et décrivis en détail le chemin pour s'y rendre. J'avais cette impression dingue de les abandonner. Lorsque j'eus enfin terminé de les border, Jean apparut à la porte et dit :

— Si vous vous endormez tout de suite, demain je vous montre où le trésor des pirates est enterré.

D'habitude, le moment du coucher dans nos vies était un long supplice. Je ne compte plus les heures passées à les supplier d'aller se coucher tandis qu'ils sortaient encore et encore, demandant de l'eau et des bâtonnets de fromage et des massages du dos. Tank réclamait souvent un dernier bisou et alors, quand je me penchais, il refermait ses bras autour de mon cou dans une « prison d'amour » jusqu'à ce que je me débatte littéralement pour me libérer. Ce soir-là, cependant, tandis que Jean et moi descendions au rez-de-chaussée, il n'y eut que du silence dans notre sillage. J'attendis le bruit des pas dans l'escalier pendant que Jean nous faisait du thé. J'attendis tandis que nous nous installions dans les fauteuils confortables du salon. Et je continuai d'attendre pendant que Jean m'interrogeait sur toute ma vie. Quels étaient mes centres d'intérêt ? Mes loisirs ? Mes passions ? Quelle avait été ma matière principale ? Quelle était ma période préférée de l'année ? Mes vacances préférées ? Mon animal préféré ? Au début, je me montrai juste polie : j'aimais faire du ski nautique, même si ça remontait à des années. J'avais traversé une phase tricot qui avait généré plusieurs écharpes que je ne portais jamais. J'aimais faire des mots croisés. J'aimais lire des biographies. J'aimais les films en noir et blanc de tous les genres. Jean prit appui sur ses mains et but mes paroles comme si j'étais la personne la plus fascinante du monde. Avant que je m'en aperçoive, une heure s'était écoulée – et j'avais complètement oublié les enfants pour la deuxième fois de la journée.

— Je pense qu'ils se sont endormis, dit Jean quand enfin je soufflai un peu.

— Pas possible, rétorquai-je. Ils ne se contentent pas de s'endormir.

— Ne sous-estime jamais le pouvoir du trésor des pirates.

— Parfois, quand c'est vraiment critique, je les laisse regarder la télé jusqu'à ce qu'ils s'écroulent.

Jean haussa les épaules.

— Pas de télé.

J'ouvris brusquement les yeux.

— Pas de télé ?

Elle secoua la tête.

— Aucune ? Pas même une ?

— Eh non.

Je scrutai son salon avec incrédulité. Pas de télé. Après toutes les choses dingues que j'avais vues ce jour-là – la carapace de tortue qui servait de tabouret dans la salle de bains, la table à pique-nique avec des pneus de camion pour pieds, les huit cerfs qui avaient traversé la cour d'un pas nonchalant en file indienne ce soir-là – ça, cette chose-là, m'époustouflait.

— Pas même une minuscule dans la cuisine ?

Jean secoua la tête.

— Eh non. Pas d'Internet, non plus, ajouta-t-elle avec une note de fierté.

J'en restai bouche bée.

— Il faudra que tu ailles à la bibliothèque, poursuivit-elle. C'est là-bas que j'actualise la page Facebook de la ferme.

— La ferme a une page Facebook ?

— Bien sûr.

Quelques instants passèrent tandis que j'essayais d'assimiler. Je finis par dire :

— Que diable fais-tu pour t'amuser ?

— Oh, un tas de choses. Je me balade à pied. Je cherche des pierres. Je lis dans le hamac. (Elle étudia mon visage.) Par contre, j'ai une radio dans la cuisine.

— Une radio ?

— Et une grosse.

Et à quoi servait une radio, exactement ? Qui se roulait en boule devant un poste de radio après une longue journée ?

— Nous avons notre propre station de radio publique ici en ville. Elle diffuse une émission géniale de country.

Je ne pus même pas jouer la comédie pour elle. Elle voulait que je remplace *Projet haute couture* par de la country ? Ce déménagement me parut soudain une formidable erreur. Je n'étais pas éleveuse de chèvres. Je n'étais même pas une provinciale.

— J'ai une platine vinyle aussi, annonça-t-elle.

Je me sentis nauséeuse. Je n'étais pas à ma place. Qu'est-ce qui m'avait pris ? Non seulement j'allais devoir retourner à Houston en rampant et implorer qu'on me rende mon ancien job, mais en plus j'allais avoir droit pendant des mois, voire des années, à des têtes de je-te-l'avais-dit de la part d'une version gonflée d'autosatisfaction de ma mère.

Mais j'étais debout depuis 5 heures, et il était près de 23 heures. J'avais laissé tout ce qui m'était familier derrière moi. J'avais parié sur une nouvelle vie qui se révélait excessive. Je sentis dans ma poitrine cette viscosité qui vous vient juste avant de pleurer, et, comme pour m'en échapper littéralement, je me levai. Jean me regarda en clignant les yeux.

— Je devrais probablement aller me coucher, dis-je en feignant de m'étirer.

— Bien sûr, dit-elle, déchiffrant clairement le moindre sentiment que j'essayais de dissimuler. Évidemment.

Je me tournai pour partir, mais elle me demanda d'attendre une seconde. Elle s'éclipsa de la pièce puis reparut avec une salopette délavée sur le bras. Un des genoux avait un rapiècement en forme de cœur.

— Pour toi, dit-elle en me la tendant. Tu vas carrément vivre dedans.

Je rivai les yeux sur le vêtement.

— Vraiment ?

Jean acquiesça gaiement.

— Maintenant, va au lit.

J'étais à mi-chemin de ma fuite lorsque je m'arrêtai à la porte pour parler logistique.

— Jean ? fis-je en me retournant.

Elle avait ramassé nos tasses de thé.

— Oui ?

— Si chaque nuit des cinq dernières années de ma vie peut servir de référence, Tank se réveillera entre 2 et 3 heures du matin en m'appelant.

— OK.

— Quand ça arrivera, poursuivis-je, est-ce que tu viendras me chercher ?

— Bien entendu.

— Et… Jean ? ajoutai-je, anticipant le fait qu'à un moment, après le petit déjeuner du lendemain matin, je chargerais la voiture pour remettre le cap sur Houston.

— Oui ?

— Merci infiniment pour toutes tes cartes d'anniversaire.

Je pris une douche dans la minuscule salle de bains blanche, puis fouillai dans mes affaires jusqu'à trouver ma chemise de nuit. Comme il ne semblait y avoir aucune raison de déballer mes affaires, je me contentai d'éteindre et de grimper sur le couvre-lit. C'était du coton chenille du bon vieux temps, et je promenai mes paumes sur les petites bosses du tissu en regardant fixement le plafond. Comment la vie m'avait-elle amenée ici ? Comment étais-je un jour devenue aussi dépendante de la gentillesse d'inconnus ? Il n'y avait pas si longtemps, j'étais une adulte opérationnelle et authentique à la tête d'un foyer rationnel et bien rangé avec un adorable ours pour mari à mes côtés. Une mère comme n'importe quelle autre, avec une liste de courses, un calendrier rempli de goûters, des blocs-notes personnalisés avec mon nom en script, et partout autour de moi des preuves que j'avais fait les bons choix. À présent, tout cela avait disparu. J'étais hors du système. Je n'avais aucun modèle pour cette vie-là. Je n'avais aucune idée de la direction que je prenais. Ni de la façon dont ça finirait.

Au loin, j'entendais les crépitements et explosions des feux d'artifice. Les gens d'Atwater fêtaient le nouvel an, faisant le choix de célébrer ce qui se profilait, quoi que ce fût. Moi, je ne pouvais pas. Quand j'avais emménagé avec ma mère deux ans auparavant, après douze mois à tenter de gérer le naufrage de ma vie, j'étais trop choquée pour même envisager de regarder en arrière. Maintenant, toutefois – avec mes petits à l'autre bout de la maison et rien à faire à part contempler le plafond –, mon esprit dériva vers le passé pour la première fois depuis des siècles afin de s'attarder sur ce que j'avais perdu. Le dernier nouvel an que j'avais passé avec Danny, nous nous étions tous les deux écroulés à 21 h 30. Quand les feux d'artifice avaient commencé à minuit, ils nous avaient réveillés, et nous étions restés allongés côte à côte, les yeux ouverts dans le noir, nous tenant la main en prenant de bonnes résolutions.

— Je vais aller à la salle de sport cette année, avais-je dit. Au moins une fois.

— Je vais ranger le garage, dit-il.

— Je vais apprendre à faire des crêpes.

— Je vais apprendre tout seul à jongler.

Je me tournai pour observer son profil.

— Je ne te vois pas en jongleur, remarquai-je.

— Mon père ne savait rien faire de cool. Je veux être le genre de père qui déchire un peu.

— Tu pourrais aussi apprendre à faire des tours de magie, dis-je.

— L'année prochaine, dit-il en tirant sur ma main pour me rapprocher de lui. Un truc génial à la fois.

Cela s'était avéré miraculeux, sincèrement, d'avoir un véritable foyer pour la première fois de ma vie. Même si je ne lui faisais pas toujours confiance, et même si parfois je m'en préoccupais trop, ce foyer avait été une chose réelle. Une chose réelle que j'avais prévu, au plus profond de moi, de garder pour l'éternité.

À présent, avachie sur le lit, je m'autorisai à me languir douloureusement du passé. Mon ancien lit, mon ancienne maison, mon ancienne existence. Puis, peut-être parce que j'étais si éreintée, ou peut-être même parce qu'il était plus que temps, je laissai cette douleur m'envelopper, m'avaler et me faire sombrer dans un sommeil sans rêves, ni air, ni lumière.

Chapitre 4

Le lendemain matin, je trouvai les enfants à la table de la cuisine, plongeant des pancakes au blé complet de la forme de leurs initiales dans de la confiture de prune chaude. Jean était devant la cuisinière, occupée à frire du bacon. Les enfants m'informèrent qu'il s'agissait d'un festin de nouvel an. Et chacun se comportait comme s'il avait déjà fait ça un million de fois.

— Bacon ? proposa Jean en inclinant la poêle vers moi. Produit maison.

— Peut-être juste du café, dis-je.

Je fus ravie de remarquer une machine à café high-tech et délicieusement moderne.

— Chouette machine, lançai-je.

— Je ne plaisante pas avec le café.

— Maman, dit Abby, viens manger cette confiture.

— C'est tante Jean qui l'a faite, ajouta Tank.

Sa bouche était si pleine qu'on aurait dit celle d'un clown.

Je m'assis en face d'eux à table avec mon café et posai mes mains autour de la tasse chaude.

— Vous voulez entendre quelque chose de fabuleux ?

— Quoi ? demandèrent-ils à l'unisson.

— Sur les deux enfants assis à cette table, aucun ne m'a réveillée cette nuit.

Tank se mit à glousser.

— Comment est-ce possible ? demandai-je.

— Maman, dit Abby de sa voix la plus informative. Cette nuit, Tank a dormi du début à la fin.

Son frère était fier.

— Ouaip.

Je lui tendis ma main ouverte pour qu'il y fasse claquer la sienne.

— Comment as-tu réussi cet exploit ?

Il se fourra un pancake entier dans la bouche.

— Eh bien, parvint-il à articuler, c'est juste que je voulais vraiment voir le trésor des pirates. Alors j'ai fait semblant de dormir, jusqu'à ce que ça m'arrive par accident.

Jean posa une assiette de bacon sur la table.

— C'est une journée chargée aujourd'hui, dit-elle. Les enfants et moi allons creuser pour chercher – et trouver avec un peu de chance – des tonnes de trésors de pirates. Et tu vas rester ici pour en apprendre plus sur les chèvres.

— Si tu cherches le trésor, dis-je, comment vais-je en apprendre sur les chèvres ?

Jean sourit.

— O'Connor.

— Qui est O'Connor ?

— C'est plus ou moins le gérant de ma ferme.

Elle alla à la fenêtre de la cuisine et du doigt me désigna quelque chose dehors. Je suivis son regard et vis l'homme le plus hirsute sur lequel j'aie jamais posé les yeux. Hirsute genre *Muppet Show*. Homme des cavernes. Bigfoot. Sa tête à fourrure semblait dominer le reste de son corps, et même son jean et ses bottes de travail paraissaient hirsutes. Quand il se retourna et que je vis son visage, ce n'était que du poil aussi. En dehors d'une paire d'yeux bleus et d'une bande verticale de nez, sa barbe avait colonisé toute sa figure.

— Ce n'est pas un gérant de ferme, déclarai-je. C'est Chewbacca.

— Cette barbe est une honte, concéda Jean. Et le manque de…

— D'hygiène ?

— De soins, termina-t-elle. Mais il est beau en dessous, je te promets.

Je me moquais qu'il soit beau ou pas. Tant qu'il n'avait pas de puces.

— Il est très bricoleur, poursuivit Jean. S'il existait des jeux Olympiques du bricolage, il décrocherait une médaille d'or.

— Il *devrait* y avoir des jeux Olympiques du bricolage, dis-je en regardant toujours par la fenêtre.

Et je savais que je lui avais fait plaisir en disant ça. Jean se remit au travail, ramassant les assiettes du petit déjeuner et les immergeant dans de l'eau savonneuse, mais je continuai de le regarder une minute pendant qu'il remplissait les gamelles d'eau des chiens. Puis, comme s'il sentait mes yeux sur lui, il se retourna, jeta un coup d'œil vers la fenêtre, et – à ma grande horreur, car je ne portais qu'une chemise de nuit en coton très fin –, se mit en route vers la maison. J'envoyai les enfants s'habiller, mais avant que je n'aie pu moi-même détaler, il se tenait sur la galerie arrière à côté de la porte ouverte et nous regardait dans la cuisine. De près, je pouvais voir qu'il avait de la boue jusqu'aux genoux. À ce moment-là, je me souvins d'une chose. Je portais une culotte avec des petites fraises imprimées. Je savais très bien – comme Danny l'avait maintes fois souligné – qu'on pouvait facilement voir, et même compter, toutes les fraises à travers cette chemise spécifique. Je me tins totalement immobile dans l'espoir de disparaître dans le décor.

— Le portail est réparé, annonça-t-il à Jean, comme s'il n'y avait personne d'autre dans la pièce.

— Merci, dit-elle en marchant vers la porte et en me faisant signe de la rejoindre.

Je croisai les bras sur ma poitrine et m'avançai. Elle ouvrit la porte-moustiquaire afin que nous puissions tous mieux nous voir.

— James O'Connor, dit-elle, je te présente Libby Moran.

— Bonne année, dis-je.

O'Connor parut un peu surpris que ce soit le jour de l'an, et fronça les sourcils une seconde avant d'en revenir aux présentations. Il regarda Jean.

— La nièce perdue de vue, dit-il, comme si j'étais le personnage d'une célèbre histoire.

Il me tendit la main.

— Oui, dis-je en la serrant. Perdue, mais à présent, vous voyez, retrouvée.

— Enfin, dit-il, tandis que les enfants descendaient l'escalier d'un pas lourd avant de s'arrêter net en le voyant.

Abby se plaça devant Tank.

— Tu protèges ton frère ? demanda O'Connor.

— Oui, répondit-elle.

— Pourquoi ?

— Au cas où tu serais une bête.

O'Connor inclina la tête et observa Abby avec intérêt. Puis il déclara :

— Tu es très courageuse, grande sœur.

— Elle est aussi très forte, intervint Tank. Il ne vaut mieux *pas* la mettre en colère.

— Bon conseil, dit O'Connor, les yeux toujours plissés.

— Ne vous inquiétez pas, dit Jean aux enfants. C'est un humain sous toute cette fourrure.

Tout le monde était prêt pour la journée, sauf moi. J'envoyai donc les petits dans la cour et promis de retrouver O'Connor devant la grange de traite quinze minutes plus tard. Mais, d'abord, je devais faire une halte à l'évier de la cuisine pour laver – avec de l'eau très chaude et du produit vaisselle – la main qui avait serré celle d'O'Connor. Et pas seulement une fois, mais deux, par précaution. Juste au cas où il aurait vraiment eu des puces, finalement.

En faisant le tour de la ferme, j'eus l'impression que Jean avait dit à O'Connor de commencer par le B.A.-BA de la vie agricole. Quand nous passâmes devant la grange, il dit :

— Voici la grange.

Quand les chèvres se rassemblèrent autour de nous, il dit :

— Voici les chèvres.

— Je sais ce que sont des chèvres, dis-je, avant de demander plus poliment : Est-ce qu'elles ont des noms ?

— Ça dépend à qui tu demandes, dit O'Connor. Si tu demandes à tante Jean, elle te débitera vingt noms en vingt secondes.

— Et si je te le demande ?

— Je te dirai qu'elles s'appellent toute La Chèvre.

Je marquai une pause d'une seconde, puis demandai :

— Pourquoi est-ce que tu l'appelles tante Jean ? (O'Connor s'était penché pour examiner les oreilles de l'une des chèvres.) Je veux dire, ce n'est pas ta tante. (Puis je haussai les sourcils.) Si ?

— Non. Ce n'est pas ma tante. Mais je la connais depuis que je suis bébé. Elle était amie avec ma mère.

Je relevai le « était », mais me gardai bien d'émettre le moindre commentaire.

— Par ailleurs, poursuivit-il, c'est ma thérapeute.

— Tu as une thérapeute ?

— Tout le monde dans cette ville en a une, dit-il en m'entraînant vers le champ qui s'étendait derrière les bâtiments. Et c'est tante Jean.

— Les douze mille un habitants de cette ville consultent tante Jean ?

— Eh bien, pas tous en même temps…

— Curieusement, poursuivis-je, quand je pense *petite localité texane*, je ne pense pas *thérapie*.

— La moitié de cette ville est peuplée de hippies, dit O'Connor par-dessus son épaule.

— Vraiment ?

— Bien sûr. Ils sont venus pour la source chaude.

J'avais entendu parler de la source chaude, mais je n'y étais jamais allée. Des panneaux publicitaires s'alignaient sur la route inter-États. Certains, dont Jean, croyaient que leurs eaux avaient des propriétés curatives. Tante Jean allait s'y tremper tous les matins entre sa séance de yoga et le petit déjeuner.

— Les hippies sont arrivés dans les années soixante-dix, ajouta O'Connor en s'arrêtant pour lacer sa chaussure, et ont commencé à se croiser avec les fermiers.

Lorsqu'il releva la tête, l'ironie arquait son sourcil – l'une des seules zones de son visage que je pouvais distinguer.

— Pour faire des hybrides fermiers-hippies ? demandai-je.

— Ouaip, dit-il en tournant son attention vers un portail fermé par une chaîne. Voici la règle concernant les portails dans une ferme, poursuivit-il, d'un ton soudain professionnel. Laisse-les toujours comme tu les as trouvés. S'ils sont ouverts, laisse-les ouverts. S'ils sont fermés, ferme-les derrière toi.

— OK.

— Certains loquets sont rouillés, précisa-t-il en désignant l'un d'eux pour que je l'essaie.

Il s'agissait d'une simple attache métallique. Mais, lorsque j'appuyai dessus, elle ne céda pas. Il dit :

— Pousse dessus avant de la faire coulisser.

Je poussai, mais sans succès.

— Pousse, dit-il de nouveau, comme si j'avais besoin qu'on me le précise.

— C'est ce que je fais, dis-je.

— Plus fort.

— C'est ce que je fais !

Finalement, ses mains n'en purent plus. Il en mit une sur la mienne et appuya sur mon pouce avec le sien – si fort que l'attache coulissa aussitôt.

— Aïe ! criai-je.

Il me lâcha, et je secouai la main.

— Désolé, dit-il. Peut-être que je remplacerai simplement celui-ci.

— Non, dis-je, passant le portail à sa suite et le regardant remettre le loquet d'une main. Je ferai juste des… (J'hésitai.) … des exercices de pouce.

Les mots semblèrent encore plus stupides prononcés à voix haute que dans ma tête. Depuis l'étang du champ arrière, nous pouvions voir toute la ferme – les bois denses sur la colline derrière nous, les pâturages que Jean louait à des éleveurs de bétail en contrebas, et la cour de la ferme. C'était ravissant. Juste du vert sur du vert à perte de vue. Il devait y avoir quelque chose dans les maisons, les barrières et les bâtiments de la ville qui coupait le vent. Car ce fut ce que je remarquai le plus dans le fait d'être à la campagne : le vent qui vous balayait constamment la peau. Il faisait bruire les feuilles des arbres et cliqueter les moulins. Il léchait les longues herbes. C'était une force, une chose vivante, c'était plus que de l'air. Je fermai les yeux, mais, lorsque je les rouvris, O'Connor était à mi-chemin de la ferme, de l'autre côté du portail reverrouillé. Je trottai derrière lui, mais au lieu d'essayer de manipuler une nouvelle fois le loquet, je me contentai d'enjamber la barrière.

Dans la grange, les chèvres nous donnaient des petits coups de tête sous les mains jusqu'à ce que nous les caressions comme des chiens pendant qu'O'Connor me montrait ce que j'avais besoin de savoir. La vieille grange avec le toit en tôle rouillée avait été un tripot dans les années vingt. À présent, elle abritait du foin, des perchoirs à poulets et des chats de ferme. Le nouveau bâtiment était propre et net, enduit d'un gris nuage de pluie. Il était entouré d'un enclos sur un côté, et, tandis que nous marchions, O'Connor expliqua :

— C'est là que les chèvres attendent d'être traites.

— Est-ce qu'elles aiment se faire traire ? demandai-je.

— Elles ne *détestent* pas.

À l'intérieur, il me montra la plate-forme sur laquelle se tenaient les chèvres, les barres métalliques qui se fermaient autour de leur cou pour les maintenir en place, les seaux de friandises qu'elles recevaient et la trayeuse. Je fus un peu déçue de voir la machine. Ce n'était pas aussi Heidi-esque que ce à quoi je m'étais attendue.

— Nous ne les trayons pas à la main ?

— Bon Dieu, non, dit O'Connor. Ça prendrait toute la journée.

La trayeuse avait de longs tubes en plastique avec des ventouses et un moteur comme un aspirateur. O'Connor s'était déjà chargé de la traite ce matin-là, il ne me fit donc pas de démonstration, par contre il me montra à quoi servaient les choses. Lorsque nous arrivâmes aux ventouses, je dis :

— Et cette partie va sur leurs… (Mais là je cafouillai.) Leurs, hum… tétons ?

O'Connor se mit les mains sur les yeux.

— Les animaux n'ont pas de tétons, dit-il. Ils ont des mamelles.

— Mais l'idée est la même, dis-je. Exact ?

— L'idée est la même, concéda-t-il. Le terme est inexact.

Remarquant une petite radio sur une étagère, je me demandai alors comment quelqu'un pouvait bien l'entendre par-dessus le bruit de la trayeuse.

O'Connor suivit mon regard.

— Elle est cassée, dit-il. On se contente de faire notre propre musique.

Je tournai les yeux vers lui.

— Comment ?

Il me regarda en inclinant la tête.

— En chantant.

— Tu chantes ? m'étonnai-je.

Il semblait trop grincheux pour chanter.

— Bien sûr, dit-il. Les chèvres adorent ça. Parfois elles se joignent à nous.

Notre étape suivante fut la cuisine à fromage, la pièce à côté dans la grange à traite. Nous dûmes changer de chaussures avant d'y entrer – des Crocs étaient empilées dans l'encadrement de la porte –, parce que cette salle, contrairement au côté traite, était récurée et d'une propreté irréprochable, avec des comptoirs inoxydables et du matériel de cuisine de qualité restaurant : de grands éviers et des douchettes, un îlot de travail, des bacs et des marmites qui pendaient d'un rail au plafond, et, dans l'angle, une chambre froide.

— Attention à ce truc, dit O'Connor en faisant un geste vers le frigo. Il y a un problème avec le loquet de la porte, et parfois il se coince. N'y entre jamais sans la bloquer en position ouverte. (Puis, en m'évaluant, il changea d'avis.)

En fait, n'y entre jamais, point. Appelle-moi si tu as besoin de quelque chose.

Je regardai dans le frigo. Il semblait faire également office de placard de rangement, abritant des bacs de fromage ainsi que des boîtes de provisions et même deux couvertures en laine pliées.

— Ça fait beaucoup de frigo pour très peu de fromage, on dirait, dis-je.

— Nous sommes au niveau le plus bas actuellement, mais il n'est jamais plein. Frank l'a installé quand ils pensaient qu'ils allaient se développer. Mais ensuite il est tombé malade, et ils ne l'ont jamais fait.

— De quoi souffrait-il ?

— Parkinson.

— Oh. Et maintenant, Jean a de l'arthrite.

Il acquiesça.

— Alors tu feras ses corvées désormais – principalement traire et faire du fromage.

— Et toi, qu'est-ce que tu fais ? m'enquis-je.

— Tout le reste. Et j'aide à la traite. C'est plus rapide à deux.

— Et ensuite, que faisons-nous du fromage ?

— Nous le vendons.

Je lui souris au lieu de lever les yeux au ciel.

— Où le vendons-nous ?

— Aux marchés fermiers de Houston et Austin. (Il m'adressa un regard évaluatif.) Mais tu n'es pas encore prête pour ça. Il faut d'abord qu'on fasse le tour des fondamentaux.

De retour dehors, nous traversâmes la cour de la ferme en direction de la maison.

— Donc, voilà en gros la journée, dit O'Connor, à quelques pas devant moi. Traire le matin, accomplir les tâches de la ferme, fabriquer le fromage l'après-midi, retraire le soir.

—Ça a l'air d'une vie assez sympa, dis-je.

—C'est une vie géniale.

Il ralentit sous un chêne près de la maison, et il me dit là que je devais aller faire une course pour lui au magasin d'alimentation animale. Il me tendit une liste de produits, ainsi qu'une enveloppe d'argent liquide à utiliser.

—Conserve la monnaie et le ticket, précisa-t-il.

—Est-ce que je suis comme ton assistante, alors? demandai-je.

—Plus ou moins. Bien que tu puisses te qualifier de stagiaire si tu veux.

Il me lança les clés, que je ne parvins pas à attraper, et me dit que je pouvais prendre le camion de la ferme.

—Est-ce que c'est ouvert aujourd'hui? demandai-je. Je veux dire, est-ce que les gens travaillent le jour de l'an?

—Les gens travaillent tous les jours à la campagne.

J'eus l'impression qu'il me taquinait.

—Donc le magasin est ouvert?

—Nan. Pas le jour de l'an. Mais Tom a laissé un sac de nourriture pour nous devant la porte de derrière. Glisse juste un billet de vingt dans la fente à courrier.

Glisser un billet de vingt dans la fente à courrier. Évidemment.

—Comment est-ce que je récupère le reçu?

—Rédiges-en un.

J'eus envie de prendre ma camionnette – ne fût-ce que pour retourner dans mon propre espace un petit moment. Mais j'eus le sentiment que j'étais censée faire les choses comme on les faisait. Je trouvai donc le camion – bleu pastel, garé devant la vieille grange – et, après avoir fait une pause pour lire l'autocollant de pare-chocs qui disait TOUT EST

CONNECTÉ, j'y montai. Le camion avait une banquette et pas de ceintures diagonales, et les vitres, qui se manœuvraient à la manivelle, étaient déjà baissées. Je déboîtai pour emprunter la route et tendis le bras dehors. J'essayai de me rappeler la dernière fois que j'avais conduit où que ce soit toute seule, navigué en solo sur une voie libre les cheveux au vent, ou passé une matinée avec autant d'animaux poilus – gérant de ferme compris. Ça faisait un moment que j'avais besoin de changer de vie. Et même si ceci n'était pas ce que j'avais imaginé ni voulu, il ne faisait aucun doute que c'était différent. Je ne savais pas vraiment si j'avais amélioré ou empiré les choses, mais j'avais effectué un réel changement, aucun doute là-dessus, après une longue, longue attente. Ou peut-être, en vérité, Jean l'avait-elle effectué pour moi.

Chapitre 5

Donc, nous restâmes. Même si je n'avais pas plus pris la décision de rester que de ne pas partir. Ce ne fut pas exactement une transition sans accroc. Les enfants, par exemple, n'aimaient pas la nourriture de tante Jean. Elle ne dînait pas de steaks d'écureuil, ce qui fut un soulagement, mais il n'y avait pas un gramme de sucre dans toute la maison. À l'exception de ses pancakes mondialement célèbres, elle ne mangeait que de la viande, des légumes et des fruits produits sur place, parce que, disait-elle, « les glucides vous tueront ». Donc pas de pain et pas de pâtes, mais beaucoup de beurre. Qui était bon – j'avais oublié *combien* c'était bon. Chez ma mère, il n'y avait eu que de la margarine. Et de l'Olestra. Quoi que ce soit de différent de la vie chez ma mère était forcément bénéfique, me disais-je, par définition. Je me dis la même chose concernant la disparition soudaine de la télé, qui fut aussi un choc pour les organismes de mes enfants. En ville, la télé avait été notre valeur sûre en tant qu'activité transitoire, et aussi en tant que passe-temps. Sans parler de sa fonction de baby-sitter, remonte-moral et expéditeur-au-lit. Subitement, voilà que nous étions à faire toutes ces choses nous-mêmes, à accomplir nos activités quotidiennes en vacillant, comme si quelqu'un nous avait volé les roues d'apprentissage. Car se tenir occupé est une compétence qui s'acquiert. Comme le sont : explorer, jouer à faire semblant et courir partout dehors. Jean s'attendait simplement à ce que mes enfants sachent faire tout ça. Cette première semaine, elle disait : « Allez jouer dehors », et ils sortaient consciencieusement en troupe. Mais alors je les regardais, plantés dans la cour, pas très sûrs de ce qu'ils devaient faire ensuite. Je leur laissais quelques minutes, comme avec un bébé agité, et, quand je n'en pouvais plus, je sortais pour leur lancer une suggestion.

— Pourquoi ne pas arroser le jardin ? proposai-je à maintes reprises ces premiers jours.

Il ne fallut pas longtemps pour que le tonneau d'eau de pluie soit vide.

— Pourquoi ne pas nourrir les poulets ? suggérai-je ensuite.

— Maman, dit Abby, Jean a dit seulement une dose de boulettes par jour. On ne veut pas qu'ils deviennent obèses.

Notre troisième soir là-bas, que nous appelâmes notre « troisiversaire », Jean laissa les enfants tirer des feux d'artifice dans la cour, puisque nous avions raté le réveillon du nouvel an. Nous nous emmitouflâmes bien serrés dans nos parkas et bonnets de laine, et restâmes dehors jusqu'à ce que nous ayons trop froid. Abby s'inquiéta pour les chèvres.

— Est-ce qu'on ne va pas les effrayer ?

— Meuh non, dit Jean. Elles savent que les humains sont timbrés.

Après cela, nous rentrâmes pour nous réchauffer et griller des chamallows dans la cheminée. La même semaine, j'inscrivis les enfants à la gigantesque école primaire publique qui desservait trois comtés à leur point d'intersection. Comme je m'étais imaginé une petite école de campagne à salle unique du genre *Petite Maison dans la prairie*, la vision de la structure en béton des années 1960 aux allures carcérales fut démoralisante. Ce qui le fut aussi : le ratio élèves-professeurs de trente-sept pour un, et les réductions budgétaires qui avaient éliminé tous les aides-enseignants, les cours d'arts plastiques et la musique. Je me fis du souci jusqu'à 3 heures du matin la veille du premier jour de classe des petits. Ça irait pour Tank, mais je m'inquiétais pour Abby. Sa jambe était officiellement guérie. Nous avions terminé la rééducation l'année précédente. Elle avait une cicatrice qui s'étendait sur tout le côté, mais elle était facile à couvrir avec un pantalon. Cependant, elle marchait en boitant encore un tout petit peu. Parfois je trouvais que ça se voyait, et parfois non. Ce n'était pas assez grave pour l'empêcher de faire quoi que ce soit, mais ça l'était suffisamment pour l'empêcher aussi de faire correctement un tas de choses. Le problème remonta de plus en plus à la surface à mesure que les enfants devenaient plus âgés et forts, et j'entendais Abby se critiquer pour sa lenteur.

J'ignorais quoi lui dire à ce sujet. Comment expliquez-vous à une fillette qu'elle va toujours devoir travailler deux fois plus que les autres pour être deux fois moins bonne ? Je n'avais pas les mots pour ça. Tout ce que je savais, c'était que regarder vos enfants survivre à leur enfance était bien pire que de survivre à la vôtre.

Gigotant dans mon lit, je culpabilisai de les avoir retirés d'une école en ville qui n'était pas parfaite, mais où, au moins, ils avaient fait leur trou. À présent, ils devraient tout revivre depuis le début – rencontrer de nouvelles personnes, se faire de nouveaux amis, déterminer à qui parler dans la cour de récré et à quoi jouer. Et je ne savais pas ce que portaient les enfants ici ni quels jouets étaient cool, pas plus que je n'avais d'autres idées qui pourraient les aider à s'intégrer. Et comment un professeur leur apporterait-il la moindre aide ou attention avec trente-sept gamins à gérer ?

J'avais simplement l'impression de les abandonner dans la jungle.

Il fut prévu qu'au quotidien Jean aille les chercher après l'école et les surveille l'après-midi jusqu'à ce que j'aie fini la traite du soir. Ce premier jour, néanmoins, il fallut que je fonce vérifier comment ils allaient dès que j'entendis la camionnette s'arrêter. Les animaux et moi les encerclâmes tous comme des paparazzis lorsqu'ils sortirent, et je m'attendais à les voir stressés et ébranlés par toute une journée de choses entièrement nouvelles.

— Comment était-ce ? demandai-je en étudiant particulièrement Abby de près.

Sa réponse fut un « Génial » standard. Puis elle demanda à Jean :

— Est-ce qu'on peut jouer avec les chatons ?

Au hochement de tête de Jean, ils décampèrent tous les deux, me plantant là en train de crier :

— Est-ce que c'était génial pour toi aussi, Tank ?

Pas de réponse.

— Je vais prendre ça pour un oui, dis-je à Jean.

— Ils ont l'air d'aller bien, confirma-t-elle.

Bien entendu, avoir l'air d'aller bien et aller vraiment bien sont deux choses différentes. Contrairement aux adultes, qui mesurent et assimilent les épreuves au moment où elles arrivent, les enfants ne semblent souvent affectés que beaucoup plus tard.

— Ils paraissent bien pour l'instant, dis-je à Jean, interdisant en silence à mon cœur de se desserrer.

Peut-être serais-je moins tendue en février, quand nous serions posés. Ou peut-être attendrais-je l'été, quand nous aurions nos repères. Ou peut-être attendrais-je que nous n'ayons vraiment plus rien à craindre. Genre, une fois qu'ils auraient leur diplôme universitaire. D'ici là, j'essaierais juste de me rappeler que je ne pouvais contrôler que ce que je pouvais contrôler. Comme mes efforts dans la traite des chèvres. Qui ne méritaient peut-être pas encore un A (j'en avais coincé une dans le harnais de traite en métal cette semaine-là), mais s'amélioraient régulièrement sous la tutelle d'O'Connor.

— Il faut vraiment que tu te détendes, me dit-il aux alentours de la troisième semaine alors que nous étions tous les deux assis à nos postes de traite.

— Je suis détendue.

— Les filles ressentent cette tension. Et ça les rend nerveuses.

— Je rends les chèvres nerveuses ? Comment est-ce que tu peux même le voir ?

Il haussa les épaules.

— Langage du corps.

— Le mien ? demandai-je. Ou le leur ?

— Les deux, en fait, répondit-il.

— En fait, je n'ai pas passé beaucoup de temps en compagnie d'animaux, expliquai-je. À part une tortue boîte que j'ai eue dans mon enfance. Brièvement. Avant que ma mère roule dessus dans l'allée.

O'Connor hocha la tête tandis que je tentais d'inciter l'une des chèvres à monter sur la plate-forme de traite. Plus je tirais, plus elle reculait, jusqu'à ce que nous provoquions une complète confrontation.

— Hé là, dit O'Connor. Doucement.

— C'est elle qui fait son obstinée.

O'Connor nous étudia toutes les deux, puis vint de mon côté et mena délicatement la chèvre sur la plate-forme, verrouillant le harnais sur elle d'un seul mouvement gracieux. Facile.

— Frimeur, lâchai-je.

Quelques minutes plus tard, O'Connor releva furtivement les yeux.

— Voilà ce que tu vas faire, dit-il. Chante pour elles.

— Leur chanter quoi ?

— N'importe quoi. Ce que tu veux. Les Beatles. Des airs de comédies musicales.

— Chanter des airs de comédies musicales à des chèvres ?

— Moi, je leur chante des chansons d'amour, dit-il. Puisqu'elles sont toutes amoureuses de moi.

J'essayai de deviner s'il plaisantait ou pas. C'était difficile à dire avec ce visage caché sous toute cette pilosité.

— Eh bien, finis-je par dire, je ne sais pas chanter.

— Tu ne sais pas ou ne veux pas ?

— Ne sais pas *et* ne veux pas. (Je regardai vers lui.) Je ne chante jamais.

— Même pas dans ta voiture ? Ni sous la douche ?

— Eh non.

— Et quand c'est l'anniversaire de quelqu'un ? Est-ce que tu lui chantes « Joyeux anniversaire » ?

— En play-back.

— Pourquoi ?

— Parce que je chante comme une casserole.

— Mais, je veux dire, on s'en fout, non ?

— Pas moi. Et tu ne t'en foutrais pas si tu devais l'entendre. Par ailleurs, les chèvres partiraient en courant vers le pâturage le plus éloigné.

O'Connor me considéra un instant.

— Maintenant, j'ai juste terriblement envie de t'entendre chanter.

Je secouai la tête.

— Pas près d'arriver.

Au cours des quelques semaines suivantes, j'estimai qu'il était, dans l'ensemble, bien plus agréable qu'il ne l'avait semblé au départ. Il faisait tout ce que Jean demandait, avec rapidité et précision – et elle ne plaisantait pas sur ses talents de bricoleur. Entre peindre des panneaux et manœuvrer un bulldozer en passant par réparer des moteurs de tracteur cassés, il savait absolument tout faire. Il nous pêchait fréquemment du poisson dans l'étang pour le dîner, ce qui à la fois ravissait et dégoûtait Abby et Tank quand ils le regardaient procéder à l'éviscération. Il semblait avoir une aisance naturelle avec les enfants, aussi, et il ne fallut pas longtemps avant qu'il appelle Tank par une multitude de surnoms, dont « Titi », « Tornade », et, pour je ne sais quelle raison, « DJ Raptor ». Abby avait droit à un simple « Mamacita », qui la faisait aussitôt rayonner chaque fois qu'elle l'entendait. Alors on en était là : une intimité immédiate avec le premier adulte masculin à longer les lignes de touche de nos existences en trois bonnes années. Quant à moi, évidemment, je restais encore en retrait comme une pro. Si mes enfants ne pouvaient réserver leur jugement, je serais alors assez réservée pour nous trois.

Nous habitions chez Jean depuis environ un mois quand O'Connor apparut sur la galerie derrière la maison un soir au cours du dîner.

— Il y a quelque chose d'étrange dans la cour, dit-il à Jean.

Elle fronça les sourcils avant de déchiffrer l'expression de son visage.

— Quelque chose d'étrange ?

— Deux choses étranges, en fait, précisa-t-il avec une inquiétude exagérée. Peut-être que les enfants pourraient m'aider à résoudre ça.

À ces mots, Tank se précipita dehors. Abby, toutefois, se tourna vers moi et dit :

— Est-ce qu'on peut y aller ?

J'acquiesçai et me levai pour les suivre, moi aussi. Je n'étais même pas sortie avant de voir de quoi il s'agissait. De la branche la plus grosse du grand chêne de la cour, deux pneus de tracteur pendaient. Quelques secondes plus tard, les enfants se balançaient et vrillaient dessus, et O'Connor les poussait, aussi. Jean apparut à côté de moi dans la cour.

— Voilà qui était attentionné, dis-je.

— Oui, dit-elle. Il est attentionné.

— Et bricoleur, ajoutai-je.

— Très bricoleur.

— Et tu le connais depuis qu'il est petit ?

— Oh, oui ! dit-elle. Tous les deux, vous…

Mais elle s'interrompit. Je lui jetai un coup d'œil.

— Tous les deux, vous avez exactement le même âge, poursuivit-elle.

— Tu étais amie avec sa mère ?

— Oui.

— Mais plus maintenant ?

— Eh bien, elle a déménagé.

— Oh. Est-ce que son père a déménagé aussi ?

Jean se tourna face à moi.

— C'est délicat pour moi de parler de ces choses-là, parce que j'en connais tellement sur les histoires des gens du fait de leurs visites à mon cabinet…

— Oh, dis-je.

— Tu devrais peut-être poser la question à O'Connor, suggéra-t-elle.

— OK, dis-je, même si bien sûr je ne le ferais pas.

Nous les observâmes en silence une minute. Puis Jean dit :

— Il est clair que ce garçon a besoin d'une coupe de cheveux.

— Qui ? Tank ? demandai-je.

— Non. L'autre.

Sans réfléchir, je dis, d'une voix qui sonnait plutôt comme une proposition :

— J'ai une tondeuse.

— Ah oui ?

— Pour Tank, m'empressai-je de préciser.

Je sentais qu'elle était sur le point de suggérer que je m'en serve sur O'Connor, et je peux affirmer que je n'avais aucune envie de couper – ni même de me tenir à proximité de – ses cheveux. Et pourtant j'avais évoqué le sujet. Je tentai de faire machine arrière.

— N'hésite pas à l'emprunter, si tu veux.

— Moi ? dit Jean en faisant la moue. Oh, Seigneur. Je le transformerais en topiaire.

J'émis un rire de politesse juste au moment où elle se tournait vers moi avec détermination.

— Avec quoi pourrais-je te corrompre pour te convaincre de les couper ?

Je lâchai un sifflement.

— Un trésor de pirates ?

— Je vais me mettre à creuser.

— Alors ? dis-je. Tu ne me le demandes pas ?

— Non, répondit Jean. Je ne te le demande pas… encore.

Je lui en fus reconnaissante. Parce que s'il y avait une chose dont j'étais certaine, c'était que je serais incapable de lui refuser quoi que ce soit.

Jean ne tarda guère à trouver un moyen d'amener les enfants à manger sa nourriture. Elle commença à la mettre en brochettes. Tout devint un kebab. Kebabs de fruits, kebabs de viande, kebabs de cornichons. Quoi que ce soit sur un bâton était *fun*, et une fois qu'elle a eu découvert ce principe, nous fûmes parés.

Nous entrâmes dans une routine assez rapidement. Je préparais les petits le matin et les conduisais à l'école. Puis Jean les récupérait à la fin de la journée dans la camionnette pendant que je terminais mes corvées, et je les retrouvais dans la cour autour de 17 h 30 avant que nous rentrions pour le dîner. Ce n'était pas si différent de notre emploi du temps citadin, en réalité, à l'époque où j'allais les chercher à la garderie après le travail. Mais quelque chose dans le fait qu'ils soient si près – que je puisse les voir en regardant par la petite fenêtre – rendait ça plus difficile. Cependant, je devais admettre qu'ils semblaient heureux. Jean était extraordinaire avec les enfants. Impartiale, calme, entièrement impliquée. Ils ne l'irritaient jamais, et elle était dotée d'une imagination sans limites. Je regardais par la fenêtre, et j'allais les voir lui fabriquer des couronnes de feuilles. Ou elle remuait un bâton dans un seau pendant que les petits rassemblaient des pierres, de la boue et des plumes pour concocter des potions magiques. Parfois, ils étaient tous assis sur la balancelle, à lire. Jamais n'entendais-je un mot dur venant d'elle. Sa patience dépassait de loin la mienne, sans parler de celle de ma mère. Fin janvier, j'étais convaincue que déménager à Atwater avait été le choix qui s'imposait. Qui ne voudrait pas vivre dans ce pastoral, magique et bel endroit ? Qui n'adorerait pas la vie dans une petite ville ? Surtout une comme celle-ci – un mélange tellement génial d'agriculteurs *old school* et de zozos New Age. De plus, j'acquérais des connaissances. J'avais oublié combien il était satisfaisant de travailler d'arrache-pied pour quelque chose. J'avais passé des semaines de sommeil ininterrompu la nuit. Je continuais ma progression parmi les différentes recettes de chèvre – avec l'aide d'O'Connor – et partais à la conquête de la feta. Je me familiarisais avec les chèvres, toutes baptisées d'après des femmes célèbres de l'histoire et de la littérature : Harriet Tubman, Pocahontas, Jane Austen et Lois Lane étaient mes préférées jusque-là. Et il n'y avait rien de plus drôle que d'entendre les enfants parler des chèvres une fois qu'ils connurent leurs noms, également.

— Je trouve que Helen Keller a l'air enceinte, avait déclaré Abby la veille.

— Vraiment ? dis-je. Je ne sais pas.

— Elle est bien plus grosse que Toni Morrison ou Lady Bird Johnson, poursuivit-elle.

— Mais elle est loin d'être aussi grosse qu'Hélène de Troie, soulignai-je, qui n'est pas du tout enceinte.

Jean et Abby confectionnaient aussi des petites décorations pour les colliers des chèvres, découpant des formes dans du feutre pour leur coller sur l'arrière, et Abby faisait sérieusement référence à leur travail comme la « collection printemps ». Comme elle me l'avait expliqué, « ce n'est pas parce que ce sont des chèvres qu'elles ne peuvent pas se faire belles ».

Déménager à la campagne avait provoqué une ouverture de toutes les manières possibles. C'était comme si je m'étais préparée à l'assaut de ma vie, mais, à présent, dans de petits moments inattendus, comme lorsqu'une brise balayait la cour de la ferme, j'éprouvais les pincements d'une émotion que je pourrais seulement décrire comme du bonheur.

Et alors je retombai sur Sunshine.

Chapitre 6

Les expéditions en ville étaient toujours un peu frénétiques. Je croisais systématiquement des gens qui voulaient me rencontrer et me prendre dans leurs bras et me dire combien ils aimaient Jean. Être sa nièce faisait de moi une petite célébrité à Atwater, et tout le monde semblait connaître quelqu'un auprès de qui elle était restée à l'hôpital, ou à qui elle avait dit exactement ce qu'il fallait quand personne n'avait su trouver les bons mots, ou avec qui elle avait sauté du pont sur chevalets pour aller prendre un bain de minuit. Tout ce que je pouvais vraiment faire, c'était acquiescer et dire :

— Elle semble exceptionnelle.

Ce jour particulier où je revis Sunshine au magasin d'alimentation, je venais de me voir offrir une paire de boucles d'oreilles en plumes d'oiseau par une dame prénommée Selma. Lorsque je me tournai vers la caisse et que j'aperçus Sunshine debout derrière, je faillis lâcher mon sac de friandises pour chèvres. Je l'avais complètement oubliée. Je hissai le sac sur le comptoir, tout en essayant discrètement de vérifier deux fois son badge.

— Salut, Sunshine, dis-je. (Elle fit juste un petit signe.) Encore désolée de vous avoir presque tuée l'autre jour.

Les gens derrière tendirent l'oreille.

— Ne vous inquiétez pas pour ça, dit-elle. C'était le destin.

Elle s'était colorié les ongles au marqueur noir.

— Je pense que c'était juste de la conduite négligente, répliquai-je en tendant des billets de vingt sortis de mon enveloppe.

— Non, insista-t-elle avec un haussement d'épaules, c'était la fatalité.

Elle prit les billets, mais, au lieu de faire la monnaie, elle les garda juste dans sa main, se pencha et dit :

— Je ne plaisantais pas au sujet de votre mari. (Elle cligna de l'œil.) Je peux le trouver.

Je regardai de nouveau son badge, seulement pour avoir un endroit où poser les yeux.

— Je ne cherche pas mon mari.

Je savais que je devais m'expliquer, mais ma gorge sembla se resserrer, et j'avais des difficultés à dire les mots. J'avais l'impression que c'étaient les plus intimes que je puisse prononcer, et cette parfaite inconnue allait me forcer à le faire – maintenant, devant la longue file de clients qui attendaient derrière moi.

— Mon mari n'est pas perdu. Il est mort.

À présent, elle avait un os à ronger. Tout l'auditoire en avait un. Je sentis un soupir d'empathie collectif me frôler telle une brise légère. Je baissai les yeux sur le comptoir. Chaque fois que je devais mettre quiconque au courant pour Danny, je recevais cette même expression d'empathie. Systématiquement. Des gens différents, des moments différents de la journée, et exactement la même tête. Pas ce jour-là, cependant. Pas avec Sunshine. En fait, son visage partit dans l'autre sens.

— Je sais ! s'exclama-t-elle, les yeux brillants d'excitation. C'est ça que je fais.

Puis elle jeta un regard furtif à notre public, qui nous observait du coin de l'œil depuis la file et les allées, et me fit signe de me pencher plus près. Je m'inclinai par-dessus le comptoir, suffisamment pour qu'elle mette sa main en coupe sur mon oreille et dise, dans des termes qui parurent s'infiltrer directement dans ma tête et y tourbillonner comme de la fumée :

— J'invoque les morts.

— OK ! dis-je, trop fort, en me redressant. Merci !

Je me saisis du sac et, sans attendre la monnaie, je me précipitai hors du magasin, laissant derrière moi une foule de visages aux expressions perplexes. Avant de savoir ce que je faisais ou bien où j'allais, je me retrouvai non pas à rentrer à la ferme, mais en train de conduire trop vite sur la nationale dans la mauvaise direction, pied au plancher, dans l'espoir de m'éloigner le plus possible. Au moment où je ralentis, je passais le panneau pour la source d'Atwater. Alors je suivis qu'il indiquait, tournai à droite puis à gauche, passai devant une aire de pique-nique, puis roulai tranquillement pour m'arrêter sur un parking. Le ciel s'était assombri tout l'après-midi. Je sortis et sentis une lourde brise m'effleurer les bras et le visage. Sans réfléchir, je suivis le début du sentier à travers les mesquites en direction de la source.

Bien entendu, je ne croyais pas que Sunshine puisse réellement parler aux morts. Je ne croyais pas aux fantômes, aux séances de spiritisme, ni même – si je suis tout à fait honnête ici – à un au-delà. Même si j'avais brossé des portraits assez vifs pour les enfants de leur papa au paradis avec un nuage de chamallows pour lit, je ne croyais pas vraiment que ce soit un réel endroit. Alors je n'étais pas certaine, tandis que j'avançais sur le chemin, de ce qui m'avait autant fichu la trouille. Mais je sentais encore le souffle de cette fille dans mon oreille. Tout ce que je savais, c'était que je tournais enfin la page. Houston regorgeait de souvenirs de Danny, mais j'étais désormais dans de nouveaux lieux sans aucun écho du passé. Je ne voulais pas parler de Danny, penser à Danny ou bavarder au magasin d'alimentation avec des gens qui pensaient pouvoir avoir des conversations avec Danny. Il n'avait pas sa place ici, point. Je savais donc ce qui me restait à faire. Je devais dire à O'Connor que je ne pourrais plus me charger des virées au magasin. Je devais le convaincre de s'en charger lui-même. Je pourrais ainsi rester à distance de cette fille. Je pourrais rester à la ferme, où personne n'amènerait plus jamais Danny dans la conversation sans ma permission.

J'arrivai à un ravin. Là, dans un pli, se trouvait la fameuse source, qui décevait par sa petite taille et ressemblait un peu à un jacuzzi. J'avançai jusqu'au bord, puis je m'agenouillai. Là, dans cet endroit calme encerclé par des rafales de vent de tempête, je sentis quelque chose s'élever autour de moi que je ne pus tout à fait définir. Soudain, sous ce ciel lourd et assombri, tout avait en effet l'air vraiment connecté. C'est une chose de voir ces mots sur un autocollant de pare-chocs, et c'en est une sacrément différente de les ressentir réellement. Puis il commença à pleuvoir, et je remontai le chemin jusqu'au camion en courant. Au moment où je mis la clé dans le contact, j'étais à hors d'haleine et trempée jusqu'à ma culotte.

Je fis le trajet retour à quinze kilomètres-heure, ce qui paraissait rapide sous les trombes d'eau. Les essuie-glaces faisaient de leur mieux, mais ne servaient pas à grand-chose. L'averse était si dense que je n'avais presque pas de visibilité, et je me demandai si je ne devrais pas juste me ranger sur la bande d'arrêt d'urgence et attendre une accalmie dans le ciel. Mais il était l'heure de rentrer. Je traînai donc lentement le camion jusqu'en ville, contournai la place et pris la route de l'Arbre fendu. Alors, l'averse se calma, me permettant de voir un peu mieux. Une fois la ville passée, la route descendait vers une crique avant de remonter vers le sommet d'une colline s'étendant en direction de la maison de Jean. En la gravissant, je remarquai un cycliste qui pédalait avec effort vers le sommet, et me demandai à quel point il devait être givré pour se balader par ce temps. Il était dans mon champ de vision depuis à peine une seconde quand je vis partir en biais sa roue avant et la bicyclette faire un soleil, tout ça dans un moment surréaliste, éjectant son coureur dans un dérapage le long de la bande d'arrêt d'urgence. J'écrasai la pédale de frein et me garai. Le temps que je sorte et courre l'aider, il s'était déjà remis debout. Lorsque je me fus assez rapprochée pour distinguer quelque chose à travers les gouttes, je m'aperçus que ce n'était pas un *il*. C'était Sunshine.

— Je vais bien, dit-elle, mais elle avait le visage égratigné et en sang, tout comme ses mains.

— Sunshine, m'exclamai-je, j'ai vu la chute !

Du dos de son poignet, elle repoussa de sa figure des mèches de cheveux mouillés.

— Ça n'a pas été aussi terrible que ça a dû en avoir l'air.

— Ça a eu l'air terriblement brutal.

— Je vais bien, insista-t-elle.

Elle tendit les mains pour laisser la pluie les nettoyer, paumes vers le ciel. Je voyais du gravier incrusté à l'endroit où elle avait heurté le sol.

— Je vais chercher le vélo, dis-je en me retournant.

— Je ne suis pas loin de chez moi.

— Vous ne pouvez pas remonter en selle, lui dis-je en désignant ses paumes.

Elle ne protesta pas. Je ramassai le vélo et le hissai au fond du camion pendant que Sunshine attendait devant la portière passager, incapable de l'ouvrir. Après que je l'eus fait pour elle, elle entra doucement, gardant les mains calées sur ses genoux, les paumes en l'air, en essayant de ne pas saigner sur quoi que ce soit. Je lui bouclai sa ceinture, comme je le faisais parfois pour les enfants. Lorsque je montai de mon côté, elle dit :

— Maintenant, ça commence à faire mal.

— OK. Où est l'hôpital ?

— Oh non. À la maison, ça ira. Je suis juste éraflée. (Je la dévisageai.) Vraiment. Vraiment, répéta-t-elle ensuite plus fermement.

Nous reprîmes donc la route. Elle inspira.

— Je suis désolée pour tout à l'heure…

— Je ne veux pas parler de ça.

— J'ai toujours votre monnaie, au fait.

— Gardez-la.

— Je ne voulais pas vous faire flipper.

Ne venais-je pas de dire que je ne voulais pas en parler ?

— Quelle direction ?

— La maison de mon grand-père, répondit-elle en esquissant un geste en avant avec une paume en l'air.

Il y eut un petit silence tandis que nous traversions le pont de la crique, puis Sunshine dit :

— Vous savez, il est ami avec votre tante.

— Tout le monde est ami avec ma tante, rétorquai-je.

— Non. Je veux dire, ils sont *amis*.

— Quoi ?

Je lançai un coup d'œil à la jeune femme. Elle remua les sourcils.

— Pas possible, dis-je.

— Carrément. Véridique.

— Pas possible ! dis-je, plus ou moins ravie. Comment le savez-vous ?

— Tout le monde le sait. Leur couple est officiel. Sauf qu'elle l'ignore depuis que vous êtes là.

— Oh, lâchai-je, embêtée pour lui par principe.

— Ce n'est pas grave, dit Sunshine. Il dit que ça lui fait du bien. Que ça le maintient à sa place. Il dit que ça peut le rendre un peu arrogant, d'être si beau.

À la sortie d'un virage serré quittant la nationale se trouvait l'allée de gravier qui menait à la maison de Sunshine. Nous nous y engageâmes pour nous enfoncer dans un pâturage avant de nous arrêter à la ferme. Je me garai devant et fis le tour pour détacher la ceinture de Sunshine et l'aider à descendre. Puis je sortis le vélo et l'appuyai contre les marches. Sur le perron, je lui demandai si elle avait besoin d'aide pour les pansements, mais elle m'assura que son grand-père était à la maison et qu'il la soignerait.

— Je suis encore désolée pour tout à l'heure, dit-elle tandis que je tournais la poignée de la porte pour elle.

— Ce n'est pas grave, dis-je, moins effrayée maintenant que nous étions pratiquement de la même famille.

Je lui fis un petit signe tandis que je descendais en trottinant les marches sous la pluie. Mais avant que j'arrive au camion, je l'entendis appeler mon prénom.

— Quoi ? répondis-je en criant.

— Je promets de ne jamais tenter de contacter votre mari mort, lança-t-elle.

— OK ! Bien.

Mais Sunshine n'avait pas tout à fait fini.

— À moins, bien sûr, ajouta-t-elle, que vous ne me le demandiez.

Le lendemain matin, alors que Jean brouillait des œufs de la grange ramassés pour les enfants et que je faufilais ceux-ci dans leurs vêtements pour l'école, je demandai à Jean :

— Que penses-tu de Sunshine ?

— Oh, eh bien, tu vois, dit-elle. Sunshine a eu un long chemin à parcourir.

— Qu'est-ce que ça signifie ?

— Juste qu'elle a dû travailler comme une dingue pour se ressaisir.

Jean et ses réponses évasives… Si j'avais posé la question à ma mère, j'aurais déjà eu droit à l'histoire entière de la vie de Sunshine, jusqu'à sa taille de soutien-gorge. Mais ma mère était bavarde, et Jean non, apparemment. Ma mère était une grande trappe, et Jean une tombe. Je me demandai si elles étaient nées aussi différentes, ou si elles étaient simplement devenues comme ça chacune en réaction à l'autre. Dans les deux cas, je décidai de confier mes inquiétudes à Jean concernant Sunshine. Car si ma mère envenimait les choses, peut-être que Jean pouvait les arranger. Je ne voulais pas parler trop ouvertement devant les petits, je dis donc bien fort :

— Est-ce que quelqu'un a vu Bob Dylan ?

— Il est derrière la grange ! répondit Tank.

— Il creuse un trou, ajouta Abby.

— Est-ce que vous pourriez aller le chercher pour moi ? Il me faut des bisous de chien.

Les enfants filèrent par la porte arrière et s'éloignèrent en courant, et je m'aperçus seulement à ce moment-là qu'ils n'avaient pas encore mangé. Je regardai les kebabs d'œufs brouillés que Jean posait sur la table à leur intention. Il s'agissait en réalité d'œufs hérissés de cure-dents qui dépassaient comme des poils.

— Fais-moi penser à les nourrir quand ils reviendront, dis-je.

Nous nous régalâmes avec les petits déjeuners des enfants, ils étaient absolument délicieux.

— Ce sont les vers, expliqua Jean.

Je cessai de mâcher une seconde pour étudier son visage.

— Les vers que mangent les poules, poursuivit-elle. Les poules d'usine ne mangent que des céréales. Les poules de ferme, par contre, courent partout en mangeant toutes sortes de bonnes choses. Des graines. Des insectes. Des vers. Des limaces.

Je ne pus réprimer une grimace.

— Quel est le terme pour ça ? réfléchit Jean. Le plaisir qu'on tire à manger des choses délicieuses ?

Je n'y avais jamais songé.

— Je ne pense pas qu'il y en ait un.

— Ça ne peut pas être vrai. Nous devons en avoir au moins un.

Je secouai la tête.

— Je ne pense pas.

— Tous les mots qu'il y a dans la langue anglaise…, dit Jean. Et nous avons omis celui-là.

Elle plissa les yeux et médita une seconde.

— Plaisir-de-bouche, suggéra-t-elle.

Mais nous fronçâmes toutes les deux le nez en secouant la tête.

— C'est trop, dis-je.

— Il faut que ce soit un mot allemand, dit-elle. Comme *Fahrvergnügen*.

— Ou *Schadenfreude*, ajoutai-je.

Jean acquiesça.

— L'un de mes préférés.

— Nous avons besoin d'un dictionnaire d'allemand.

— Nan, dit-elle. Je parle allemand.

— Ah oui ?

— Bien sûr. Tous les vieux fermiers parlent allemand par ici. Seulement, pas les hippies.

— Je pensais que tu en étais une.

— Eh bien, j'ai commencé l'allemand, mais j'ai changé d'avis.

Puis elle fit dériver ses yeux vers la table en réfléchissant.

— *Mund*, c'est la bouche, dit-elle, et *vergnügen*, c'est la jouissance.

— *Mundvergnügen* ! lançai-je.

— Ou, poursuivit-elle, *Essen*, c'est la nourriture, et *Freude*, c'est le plaisir.

— *Essenfreude*, dis-je. Je les adore tous les deux.

— Lequel est le mieux ?

— J'imagine que nous devrons juste lancer les deux, dis-je, et voir lequel va prendre.

Je regardai par la fenêtre où en étaient les enfants. Ils avaient grimpé sur les balançoires en pneus. Il était presque l'heure de les emmener à l'école, et ils n'avaient même pas mangé. Mais je voulais malgré tout poser la question au sujet de Sunshine.

— Donc, dis-je à Jean, Sunshine m'a dit qu'elle pouvait parler aux morts.

— Oh, mon Dieu.

— Et, du coup, elle m'a un peu fichu la trouille.

— Ça se comprend, dit Jean.

Puis, comme si elle avait pris une décision, elle poursuivit :

— Tu es au courant pour Sunshine, n'est-ce pas ?

— Tout ce que je sais d'elle, c'est qu'elle m'a promis de ne jamais contacter mon mari mort sans mon autorisation expresse.

— Eh bien, dit Jean en lançant une nouvelle tournée d'œufs dans la poêle à frire, elle a eu une enfance plutôt dure.

— Dure comment ?

Jean marqua une pause.

— C'était étalé dans la presse à scandale, de toute façon. Alors je ne brise aucun secret.

— La presse à scandale ?

— Sunshine est Amber McAllen.

— Amber McAllen l'actrice ?

Jean acquiesça. Je me dis que ce qu'elle me racontait était impossible. D'une part, Amber McAllen avait été très célèbre. Mondialement célèbre. D'autre part, Sunshine devait être plus jeune que moi d'au moins dix ans – mais Amber McAllen et moi devions avoir exactement le même âge. Je l'avais déjà vue à de nombreuses reprises, bien entendu. Je l'avais vue sur les couvertures de *People* et de *Redbook*, et, c'était bien connu, nue en bikini de boue dans les pages de *Vanity Fair*. J'avais vu tous ses films – même celui sur la vampire qui faisait de la pole dance. Elle avait figuré à peu près partout dans la pop culture pendant environ cinq ans. Sa carrière avait explosé quand elle avait quatorze ans. Elle était devenue une vedette célébrée partout pour son innocence aguicheuse et son teint superbe. Puis, au fil des années, elle était devenue la proie du monde de la fête, et sa vie un récit édifiant. Après une période en dents de scie, elle fut virée d'un film de Spielberg, partit brusquement en cure de désintoxication, et l'on n'avait plus entendu parler d'elle. Il est rare qu'une star de cinéma disparaisse vraiment de manière aussi rapide. D'habitude, elles poursuivent un déclin plus lent – en luttant, rechutant, s'agitant pour attirer l'attention tandis qu'elle devient plus difficile à susciter. Mais Amber McAllen se contenta de tout abandonner. Les films. La conception de sacs à main. La publicité pour des parfums et des œuvres de charité. Elle s'extirpa de ses contrats moyennant finance. Et en retour, comme si tous nos sentiments avaient été blessés, elle fut catégoriquement oubliée.

— Ça n'a aucun sens, dis-je. Qu'est-ce qu'Amber McAllen ferait ici ? En version gothique ? Bossant à l'épicerie ?

— Elle est d'ici, dit Jean. Ou du moins sa famille.

Je jetai un coup d'œil par la fenêtre. À présent, les enfants allaient juste devoir être en retard à l'école – ce qui ne dérangerait pas beaucoup Abby. Elle avait annoncé récemment que l'école n'était « pas son truc » et qu'elle préférerait rester à la maison. Elle avait commencé à supplier tous les matins de travailler pour Jean en tant que toiletteuse pour chèvres au lieu d'aller en CE1.

— Pourquoi, mon chou ? m'étais-je enquise, me demandant si je devais m'inquiéter de ce nouveau développement. Tu adores l'école.

Elle haussa les épaules.

— C'est juste que j'aime plus les animaux que les gens.

Évidemment, elle devait aller à l'école. Mais – ce matin-là, du moins – pas tout de suite. Jean éteignit sous la nouvelle tournée d'œufs et mit le couvercle sur la poêle pour les garder au chaud.

— J'ai presque renversé Amber McAllen ? répétai-je, laissant mon esprit assimiler l'idée.

Je ne savais pas depuis combien de temps elle n'avait plus tourné aucun film. Cinq ans, peut-être ? Assez longtemps, en tout cas, pour qu'au moment où nous nous étions retrouvées face à face, ou plutôt pare-chocs à genoux, je n'avais même pas reconnu la femme qui avait joué dans deux de mes films préférés. Bien sûr, elle avait un peu changé. Elle n'était plus blonde, s'étant teint les cheveux en noir obsidienne. Elle n'était plus d'une maigreur anorexique, mais d'un état proche du bien en chair. Toutes ces choses que les stars de ciné font pour se rendre tellement plus belles que nous autres – s'affamer, s'épiler à la cire, se gommer, s'autobronzer, se photoshopper –, elle ne les faisait plus. Alors, même si j'étais persuadée que Jean me racontait absolument la vérité, j'avais toujours du mal à la croire.

— Elle ne ressemble pas à Amber McAllen, déclarai-je.

— Les apparences ne font pas tout, dit Jean.

Puis elle me raconta toute la trame de fond. Les choses que je savais – que tout le monde savait – sur la mère d'Amber McAllen qui l'avait escroquée et dépouillée de sa fortune jusqu'à ce qu'elle ait à rompre tout lien. Après s'être affranchie de sa mère, elle toucha le fond de manière très publique : en se vomissant dessus dans une boîte de nuit. Quelqu'un captura toute la scène sur un iPhone et la posta ensuite sur YouTube. S'ensuivit la débâcle Spielberg. Puis la désintox. Et ensuite les dessous de l'histoire : avant qu'elle ne puisse retourner à LA, son grand-père l'avait ramenée *manu militari* à Atwater hurlante et gesticulante, il avait tenu à ce qu'elle commence à s'occuper de ses chevaux, et lui avait fait entamer une thérapie – avec Jean. Il s'attendait à ce qu'elle s'enfuie, mais elle ne le fit pas. Et alors Jean et Amber s'étaient mises au travail. Elles analysèrent ce qu'était le succès, et la gloire, le glamour, le pouvoir et la célébrité. Elles examinèrent son ancienne vie sous tous les angles, étudièrent ses motivations, écrivirent des poèmes, peignirent avec les doigts, méditèrent. Elles déterminèrent ce qui comptait vraiment dans l'existence, ce qui donnait à une personne le sentiment d'être aimée et heureuse, et ce qui faisait que tout ça en valait la peine – et estimèrent que la gloire était exactement le contraire de ces choses. Elles affrontèrent le fait que tout son argent avait été dépensé, prêté et volé par le petit ami de sa mère. Et maintenant, enfin, après avoir repris son surnom d'enfance et renoncé à Hollywood pour toujours, Sunshine allait bien.

— Elle ne m'a pas l'air d'aller bien, déclarai-je.

La voix de Jean se fit protectrice.

— Tu n'as pas vu d'où elle est partie.

— Et son histoire de fantômes ? demandai-je en faisant enfin signe aux enfants de revenir pour le petit déjeuner.

Jean hésita. Il était clair qu'elle se sentait tiraillée : elle désirait m'aider, mais refusait d'en révéler trop.

— Eh bien, finit-elle par dire, il est possible qu'elle tente de rentrer davantage en contact avec les vivants qu'avec les morts.

Je ne savais pas exactement ce qu'elle insinuait, mais cela me réconforta. Peut-être Sunshine voulait-elle juste que nous soyons amies. Ou peut-être voulait-elle juste de l'attention. Dans les deux cas, après avoir eu cette conversation et constaté combien Jean l'appréciait, je cédai à l'idée que je finirais probablement par l'apprécier, moi aussi.

Chapitre 7

La semaine suivante, alors que j'émergeais péniblement d'un long après-midi dans la grange, couverte de poussière de chèvres, Jean me rejoignit dans la cour pour m'annoncer qu'elle avait invité des gens à dîner ce soir-là. Il apparut que ces « gens » étaient Sunshine, son grand-père et O'Connor, au sujet duquel Jean m'avait informée qu'il avait « tout le temps faim ». Ses paroles avaient à peine imprégné l'air qu'un vieux break Mercedes approcha en grondant et franchit le portail, puis parcourut le chemin de terre avec fracas et s'arrêta en couinant à côté de Jean et moi. Elle eut à peine le temps de hausser les épaules à mon intention avant que Sunshine bondisse du véhicule. Je découvris que le grand-père de Sunshine était le type aux cheveux blancs qui l'avait sauvée sur le passage piéton ce fameux premier jour. Il ôta son chapeau pour me saluer, me gratifia d'une étreinte d'ours et se présenta comme « Russ McAllen, avocat ». Ce premier jour, ses cheveux avaient flotté autour de sa tête en touffes, mais à présent ils étaient soigneusement peignés. Sur le passage piéton, il portait un jean, ce soir il était vêtu d'un pantalon de treillis et d'une chemise écossaise à col bien repassée et boutonnée.

— Comment va la camionnette ? demanda-t-il.

Je ne suivais pas vraiment.

— Bien, je pense, dis-je plus comme une question qu'une réponse.

— Pas de nouvelles bosses ? s'enquit-il.

Et je pris conscience qu'il me demandait si je n'avais tué personne avec depuis la dernière fois qu'il m'avait vue. Je m'apprêtais à lui certifier que tous les habitants de la ville étaient sains et saufs, mais avant que je ne puisse parler, il me donnait des petits coups de doigts dans la cage thoracique, et ce chatouillement si inattendu et jovial me fit rire.

— Ravi de vous revoir, dit-il en passant un bras autour de mon épaule tandis que nous nous dirigions vers la maison. Je suis content que vous soyez là.

— N'est-ce pas la devise de cette ville ?

Il me serra.

— Apprends et applique, dit-il. Ça fait un super tatouage.

Il tenait un bouquet de fleurs, et je les montrai de l'index.

— Jolies, dis-je.

— Je ne sais pas grand-chose, dit Russ. Mais les femmes, je connais.

Sunshine était habillée tout en noir, avec un ruban bleu de bébé dans les cheveux. Maintenant que je savais qui elle était, je ne pouvais m'empêcher de la dévisager. Il semblait y avoir une année-lumière entre les plateaux de films à plusieurs millions de dollars et la ferme de Jean. Si Amber McAllen s'était tenue à côté de moi, j'aurais éprouvé un vertige irrationnel de la rencontrer. Mais je l'avais déjà rencontrée en tant que Sunshine. Je tentai de superposer une couverture de *People* sur cette fille au rouge à lèvres noir qui se trouvait auprès de moi, mais je n'arrivais simplement pas à ajuster les contours. Sunshine ne se comportait pas comme une star, non plus. Les enfants étaient à l'entrée, à genoux devant des buissons de romarin, à construire une ville enchantée avec des cailloux et des brindilles – une suggestion de Jean –, et dès que Sunshine les aperçut, elle alla directement les voir.

— Vous faites quoi ? l'entendis-je demander.

— Une ville de fées, répondit Abby, comme si aucun mot de plus n'était nécessaire.

— J'adore les fées ! s'exclama Sunshine.

Et alors, sans même s'embarrasser des présentations, elle se joignit à eux dans la terre, assise en tailleur, suivant les indications d'Abby presque aussi bien que Tank. Russ et moi observâmes une minute, et je fus frappée de voir que Sunshine ne feignait pas de s'amuser avec les fées comme le font la plupart des adultes avec les histoires d'enfants. Elle s'amusait *réellement* avec les fées.

— Elle n'a jamais vraiment eu l'occasion de terminer son enfance, dit Russ après quelques instants.

— Je comprends ça, dis-je.

J'étais sincère.

Le dîner fut à cent pour cent kebabs. C'était une soirée de février glaciale, nous mangeâmes donc dans la cuisine, car le four en faisait la pièce la plus chaude de la maison. O'Connor apparut juste au moment où nous commencions, la figure un peu rougie par le froid. Jean lui tendit une bouteille de bière sans lui demander, et tandis qu'il penchait la tête en arrière pour boire une gorgée, je le regardai. Lorsque je me surpris à le dévisager, je détournai les yeux et continuai à le faire pendant une grande partie du repas. La conversation fut animée. Sunshine et les enfants disparurent sous la table après avoir mangé et jouèrent gaiement là un bon moment, ce qui laissa aux adultes restants le temps de se détendre et de se voir plus que d'habitude. Je ne pouvais contenir ma curiosité concernant Russ, qui était carrément sexy dans le genre

Wilford Brimley, et clairement épris de Jean. Je ne cessais de le regarder la regarder, et je ne pus m'empêcher de relever que c'était là un homme sérieusement amoureux.

—Comment vous êtes-vous rencontrés, tous les deux ? m'enquis-je.

—Au lycée, répondit Jean.

—Je lui ai demandé sa main au lycée, souligna Russ.

—Vous sortiez ensemble ?

—Nous avons eu quelques rencards, rectifia Jean. Se fréquenter était différent à l'époque.

—Je me contentais essentiellement de la suivre partout. À la supplier de m'épouser.

—C'est vrai que tu as fait ça, hein ? dit Jean en le regardant.

—Elle m'a toujours provoqué des papillonnements, reprit Russ. Même longtemps après qu'elle a trouvé Frank, et longtemps après que je me suis moi-même marié. Chaque fois que je la voyais en ville, il fallait que je rive mes pieds au sol et que j'inspire profondément.

Jean le dévisagea.

—Vraiment ?

Il acquiesça et examina sa bouteille de bière.

—Je n'ai jamais pu entièrement éteindre cette flamme.

Jean posa sa main sur celle de Russ. Après quelques secondes, je me retournai vers lui.

—Parlez-moi de votre tatouage, dis-je.

—Chérie, dit-il, instantanément au garde-à-vous, ne la reconnaissez-vous pas ? C'est votre tante Jean.

J'essayai de deviner s'il me taquinait. Il haussa les épaules.

—Elle m'a lancé un défi, dit-il.

—Vous semblez former une sacrée paire, tous les deux, déclarai-je.

— Eh bien, dit Jean, je suis une hippie libérale, et lui un cinglé néoconservateur, mais on s'en sort.

Russ hocha la tête.

— Nous faisons notre part pour l'unité du pays.

Puis, pour rendre les choses plus claires, il ajouta :

— En vérité, je suis seulement républicain. C'est juste que Jean aime comment le mot *cinglé* résonne.

— Il sonne plutôt bien, admis-je.

Bientôt, la discussion dévia vers des sujets agricoles, et je me détendis dans l'ambiance agréable d'une conversation autour d'un repas – jusqu'à ce que la tête de Sunshine émerge de sous la table et qu'elle dise :

— Vous avez entendu parler de la panthère ?

Nous nous retournâmes tous pour la dévisager. Elle remonta avec précipitation sur sa chaise.

— Il y a une panthère noire qui rôde autour de la source la nuit.

— Qui rôde autour de la source ? répétai-je.

— Autour de toute la ville, en fait, dit Sunshine. C'est en une des journaux au magasin.

— Sunny, dit gentiment Russ, il n'y a pas de panthères noires au Texas. Ce n'est simplement pas possible.

— En réalité, intervint O'Connor, *il y a* des pumas au Texas. Mais principalement près de Big Bend, là-haut. (Il hocha la tête vers Sunshine.) C'est possible, au moins.

— J'aime bien l'idée, dit Jean. Qui sommes-nous pour chasser tous les majestueux êtres vivants hors de l'État ? Je ne pense pas que je voudrais vivre dans un monde dépourvu de toutes créatures sauvages, à part des écureuils et des cafards.

— Tu n'aimeras pas autant l'idée s'il attrape l'une de tes chèvres, remarqua Russ.

Je restai pétrifiée. Une image de mes deux adorables enfants s'occupant du jardin tandis qu'une énorme bête noire bondissait de la forêt vers eux assaillit mon cerveau. Peu importe pourquoi ils jardineraient en pleine nuit. Je me levai, repoussai ma chaise avec un cri nasillard et annonçai du coq à l'âne :

— C'est l'heure d'aller au lit !

Les enfants, encore inconscients du danger qui menaçait leurs vies, émergèrent de sous la table et demandèrent à aller se balancer sur les pneus.

— Aucune chance ! lançai-je, comme s'ils venaient de demander à aller jouer avec des fusils de chasse.

— Encore cinq minutes ? réclama Abby, l'experte en marchandage.

— Eh non !

Je leur fis monter l'escalier en troupeau, sans tenir compte de leurs protestations – des cris d'injustice qui ne s'estompèrent qu'une fois qu'ils eurent plongé leurs petits corps dans le bain fumant, où ils se rappelèrent que, même si le dessous de la table était plutôt cool, une baignoire remplie d'eau bien chaude était encore mieux. Six semaines de vie à la ferme avaient accompli au moins un miracle pour moi : mes enfants s'épuisaient tant dans la journée qu'ils commençaient, pour la première fois de leur vie, à vraiment s'endormir à l'heure du coucher. Et heureusement pour moi, car j'étais pour ma part lessivée. En général, je redescendais sur la pointe des pieds, aidais Jean à finir de ranger la cuisine avant de tituber jusqu'à mon propre lit. Certains soirs, je m'endormais même en salopette et me réveillai le lendemain avec la marque des boucles en travers des clavicules.

Malgré tout, il était satisfaisant de finir la journée en sentant que je m'étais complètement dépensée. Je me levais quand Dubbie annonçait que c'était le matin, et, comme les enfants, je m'endormais dès que je me trouvais à l'horizontale dans mon lit. Ou peut-être même, certains soirs, quelques secondes avant. Jean avait promis que mon corps s'adapterait et qu'assez vite je veillerais pour jouer au Scrabble avec elle. Mais cela me semblait inimaginable. Il était désormais facile de voir comment elle vivait sans télé. Elle n'en avait pas besoin.

Les enfants s'endormirent avant même que j'aie fermé leur porte, et tandis que je descendais l'escalier en traînant les pieds, je sentis dans mes cuisses, mes épaules et mon dos la fatigue familière qui se manifestait à peu près à cette heure-là. Je me dis que je prendrais juste Jean dans mes bras pour lui souhaiter bonne nuit, mais lorsque je vis tout le groupe encore assis autour de la table de la cuisine, les lumières scintillantes du perron qui brillaient à travers la vitre, je sentis que ce que je désirais commençait à évoluer. La scène était aussi attrayante qu'un feu de camp, et même si mon corps réclamait mon lit, mon âme voulait rester à cet endroit précis. Je me calai à ma place à table. Sunshine lisait les lignes de la main.

— Super nouvelles, dit Jean en me voyant. Je me destine à une longue vie de grande fortune.

Après de nombreux kebabs et à peu près autant de bières, tout le monde était détendu, et l'annonce de Jean suscita un éclat de rire.

— À mon tour, dit Russ en présentant ses grosses pattes.

Sunshine saisit sa main droite et l'étudia.

— Eh bien, dit-elle après un examen approfondi, tu n'auras jamais beaucoup d'argent.

— L'argent, c'est pour les gens qui n'ont pas d'imagination, répliqua-t-il.

— Et tu ne seras jamais célèbre, poursuivit Sunshine, ni même respecté par tes pairs.

Je la voyais réprimer un sourire.

— Mais, poursuivit-elle, l'amour dans ta vie surpassera le chagrin.

— C'est à peu près la meilleure fortune que je pourrais espérer, dit Russ.

Puis il attira Jean plus près et lui donna un baiser sur les lèvres, qui dura un peu plus longtemps que quiconque ne s'y était attendu. Nous détournâmes tous poliment les yeux, et ce fut alors, pour la première fois depuis le début du dîner, que mon attention vagabonda vers O'Connor. Nos regards se croisèrent, puis se défilèrent aussitôt – mais, à cet instant, je remarquai un détail chez lui. Il jouait avec quelque chose sur une chaîne autour de son cou. Quelque chose qui brillait un peu. Je jetai un autre coup d'œil, et je sus alors ce que c'était. Une alliance. J'inspirai si vite que je toussai. Une alliance ? Sur une chaîne ? Cela signifiait-il qu'O'Connor était marié ? Je venais de passer six semaines avec lui, et cela ne m'était jamais venu à l'esprit qu'il puisse avoir – ou avoir eu – une femme. Rien chez lui n'indiquait « marié ». Je glissai les yeux vers la barbe en bataille, les cheveux ébouriffés et la chemise écossaise avec la manche mâchouillée par les chèvres. Il ne pouvait pas être marié. Les épouses ne laissaient pas leurs maris se balader comme ça.

Mais c'était là, pourtant : un anneau masculin en or lisse. Est-ce qu'il avait été là, juste hors de vue, pendant tout ce temps ? Pourquoi n'était-il pas à son doigt ? Peut-être que c'était ce que faisaient les fermiers. Peut-être que les gens qui travaillaient avec leurs mains portaient leurs alliances à des endroits moins occupés. Il s'agissait indéniablement d'une alliance. Et il y avait autre chose d'indéniable : si un homme a une alliance, les chances qu'il soit marié doivent forcément augmenter. Tout de suite après cette prise de conscience m'en vint une autre : je ne voulais pas qu'il soit marié. D'une certaine manière – malgré la barbe, les taquineries et les interminables interprétations des plus grands tubes de Kenny Loggins –, j'étais parvenue à développer une pointe de sentiment à son égard qui, m'apercevais-je soudain, était le début d'un faible pour lui. Même l'admettre était navrant. Un faible pour un homme totalement indifférent, chroniquement hirsute, et maintenant très probablement marié. Le problème, c'était qu'il n'y avait à présent plus moyen de faire marche arrière. Vous ne pouvez pas « déprendre » conscience d'une chose. Et une fois que ce fut là, même seulement dans mon esprit, je sentis mon visage s'embraser et dus baisser les yeux sur mon assiette vide.

Mais pourquoi ? Pourquoi lui ? Était-ce juste de la solitude ? Du désespoir ? Il ne m'encourageait assurément pas. Et ce n'était pas son apparence – je ne pouvais même pas imaginer à quoi il ressemblait sous toute cette fourrure. Peut-être était-ce le fait qu'il était si gentil avec les enfants, laissant Tank l'« aider » à taper du marteau sur des choses et apprenant à Abby des mouvements d'arts martiaux : des compétences de papa qu'ils ne tiendraient jamais de moi. Il leur avait montré comment siffler avec un brin d'herbe entre les pouces et comment repérer la Grande Ourse. Sans parler de l'après-midi où je les avais tous trouvés dans la grange, les petits riant comme des fous avec la bouche grande ouverte tandis qu'O'Connor essayait de les asperger depuis l'autre bout de la pièce – avec du lait et directement de la chèvre. Il était gentil avec moi, aussi, à sa façon. Il avait choisi d'en rire la fois où j'avais laissé la porte du congélateur ouverte. Et la fois où j'avais lâché un seau et renversé le lait d'une matinée. Il fredonnait trop, mais j'appréciais cela aussi – j'aimais le côté abrasif de sa voix. Et s'il me laissait alimenter la majorité de la conversation, il ne me mettait jamais mal à l'aise pour ça. La plupart du temps, si je regardais vers lui, je voyais ses yeux se plisser dans un sourire.

Est-ce que tout cela justifiait d'avoir un faible pour quelqu'un ? Je ne pus m'empêcher de le comparer à Danny, et là, il échoua misérablement. Danny s'exprimait bien, il était soigné, couronné de succès – même s'il n'était pas un grand investisseur – et un beau parti à tous les niveaux. Ce type n'était rien de tout ça. Cela m'obligea à penser à quel point ma vie avait chuté : cet homme qui avait quasiment l'air d'un sans-abri était ce que j'avais de mieux pour accrocher mon cœur. J'inspirai profondément. J'avais besoin d'être seule. J'allais me lever quand deux mains chaudes enveloppèrent les miennes, et je baissai les yeux pour constater que c'étaient celles de Sunshine.

— À votre tour, dit-elle.

Mes prises de conscience m'avaient rendue trop nauséeuse pour que je proteste. Elle prit ma main gauche, qui, évidemment, portait elle-même son alliance, et l'étendit paume vers le haut sur la table. Que Sunshine me lise les lignes ne m'intéressait pas, et si je n'avais pas eu l'esprit ailleurs, j'aurais peut-être retiré poliment ma main. Mais je ne le fis pas. Elle était absolument sérieuse en lisant les lignes.

— Votre passé et votre avenir sont sur le point de se croiser. Vous allez apprendre personnellement comment la joie est impossible sans le chagrin. Vous pouvez avancer ou reculer, mais pas les deux à la fois. Et tout va bientôt changer.

— OK, dis-je.

— Et aussi…, ajouta-t-elle. (J'attendis.) Rien n'est jamais vraiment perdu.

Elle voulait que ces paroles aient un impact sur moi. Mais non. C'étaient juste des mots. Et, honnêtement, le message était assez cucul.

— C'est vrai, finis-je par dire en hochant la tête, espérant ne pas sembler trop sarcastique.

C'était ça, lire l'avenir ? Si j'avais payé, j'aurais voulu qu'on me rembourse. À présent, je savais avec certitude que toutes les histoires paranormales de Sunshine n'étaient qu'un stratagème pour attirer l'attention. N'étions-nous pas tous suspendus à ses lèvres ? Captivés ? Ce n'était pas la couverture de *Maximal*, bien sûr, mais c'était forcément mieux que pas d'attention du tout.

— C'est entièrement vrai, déclarai-je. Merci.

Sunshine se tournait déjà vers O'Connor.

— Maintenant, à toi.

O'Connor se leva aussitôt.

— Eh non, dit-il. Pas de bonne aventure pour moi.

— Mais c'est ton tour.

— Tu sais quoi, Sunny ? Je dois rentrer chez moi.

Russ était encore jovial :

— Ne veux-tu pas entendre comment tu vas grossir et perdre tes cheveux ?

— Pas ce soir, répondit O'Connor. (Il embrassa Jean sur la joue.) Merci pour les kebabs, dit-il en ouvrant la porte avec un coup d'œil par-dessus son épaule. Bonne nuit, Russ. Bonne nuit, Sunny. Bonne nuit…

Là où mon prénom aurait dû arriver avec aisance dans la composition de l'équipe, il n'y eut rien. Son regard croisa le mien, et j'y vis un petit éclair de surprise. Il avait oublié mon prénom. Six semaines ensemble dans la grange, et il n'avait même pas enregistré mon prénom.

— Libby, terminai-je pour lui, dans ce que j'espérais être un ton d'irritation lasse.

— Libby, répéta-t-il plus doucement avec un petit hochement de tête.

Puis, alors qu'il se retournait, tout le monde lui lança :

— Bonne nuit !

Enfin, tout le monde sauf moi. Parce que, sincèrement, s'il ne se souvenait même pas de mon prénom, je pouvais réserver mes « bonne nuit » à quelqu'un d'autre.

Chapitre 8

Février était bien entamé. Je savais désormais manœuvrer la trayeuse et trouver le disjoncteur lorsqu'il y avait une surcharge de courant. Je savais où se rangeaient toutes les marmites et poêles propres, et je pouvais dénicher à peu près tout dans la cuisine à fromage les yeux fermés. Je connaissais même la plupart des prénoms des chèvres, même si je confondais encore Elizabeth Cady Stanton et Susan B. Anthony. J'avais maintenant ma propre paire de Crocs dans l'entrée – bleu pastel –, et, comme Jean l'avait prédit, je vivais littéralement dans ma salopette super confortable, résistante et ample. J'essayais de repenser à tous ces matins chez ma mère à me tortiller pour entrer dans des collants et caler mes pieds dans des hauts talons, et ça me semblait une autre vie. L'autre vie de quelqu'un d'autre.

Les enfants étaient installés, eux aussi. Tank avait déchiré absolument tous les pantalons qu'il possédait, et Jean les avait reprisés avec des rapiècements provenant de sa collection de sacs d'alimentation vintage. Je lui avais fait une coupe boule à zéro sous le porche d'entrée un après-midi pas trop froid, et alors, après qu'il eut perdu sa première dent, il ressemblait trait pour trait à une peinture de Norman Rockwell. Abby devenait elle aussi plus charmante de jour en jour. Ses petites jambes s'allongèrent soudain, telles celles d'un oiseau, dans son legging violet préféré. Jean lui avait cousu un tablier à jabot blanc pour qu'elle puisse jouer à *La Petite Maison dans la prairie*, et Abby le portait par-dessus tout – parfois même sa chemise de nuit. Elle n'avait jamais adoré se faire brosser les cheveux, mais, depuis notre emménagement chez Jean, elle avait changé d'avis, et la laissait maintenant les lui tresser tous les matins avant l'école.

L'école avait l'air de bien se passer. Tank était content, de cette manière adorable qu'il avait d'être content n'importe où. Je m'inquiétais plus pour Abby, et remettais constamment en doute ma décision de ne pas parler de l'accident de voiture à son institutrice. D'un côté, si l'enseignante était au courant pour sa jambe abîmée, elle pourrait l'aider et garder l'œil ouvert pour elle. D'un autre côté, une fois que l'enseignante le saurait, tous les enseignants le sauraient, et notre triste histoire circulerait dans cette école comme dans les autres avant. Et Abby deviendrait alors la « Fille qui avait été blessée », et ce serait officiel. Son titre. La chose que tout le monde saurait à son sujet avant de savoir quoi que ce soit d'autre.

J'étais tiraillée. Nous avions travaillé si dur et déployé une telle patience pour arriver à ce que sa jambe fonctionne aussi bien – même si, heureusement, Abby ne se rappelait que les opérations et la rééducation de manière vague et théorique. Sans parler de l'accident qui avait rendu tout cela nécessaire. Nous y étions à quatre-vingt-dix pour cent. Abby était si près d'être simplement comme les autres enfants. Nous étions si près de mettre tout ça derrière nous. « Y être à quatre-vingt-dix pour cent » aurait dû se révéler plus que suffisant pour toutes les deux. Mais la vie est assez dure, même quand vous y êtes à cent pour cent. J'ai vu des films où les parents sont francs avec leurs enfants concernant leurs peurs. J'ai vu des acteurs dire à leurs enfants à l'écran : « Papa est coincé dans une mine de charbon, et j'ignore s'il reviendra. » De telles répliques sont si fausses qu'elles me font sortir du cinéma. Les parents ne déballent pas tout comme ça. En vérité, ils font l'inverse. Ils voient leurs enfants se taillader les mains avec un canif et disent : « On dirait que tu t'es fait une petite coupure, là. » Les parents se retournent dans leurs lits pendant des heures et des heures, et ensuite, au réveil, nient tout en bloc.

— Je ne cesse de me demander comment ça se passe pour Abby à l'école, confiai-je à Jean un matin avant que les enfants soient levés.

— Quel genre d'inquiétude as-tu ?

— Le genre qui te réveille au beau milieu de la nuit.

Elle faisait mousser du lait de chèvre pour préparer des cappuccinos.

— Pourquoi ne pas lui demander comment elle va ?

— Je ne veux pas qu'elle sache que je suis inquiète.

Jean hocha la tête. Elle comprenait. Parce qu'Abby allait peut-être s'inquiéter, elle aussi. Précisément de la façon dont vous vous inquiétez quand quelqu'un vous dit de ne pas le faire.

— Est-ce que tu peux lui poser la question version non inquiète ? suggéra Jean.

Je songeai à la multitude de fois où Abby avait flairé les choses que j'essayais à tout prix de cacher.

— Je ne suis pas certaine d'y parvenir, admis-je.

Jean marqua une pause devant le comptoir pour m'évaluer.

— Moi, je peux, finit-elle par proposer.

J'éprouvai une bouffée de soulagement.

— Vraiment ? Ça ne te dérangerait pas ?

— Fastoche.

— Évidemment, ajoutai-je, tu n'obtiendras sans doute que des réponses d'un mot.

— Eh bien, c'est tout ce que quiconque nous accorde, en réalité. Juste des miettes d'indices. (Elle me tapota l'épaule.) Mais nous trouvons le moyen de les interpréter.

— Je suis nulle en interprétation, dis-je.

Elle me pressa l'épaule.

— Tu es plus douée que tu ne le penses.

Ce soir-là, au dîner, je demandai :

— Comment c'était l'école aujourd'hui, mon chou ?

Abby répondit en espagnol et sans lever les yeux :

— *Excelente.*

En réaction à cela, Jean prit les rênes de la conversation et dit :

— Que penses-tu de ton institutrice, Abby ?

Abby avait la bouche pleine de salade. Elle y réfléchit tout en mâchant. Puis elle répondit :

— Elle est très à la mode. J'aime bien ses écharpes et son vernis à ongles. Et elle se donne du mal. Même si les garçons désobéissent.

J'aurais dû me rendre compte que Jean savait ce qu'elle faisait – que la meilleure manière d'obtenir des réponses cachées est de poser des questions cachées. Toutefois, j'étais bloquée sur le fait que Jean avait posé la mauvaise question. Pourquoi l'avait-elle interrogée sur son institutrice ? Qu'est-ce qu'on en avait à faire ? Je voulais en savoir plus sur Abby. Et alors, sur une impulsion, je décidai de mettre les pieds dans le plat – et parvins brillamment à la faire se fermer comme une huître.

— Et comment s'est passée *ta* journée, mon chou ? demandai-je, comme pour dire : *Qu'est-ce qu'on s'en fout, de cette vieille instit' assommante ?*

Abby haussa les épaules.

— Bien.

— Qu'est-ce que tu as fait ?

Nous avions perdu le contact visuel.

— Des trucs d'école.

Je me ressaisis.

— Qu'est-ce que tu as fait de mieux de toute la journée ?

— Je me suis entraînée au karaté avec O'Connor.

Je les avais vus à côté de la barrière, en train de travailler des coups de pied et des mouvements au ralenti. Mais ça ne comptait pas.

— Je parle de l'école, dis-je. Avec qui as-tu joué à la récré ?

Haussement d'épaules.

— Je ne sais pas.

— Tu ne connais pas leurs prénoms ? Ou tu ne t'en souviens pas ?

— M'en souviens pas… Est-ce que je peux sortir de table ?

Note personnelle : *Ferme ta gueule*. Plus tard, sans critiquer, Jean me donna toute l'explication.

— La question à laquelle tu meurs d'envie d'avoir la réponse ? C'est précisément celle que tu ne peux pas poser.

— Cela paraît inutilement compliqué, dis-je.

— C'est sûr. Les gens *sont* inutilement compliqués. C'est en partie ce qui nous rend tous si amusants.

— Je suis désolée, dis-je, un peu gênée de ne pas avoir estimé qu'elle savait quoi faire.

Elle balaya mes excuses d'un geste.

— N'importe quoi.

En vérité, Abby ne paraissait pas entièrement malheureuse. Son frère et elle étaient maintenant des pros du toilettage de chèvres, de l'étendage de linge, et globalement de la gambade à la ferme, et ils jouaient tous les après-midi de la manière la plus idyllique que j'aurais pu souhaiter pour eux. Mais je continuais de m'inquiéter que quelque chose n'aille pas. Après un certain temps, j'avais tellement retourné cette crainte dans mon esprit que je ne sus plus du tout si je tenais une piste, comme je l'avais pensé au départ – quelque chose que j'étais la seule, avec mon antenne hypersensible de maman, à pouvoir capter –, ou si j'avais tout inventé moi-même.

— Cherche des indices, suggéra Jean, mais pas de trop près au point que chaque menu détail commence à avoir l'air d'un indice.

Trop tard. Au coucher ce soir-là, alors que nous étalions de la vitamine E sur la cicatrice d'Abby, je lui racontai mon histoire favorite de sa vie : une version disneyfiée avec la plus flamboyante des fins, au sujet d'une héroïne fabuleusement chanceuse – pas *malgré* ses épreuves, mais *à cause* d'elles. Je m'efforçai au mieux de dramatiser la morale comme je le faisais systématiquement : de bonnes choses découlent toujours des mauvaises. Chaque fois que je la racontais, la fin heureuse devenait encore plus heureuse. Et, bon Dieu, pourquoi pas ? Tout l'intérêt était dans la fin heureuse. Il devenait de plus en plus difficile de vendre cette fin heureuse, cependant. Tout comme il devient de plus en plus difficile de vendre l'idée de la petite souris : vos enfants commencent à suspecter que vous mentez et à essayer de vous surprendre dans le mensonge. Il devient plus excitant de courir après la vérité que de s'accrocher à la petite souris. C'est ça, grandir, j'imagine. Mais les enfants ignorent que, une fois que vous abandonnez la petite souris, vous ne la récupérez jamais. Et la même chose est vraie pour les fins heureuses. Je sentais qu'Abby commençait à résister à la sienne, et je me sentais doubler la mise pour qu'elle reste convaincue. Car si quiconque sur cette Terre méritait une fin heureuse, c'était la version conte de fées de mon adorable fille. Ce soir-là, lorsque j'arrivai à la dernière phrase – et elle vécut heureuse à jamais –, Abby résista de nouveau.

— Heureuse à jamais, répéta-t-elle, mais avec une grosse cicatrice rose le long de sa jambe.

— Oui, dis-je en me redressant un peu.

— Une cicatrice pour l'éternité, et un tout petit peu de mal à marcher.

— Oui. Juste un tout petit peu.

— Assez pour que les gens le remarquent, s'ils voulaient.

Je sentis mon estomac s'affaisser.

— Est-ce que les gens le remarquent, mon chou ?

Abby tira la couverture par-dessus ses jambes et nicha sa tête dans l'oreiller. Elle leva les yeux pour croiser les miens, poursuivant comme si elle n'avait pas entendu ma question.

— Mais elle doit se souvenir d'être reconnaissante. Pas vrai ? Parce que les choses pourraient toujours être pires.

Oh, elle me tuait. Je tournai la tête en sentant mes yeux s'embuer et, en espérant à mort qu'Abby ne voyait pas mes larmes, j'annonçai, bien fort :

— Au lit, messieurs-dames !

Puis Tank, qui bondissait dans la chambre comme une grenouille pendant tout ce temps, intervint :

— Tu sais ce qu'elle a de super, ta cicatrice ?

— Quoi ?

— Elle ressemble un peu à un crocodile.

Nous regardâmes tous les trois. En effet, elle ressemblait un peu à un crocodile. Et que Tank soit béni de l'avoir remarqué.

— C'est trop classe, dit Abby.

— Est-ce que ce ne serait pas génial, poursuivit Tank, si elle pouvait se glisser de ta jambe et être ton animal domestique ?

Abby était catégoriquement d'accord.

— Et mordre tous ceux que je voudrais, ajouta-t-elle.

— Oh, dis-je, insufflant une vague influence morale en leur faisant signe d'aller au lit, ne lâchons pas nos crocodiles domestiques sur les gens.

— Tu pourrais l'appeler Cicatrice, reprit Tank tandis qu'ils s'installaient.

— Cicatrice le crocodile tueur, convint Abby.

Puis je les bordai tous les deux sous les couvertures, leur dis bonne nuit en leur souhaitant sincèrement des fins heureuses à tous les deux et éteignis la lumière. Je descendis au rez-de-chaussée avec la sensation désagréable que la journée avait apporté de cruciaux indices concernant Abby. Je ne savais simplement pas lesquels ni comment les déchiffrer. Je dis tout cela à Jean devant l'évier de la cuisine alors que nous terminions la vaisselle.

— Ne te mets pas autant de pression, dit-elle. Tu ne t'en sors pas mal.

— Je veux faire mieux que pas mal. Je veux être parfaite.

Jean secoua la tête.

— Tu n'as pas à être parfaite. Tu dois juste faire de ton mieux.

Je haussai les sourcils.

— C'est ce que je dis aux enfants.

— Tu le dis aux enfants, mais c'est aussi vrai.

Elle m'avait surprise.

— Je suppose que c'est un argument valable.

— Les enfants n'ont pas besoin de parents parfaits. (Puis elle esquissa un geste vers moi.) Tu t'es pratiquement élevée toi-même.

Justement.

— Et si j'avais eu de l'aide, en fait ? Peut-être que j'aurais mieux fini.

— Mais tu as merveilleusement bien fini !

Je haussai les épaules.

— Je ne veux pas que mes enfants soient comme moi. Je veux qu'ils soient mieux que moi.

— Ils vont être différents, dit Jean. Ils vont juste être eux-mêmes avec leurs propres épreuves, déceptions et chagrins.

Je posai la tête sur la table et la laissai bouillonner d'inquiétude et de questions sans réponses.

— C'est dur, lâchai-je. Cette histoire d'éducation me tue.

— Eh bien, dit Jean en me tapotant le bras, il faut bien mourir de quelque chose.

Nous finîmes par veiller tard. Parfois, les conversations démarrent et vous ne voulez pas les interrompre. Cela m'arrivait souvent avec Jean. Parler en soi – peu importe ce dont nous parlions – était un plaisir. En vérité, je passais la majorité de ma vie à me sentir, si ce n'était vraiment *solitaire*, alors au moins *seule*. « Seule » était mon point mort. Même en élevant des enfants, entourée de vie, de chaos et de bruit, je me trimballais avec cette sensation la plupart du temps. Cependant, je ne me sentais jamais seule quand je parlais à Jean. Il y avait quelque chose dans sa façon d'écouter – comme s'il n'y avait rien au monde qui l'intéressait plus que de rassembler tous les détails de ce que j'avais à raconter : comment j'avais refermé au marteau cette fissure dans la barrière, ou cette bande d'urubus qui ne cessaient d'apparaître au-dessus de la grange, ou mon rêve insensé où les humains marchaient comme des poulets, avec leurs têtes qui allaient d'avant en arrière à chaque pas. Elle parvenait toujours à trouver ça captivant. Ça me donnait envie de la suivre partout à longueur de journée comme le faisaient tous les chiens.

Ce soir-là, nous discutâmes jusqu'à avoir les yeux à moitié fermés. Un sujet se réduisait en cendres, et je jetais alors du petit bois pour le relancer – jusqu'à ce que Jean remarque l'horloge.

— Doux Jésus ! s'exclama-t-elle. Il est 2 heures du matin !

Elle éteignait tout juste les lumières quand elle ajouta :

— Et tu dois te lever tôt.

— Ah oui ?

— Demain, c'est le marché des fermiers.

J'avais oublié. Maintenant que j'avais le coup de main pour faire du fromage, le lendemain j'allais le vendre avec O'Connor. Après la traite, nous nous préparerions sans tarder, chargerions le camion et foncerions à Houston pour installer notre étal. Il était temps pour moi d'apprendre les ficelles. Les enfants resteraient avec Jean ce jour-là, même si, une fois que j'aurais le pied marin, disait Jean, je pourrais certainement les emmener.

Je voulais lui poser une question depuis un moment déjà, et là, à 2 heures du matin, ça me parut soudain être un moment aussi bon qu'un autre.

— Est-ce que je peux te demander quelque chose au sujet d'O'Connor ?

— Tu peux, dit-elle.

— Est-ce qu'il est marié ? (Elle me regarda.) Il a une alliance sur une chaîne. Est-ce que c'est la sienne ?

— Je ne crois pas être censée parler de ça, dit-elle, visiblement tiraillée.

— Est-ce qu'elle est morte ? m'enquis-je en essayant de ne pas paraître pleine d'espoir.

Jean me regarda avec l'air d'avoir vraiment, vraiment envie de me révéler quelque chose, puis elle ferma la bouche.

— Elle n'est pas morte, dis-je, comme si le visage de Jean était un livre que je lisais à voix haute. Mais elle est hors du tableau ?

Elle garda les lèvres pincées et secoua la tête.

— Elle n'est pas hors du tableau ? demandai-je. Elle est toujours dans le tableau ?

Jean esquissa un hochement de tête ténu, puis s'écria :

— Je ne peux pas te le dire !

— Tu ne peux même pas me donner d'indices ?

Elle haussa les épaules.

— Confidentialité patient-thérapeute.

Je soupirai.

— Et tu dois vraiment respecter ça ?

Elle acquiesça.

— Demande-lui toi-même ! Tu seras avec lui toute la journée.

— Penses-tu qu'il veuille en parler ?

— Non. Mais mieux vaut lui que moi.

Je soupirai. Elle n'allait vraiment pas me le dire. Il était temps d'aller se coucher.

— Tu ne veux pas venir avec nous ?

Elle secoua la tête.

— Vous serez bien occupés, dit-elle. Et nous avons de grands projets, de toute façon.

— De grands projets ?

— Spa pour chèvres, annonça-t-elle avec un sourire en coin. Peinture sur sabots, coiffure de fourrure, bougies parfumées. Ce genre de choses.

Chapitre 9

Le lendemain matin, O'Connor et moi nous occupâmes de la traite de ces dames avant l'aube, chargeâmes le fromage dans des glacières à l'arrière du pick-up de Jean et nous mîmes en route pour Houston. Les enfants coururent derrière nous dans l'allée de gravier en pyjama et chaussons, nous saluant de la main tandis que nous partions. Je fis signe, moi aussi, par la vitre, jusqu'à ce qu'ils soient hors de vue. Quand je me calai enfin contre mon siège et remontai ma vitre, la cabine du camion parut affreusement exiguë. J'avais l'habitude d'être avec O'Connor – mais pas dans un espace confiné. J'allumai la radio, qui était préréglée sur une station de vieux classiques, et une chanson de Smokey Robinson que je n'avais jamais entendue combla le silence. O'Connor s'y joignit aussitôt, d'une voix de fausset, et je penchai la tête en arrière pour le regarder chanter. J'aimais les veines de ses avant-bras, et sa façon de retrousser ses manches de chemise au-dessus de ses coudes, même s'il faisait froid. Je regardai comment son jean s'étirait sur ses rotules, et combien le tissu était usé à cet endroit. Je me demandai depuis combien de temps il avait ce pantalon. Il l'avait probablement acheté neuf au grand magasin des années auparavant – bleu brut, pas délavé –, et l'avait ensuite porté encore et encore jusqu'à ce qu'il soit doux comme du daim. J'avais envie de tendre la main pour toucher le tissu, mais m'abstins.

À la fin de la chanson, O'Connor baissa la musique.

— Le marché des fermiers, c'est facile, dit-il. Je ne sais pas vraiment pourquoi Jean a attendu aussi longtemps.

— Peut-être qu'elle voulait que je me pose d'abord.

— J'en suis sûr. (Puis il m'évalua.) Est-ce que tu es posée ?

J'acquiesçai.

— Oui. Très.

— Elle est contente de t'avoir ici.

— Je suis contente d'être ici.

— Tu penses rester un moment ? demanda-t-il.

— Eh bien, dis-je, pas éternellement. J'aurai besoin de trouver un job à un moment donné. Un vrai job, ajoutai-je, sans prendre en considération que mon job non vrai était le sien, aussi. Ce que je veux dire, poursuivis-je, c'est que je devrais probablement gagner plus d'argent. Ne serait-ce que pour économiser pour l'université.

— Meuh non. L'université n'est pas nécessaire.

Je jetai un coup d'œil vers lui.

— Les gens doivent aller à l'université.

— Pourquoi ? demanda-t-il.

— Afin de décrocher des boulots et mener une bonne vie.

— J'en déduis que tu es allée à l'université.

— Oui.

— Et combien as-tu payé pour toutes ces années d'alcool et de sexe ? Cinquante mille dollars ?

— Plus, admis-je.

— Et maintenant, te voilà. À traire des chèvres.

— OK. Mais ma vie n'a pas tourné comme elle était censée le faire.

— C'est vrai pour tout le monde.

— Pas tout le monde, rétorquai-je. Certains ont de la chance.

Il jeta juste un coup d'œil vers moi et dit :

— Personne n'est chanceux en permanence.

— Mais j'ai appris des choses à la fac ! J'ai lu du Shakespeare. J'ai étudié Marx. Je suis allée sur un site de fouilles archéologiques !

— Tu peux lire du Shakespeare gratuitement, remarqua-t-il. Tu peux faire des fouilles ici même dans la cour.

— Donc tu es contre l'école ?

— Je suis contre le fait de payer pour ça, dit-il en me regardant. C'est du racket.

— Tu ne peux pas ne *pas* envoyer tes enfants à la fac.

— Rien de tout ça ne servira, de toute façon. Le monde va bientôt s'écrouler, d'une manière ou d'une autre.

Soit il me faisait marcher, soit il était cinglé. Ou les deux.

— S'écrouler ?

— Bien sûr, dit-il en haussant les épaules. On ne peut pas continuer comme ça. Les systèmes financiers vont s'effondrer. La technologie va suivre son cours. Le réchauffement climatique, l'extinction massive. Tout le bazar.

— OK, dis-je en reportant mon attention sur la route.

C'était l'heure de clore le débat.

— Ce que tu devrais apprendre à tes enfants, dit-il, c'est la chasse. Et la pêche. Et comment démarrer une voiture avec les fils. Des choses qui les aideront vraiment dans le cauchemar dystopien et carbonisé vers lequel on se dirige.

J'ouvris un tout petit peu la vitre.

— Tu ne le penses pas sincèrement.

— Bien sûr que si.

— Donc, dis-je en le regardant de haut en bas, tu es un genre de survivaliste fou ?

— La survie n'est jamais folle.

J'observai son profil.

— Et un trop grand lecteur de science-fiction.

— Est-ce que ça existe, « trop » ?

— Et tu n'es clairement pas un optimiste.

— J'admets juste qui nous sommes, déclara-t-il. Est-ce que tu peux honnêtement voir un autre avenir pour la race humaine ?

— Je vois plein d'autres avenirs pour la race humaine.

— Crois-tu à un seul d'entre eux ?

— Oui ! Je crois en chacune d'elles ! Potentiellement, ajoutai-je ensuite.

Il inclina un peu la tête, comme s'il caressait l'idée de voir les choses différemment. Puis il sourit.

— Nan, dit-il. Nous sommes condamnés. La nature reprendra le dessus. On détalera comme des rats à travers les ruines de centres commerciaux, en se tirant dessus et en mangeant des cafards pour survivre.

— Génial.

— Mais tes enfants s'en sortiront, dit-il. Ce Tank, il est habile de ses mains. Et j'apprends déjà à Abby l'autodéfense.

Je me tournai pour croiser son regard.

— Tu apprends l'autodéfense à Abby ?

Il acquiesça.

— Pourquoi ?

Il haussa les épaules.

— Un jour, j'ai raconté aux petits comment je pouvais tuer une personne juste en la regardant, et elle m'a demandé de lui montrer comment faire.

Voilà donc ce qu'ils faisaient dans la cour.

— Pourquoi voudrait-elle apprendre ça ?

— Tous les mômes veulent savoir ces trucs-là, dit O'Connor en fronçant les sourcils, stupéfait que je ne le sache pas déjà. Ils aiment se sentir puissants.

Ça me semblait être un nouveau centre d'intérêt étrange pour Abby. Tank ? Bien sûr. Il pouvait transformer un plateau de Scrabble en champ de bataille. Mais Abby ?

— Ne t'inquiète pas, poursuivit O'Connor. Nous n'en sommes pas encore à un niveau létal. On travaille toujours la mutilation.

— La mutilation, hein ?

Il hocha la tête.

— Elle est vraiment dedans.

— C'est tellement bizarre, dis-je, me demandant comment il était possible qu'O'Connor sache quelque chose sur Abby que j'ignorais. Je n'en avais pas la moindre idée.

— C'est une bosseuse. Ce sont de bons gamins, Libby, ajouta-t-il ensuite.

J'acquiesçai et lui souris.

— C'est vrai, dis-je, même si j'étais surprise que ça me fasse autant de bien de l'entendre de la bouche de quelqu'un. Oui, ce sont vraiment de bons gamins.

Chapitre 10

Nous arrivâmes au marché juste après 9 heures, et je fus surprise de nous voir nous garer dans mon ancien quartier – à seulement quelques rues de la maison où j'avais vécu avec Danny. Le marché avait été lancé après que j'eus déménagé. Les tentes blanches des stands de marchands étaient déjà là. O'Connor recula jusqu'à l'une d'elles et sauta du camion pour en baisser la plate-forme. Nous vendions les fromages dans des récipients d'un quart de litre avec des autocollants sur les couvercles où figurait une photo en noir et blanc de la chèvre qui, soutenait Jean, était la plus photogénique (Eleanor Roosevelt), ainsi que sa marque, L'Heureuse Fermière. Nous conservions les bacs dans des glacières, entassés parmi des packs réfrigérants. Lorsque nous arrivâmes, je sortis un bac de chaque parfum – jalapeño, ail et coriandre –, ainsi qu'une nappe à carreaux rouges et blancs et une boîte de crackers. J'exposai notre pancarte, également, qui représentait Rosie la Riveteuse – la chèvre, pas l'icône de Rockwell – portant un fichu rouge à pois blancs. Jean ne l'admettrait jamais, mais Rosie était sa préférée – et aussi la mascotte de sa recette super-secrète de chèvre, le « We Can Do It ».

O'Connor installa également un radiocassette qui passait des classiques de western swing. Lorsqu'il me vit le regarder, il dit :

— Jean dit que ça incite les clients à acheter davantage.

Puis il s'assit sur la plate-forme du camion et balança ses pieds en rythme tandis que nous attendions les clients. La musique me prit par surprise, et je m'aperçus que je résistais à l'envie impérieuse de basculer d'avant en arrière.

— C'est bien, hein ? demanda O'Connor, semblant me remarquer en train de ne *pas* danser.

— Quoi ?

— La musique.

— C'est très entraînant, dis-je.

— Tu peux danser un peu, si tu veux.

— Non, merci.

O'Connor m'examina.

— Mais tu en as envie.

— Moins que de ne pas ressembler à une andouille.

— C'est notre groupe, tu sais.

— Le groupe de qui ?

— Le nôtre. À Jean et moi. Et d'autres gens.

— Vous avez un groupe ?

— Là, c'est moi qui joue des os. Tu entends ce son qui claque ?

— Des os ?

— Des os de poulet.

— J'ignorais que vous aviez un groupe.

— C'est plus ou moins un groupe de reprises d'Ernest Tubb. On fait une pause en ce moment.

Je l'étudiai une minute.

— De quoi joue Jean ?

— Du pichet.

— Du pichet ?

Il désigna le radiocassette.

— Tu entends les *omp-omp* ? C'est Jean, qui souffle dans un pichet.

J'écoutai, alors que les gens commençaient à entrer au compte-gouttes dans le marché. C'était un jour glacial. J'avais les jambes froides dans mon jean, mais je portais trois couches en haut ainsi qu'une écharpe. La brise avait un peu rosi le nez d'O'Connor, mais il ne gigotait pas comme moi, et je me demandai si la fourrure sur son visage fonctionnait comme une couche supplémentaire. Il proposa d'aller me chercher un cidre chaud deux stands plus loin, mais je refusai – même si, en réalité, j'aurais adoré. Nous gardâmes les yeux sur les gens qui arrivaient tranquillement, et nous tûmes une minute avant de reprendre la conversation.

— Est-ce que vous veniez toujours ici ensemble avec Jean ? m'enquis-je.

— Jamais. Elle fait Austin et moi Houston.

— Qui fait Austin aujourd'hui ?

— Personne. On arrête Austin le temps que tu sois formée.

— Et ensuite je ferai Austin ?

— Non, ensuite c'est moi qui passerai sur Austin.

— Pourquoi faire l'échange ? demandai-je.

— Elle se dit que ce sera peut-être sympa pour toi de revenir chez toi, dit-il en haussant les épaules. Elle veut s'assurer que tu t'amuses.

— Je ne sais pas vraiment si ça compte que je m'amuse.

— Ça compte pour Jean.

Il ne fallut pas longtemps avant que les clients commencent à former des files, déambuler devant les stands et faire halte pour bavarder en grappes. Je vis quelques chiens passer, et des promeneurs. C'était aussi pittoresque que je l'aurais imaginé, même si je me sentais un tout petit peu nerveuse d'avoir affaire à des clients. Et s'ils n'aimaient pas le fromage ? Et si je ne rendais pas correctement sa monnaie à quelqu'un ? En fait, je m'en sortis bien. Tout le monde était gentil. Au départ. Jusqu'à ce qu'une ancienne voisine se rende à notre stand ce premier jour, et goûte trois fromages différents avant de me reconnaître.

— Oh, mon Dieu, hurla-t-elle quasiment, ouvrant les bras en grand pour me donner une embrassade farfelue par-dessus la table. Ça faisait des lustres ! Qu'est-ce que tu fais là ? Est-ce que c'est ton fromage ? Est-ce que tu es désormais fromagère ?

Puis, en passant de ce que l'on pourrait qualifier de « ravissement exagéré » à « souvenirs de tristes événements », elle dit d'un ton d'aparté :

— Comment vas-tu ?

Elle s'appelait Jessica Boone et était mariée à un vieux pote d'université de Danny, un type que tout le monde surnommait « Boonedogue ». Nous avions fait partie du même vaste cercle social, mais bien que Jessica ait vécu à deux rues de chez moi, nous n'étions jamais devenues véritablement amies. En fait, alors que je me tenais là, je ne parvenais même pas à me remémorer le prénom de Bonnedogue. Mais il y avait une chose dont je me souvenais à son sujet : c'était le mec le plus gentil du monde. Ce qui m'avait toujours fascinée, parce que sa femme était tout le contraire.

— Ça va, dis-je en hochant la tête pour accentuer mes propos. Je vais bien.

— Et… (Elle m'examina.) *Tu fais du fromage ?*

Sa voix suggérait que c'était ridicule.

— Oui, ripostai-je moi-même d'une voix qui donnait une impression pastorale et fabuleuse. Les enfants et moi vivons à la campagne dans une ferme.

— C'est adorable, dit-elle, avec tant d'emphase sur *adorable* qu'elle lui conférait une signification inverse.

Je me rappelais à présent le problème avec la vente : vous êtes coincé avec vos clients. O'Connor, qui fouillait dans la boîte à gants pour trouver son portefeuille, revint et me toucha le bras. Je me retournai.

— Tu es gelée, dit-il. Je vais te chercher du cidre chaud, que tu le veuilles ou non.

— Je vais vraiment bien.

— Peu importe ce que tu diras.

Jessica le regarda s'éloigner du stand, et, une fois qu'il fut parti, elle se pencha vers moi, l'œil brillant.

— Ce type est hyper canon, déclara-t-elle.

— Tu trouves ? m'étonnai-je en le suivant du regard.

Ses cheveux en bataille étaient tirés en une queue-de-cheval ce matin-là, et il portait un tee-shirt bleu ciel avec le « S » de Superman sous sa veste et sa chemise de travail. Bien entendu, même avec les cheveux en arrière, la moindre partie de son visage, en dehors de son front et de ses yeux, était recouverte par sa barbe. Tout ce que je voyais, en vérité, quand je le regardais, c'était un gros animal poilu.

— Tout le monde déteste la barbe, admit-elle. Mais il est célèbre par ici.

— Célèbre ?

— Nous l'appelons toutes le Fermier sexy.

— Vraiment ?

— Parfois, il est la seule raison pour laquelle je viens ici. Juste pour le reluquer.

Je me demandai ce que penserait Boonedogue de cette confession. Mais je me rappelai que Jessica avait tendance à partager des informations faussement intimes sur elle dans l'espoir de vous amener à faire pareil en retour. Ensuite, une fois qu'elle détenait vos secrets, elle les racontait absolument à tous ceux qu'elle croisait, jusqu'à ce que son intérêt s'émousse. Je me souvins de ne rien partager. Jessica me toisa.

— Et vous deux, dit-elle alors, vous *faites du fromage* ensemble ?

À sa façon de le dire, ça paraissait classé X. Je ne savais plus vraiment de quoi nous parlions à présent. Un petit signal lumineux clignota quelque part dans mon cerveau. *Danger !* Mais une autre part, plus agressive, de moi-même voulait être à mille lieues de s'inquiéter ou prêter attention à des gens comme Jessica Boone. Quelle importance ? Les femmes comme ça ne me faisaient pas peur ! Et alors, pendant une fraction de seconde que je finirais par regretter, je plongeai mon regard dans le sien.

— Oui, confirmai-je, ma voix elle-même empreinte d'une nuance « Interdit aux moins de 18 ans ». Nous faisons *beaucoup* de fromage.

À l'expression qu'elle afficha ensuite, tout me revint – la manière dont Jessica voyait toute conversation comme une compétition. Et il lui fallut environ une seconde pour me rappeler pourquoi j'étais une amatrice et elle une pro.

— C'est tellement intéressant ! s'écria-t-elle. J'aurais pensé que tu étais toujours… enfin tu sais… en deuil. Danny n'était-il pas le plus adorable des garçons ?

L'évocation de Danny. Bien sûr. C'était un piège dès le départ. Je venais d'ouvrir une porte à Jessica qui donnait directement sur l'endroit le plus sensible de mon cœur. Elle avait gagné, j'avais perdu – et le regret inonda chaque cellule de mon corps. Il n'y avait pas de bon revirement à ce que je venais de dire. Il était impossible que je gagne. Si j'étais toujours fidèle à Danny, elle veillerait à ce que je me sente navrante. Si j'avais tourné la page, elle veillerait à ce que je me sente infidèle. Ce que j'éprouvai soudain – à tous les étages. Quoi qu'il en soit, il y aurait des conséquences – parmi lesquelles, et non des moindres, le post que Jessica publierait sur Facebook pour annoncer que je fréquentais O'Connor avant même qu'elle ait quitté le marché.

— En effet, dis-je. Il était le plus adorable des garçons.

Elle avait maintenant le visage plissé d'empathie.

— C'est tellement affreux que tu aies dû vendre votre maison…

Je regardai alors autour de moi à la recherche d'O'Connor, espérant qu'il revienne et la freine dans son élan.

— Et le jour où tu as fait la vente aux enchères ? Comment l'as-tu supporté ?

— Est-ce que tu n'as pas acheté quelque chose ce jour-là ?

Je me rappelais l'y avoir vue. Elle sourit, ravie de son acquisition.

— Le service en porcelaine de votre mariage ! Nous avions le même modèle !

Seigneur, elle était méchante.

— On n'achetait pas ma vie, lui dis-je, éprouvant le besoin d'insister. Juste mes affaires.

Une autre expression compatissante.

— Eh bien, poursuivis-je, ne sachant vraiment plus quoi dire, la vie nous force à faire des choix sur ce qui compte réellement.

Elle afficha de nouveau une figure rayonnante.

— Et ce qui compte réellement, c'est le fromage ?

Je détestais absolument chaque détail de cette conversation. C'était comme si l'oxygène filtrait hors de cette discussion pendant que nous parlions, et que je m'apercevais subitement qu'il n'y en avait plus. Soudain, je fus incapable de rester là une seconde de plus. Alors, quand je vis O'Connor se diriger vers moi avec une tasse fumante de cidre, je ne m'excusai pas, ne jetai même pas un dernier coup d'œil à Jessica. Je me contentai de marcher droit vers lui, si vite que nous manquâmes de nous percuter.

— Hé, dit-il.

— Est-ce que tu peux me dire où sont les toilettes ? Tout de suite ?

Il désigna un bâtiment au fond du parking, et je déguerpis en m'empêchant de réfléchir à la façon dont Jessica le cuisinerait sur notre relation quand il serait de retour au stand et devinerait que notre « fabrication de fromage » n'était que de la fabrication de fromage. Je grimaçai un peu à cette idée. Mais rien de tout ça n'importait autant que le simple fait de dégager.

Lorsque j'arrivai aux toilettes, toutefois, je ne sus pas quoi faire. Me cacher n'arrangeait rien. Et il n'y avait pas plus d'air là-dedans qu'ailleurs. J'éprouvais des émotions qui semblaient disproportionnées, même à moi : je me sentais gênée, coupable, à nu, vulnérable et stupide, et, plus que tout, comme si j'avais laissé tomber Danny. D'une certaine manière, Jessica avait sapé toute impression que j'aurais pu avoir d'aller mieux. Récemment, j'avais eu le sentiment ténu que j'améliorais ma vie, mais cinq minutes avec Jessica Boone m'avaient littéralement convaincue non seulement que je n'avançais pas dans la bonne direction, mais aussi qu'une telle chose n'existait même pas. Je fis les cent pas une minute, puis, en entendant des gens approcher, j'entrai en vitesse dans un box. Je fermai les yeux et effectuai quelques étirements de cou. Je serrai et desserrai les poings. J'avais peur de ressortir. Je n'avais aucune envie de voir Jessica – ni même O'Connor, à ce stade –, et restai donc bien plus longtemps dans les toilettes que je n'en avais jamais eu l'intention. Mais finalement, alors que je tendais la main pour déverrouiller la porte, j'entendis deux femmes entrer, et pris conscience à ce moment-là que l'une d'elles était Jessica. Elle était en pleine conversation avec l'une de ses amies prénommée Renée, que j'avais toujours plutôt appréciée, et dès que je distinguai leur échange, je sus de qui elles parlaient.

— Elle était en salopette, disait Jessica. Je ne plaisante pas.

Gloussement de Renée.

— Sérieux, poursuivit Jessica. Elle aurait aussi bien pu mâcher une tige de foin. On se serait cru dans *Bonanza*.

Un autre gloussement – presque un rire étouffé, cette fois – de la part de Renée. Elles entrèrent dans des cabines de chaque côté de la mienne.

— Je ne l'ai jamais appréciée, dit Renée.

— Moi non plus, répliqua Jessica.

— Qu'est-ce qu'il y a de si irritant chez elle ?

— Je ne sais pas ! s'exclama Jessica. Elle m'énerve, c'est tout.

Elles firent pipi en même temps, sortirent de leurs cabines en même temps, et claquèrent les portes derrière elles en même temps. Puis elles firent une pause – devant le miroir, supposai-je. Jessica reprit :

— Mais voici la meilleure partie. Elle m'a dit qu'elle couchait avec le type du fromage de chèvre.

Il y eut un blanc exagéré. Puis Renée dit :

— Ce n'est pas vrai.

— Mais si !

— Elle vient de te l'annoncer ?

— Plus ou moins.

— Impossible !

— Apparemment, non.

— Pourquoi est-ce qu'elle te raconterait ça ? demanda Renée.

— La frime.

Elles commencèrent à se diriger vers la sortie.

— Je parie qu'elle mentait, déclara Renée.

— Tu crois ?

— Pas toi ?

Jessica réfléchit une seconde.

— Tu as raison. Elle mentait carrément.

À présent, elles riaient.

— Et maintenant, poursuivit Renée dans un couinement aigu, tu dois *manger* son *fromage* !

Elles passèrent la porte, mais la dernière chose que j'entendis, c'était Jessica qui disait :

— C'est décidé. Je le rapporte.

C'était fascinant comme des paroles pouvaient avoir un tel impact physique. Le souvenir de leur présence ricochait sur les murs tandis que j'appuyais la tête contre la porte métallique de la cabine. Je haïssais ces femmes d'être si mesquines et méchantes. Je me haïssais de les laisser me tracasser. Et, plus que tout, je haïssais Danny de m'avoir abandonnée sans personne pour me protéger d'un monde débordant de connerie. Je m'attardai une minute de plus, puis me redressai, déverrouillai la porte et me traînai au marché, espérant comme une folle que ces femmes seraient parties depuis longtemps, qu'O'Connor aurait vendu jusqu'au dernier bac de fromage et qu'il serait l'heure de foutre le camp de Houston.

Pas tout à fait. Alors que j'approchais de notre stand, je repérai Jessica et Renée deux étals plus loin, toujours dans leurs courses, et aucunement pressées de partir. Je m'arrêtai derrière le camion ; O'Connor me vit.

— Hé ! dit-il en marchant vers moi.

Je ne voulais pas qu'il voie mes yeux qui, je le savais, se remplissaient de larmes, alors je me détournai. Mais il vint tout près.

— Où est-ce que tu étais ?

Je relevai la tête vers lui. Quoi qu'il ait vu sur mon visage le fit froncer les sourcils.

— Bon Dieu, qu'est-ce qui t'est arrivé ?

— Pouvons-nous partir ? demandai-je. Est-ce que nous avons tout vendu ?

— Nous n'avons pas tout vendu, répondit O'Connor. Mais nous pouvons partir.

Je me retournai pour regarder à travers la vitre du camion et essayer de localiser Jessica. Elles étaient au stand voisin.

— Il faut que je fiche le camp d'ici, dis-je.

— Qu'est-ce qui se passe ? insista-t-il.

— Est-ce qu'on peut juste partir ?

Je vérifiai de nouveau dans la vitre. Jessica et Renée se dirigeaient vers notre stand, et, à cet instant, il était clair que je devais tout raconter à O'Connor en cinq secondes maximum si je voulais avoir le moindre espoir de m'échapper. Il avait suivi mon regard, mais je posai une main sur sa mâchoire pour le tourner vers moi. Puis je dis avec toute l'urgence dont j'étais capable, et sans la moindre pause entre les mots :

— J'ai raconté par accident à cette fille juste là qu'on sortait ensemble toi et moi et ensuite elle est entrée dans les toilettes pendant que j'y étais et elle et sa copine ont dit des horreurs sur moi, et le pire de tout c'est qu'elles pensaient que je mentais sur le fait qu'on se fréquente, ce qui est le plus humiliant de tout parce que c'est vrai.

O'Connor cligna des yeux.

— Tu lui as raconté qu'on sortait ensemble ?

— Oui !

— Pourquoi ?

— Parce que… (J'ignorais comment l'expliquer.) Parce que ses amies et elle pensent que tu es canon, et elle a toujours été méchante avec moi, et elle me provoquait sur le fait que je fabrique du fromage, et elle était tellement méprisante, bon Dieu, et je ne voulais pas qu'elle se gargarise au sujet de son mari parfait et comment elle a tout ce qu'elle a toujours voulu, comme si d'une certaine façon elle avait droit à tous ses bonheurs comme personne d'autre sur Terre…

Je m'interrompis une seconde, avec toutes les autres choses que je voulais dire palpitant encore dans ma poitrine. Je pouvais à présent sentir les yeux de Jessica sur nous, et je réduisis ma voix à un murmure.

— C'est juste que je ne voulais pas la laisser gagner.

O'Connor assimila tout ça. Puis il jeta un autre coup d'œil à notre stand, où attendaient maintenant Jessica et Renée. Il semblait trouver mon histoire plutôt divertissante.

— Elles me trouvent canon ? demanda-t-il.

— Oui, répondis-je, sans trouver ça amusant du tout.

Il prit un air sérieux.

— Et c'est pour ça que tu es au bord des larmes ?

À l'évidence.

— Oui.

Jessica le vit regarder vers elle.

— Excusez-moi ! lança-t-elle, le nez plissé. J'ai besoin de rendre ce fromage.

O'Connor se rapprocha de moi d'un pas en prenant soin l'ignorer.

— Excusez-moi ! répéta-t-elle.

O'Connor me regardait toujours.

— Je déteste les gens comme ça, dit-il.

Puis il se pencha plus près et me chuchota à l'oreille :

— J'ai une idée, mais c'est un peu dingue.

— OK, dis-je en hochant la tête, sans avoir la moindre idée de ce que j'acceptais.

Il baissa les yeux sur ma bouche avec la même expression que s'il allait sauter du grand plongeoir, puis il se pencha et m'embrassa. Au départ, nous fûmes tous les deux trop sidérés par ce que nous faisions pour beaucoup l'apprécier. Cela se réduisait plus à assembler les conditions techniques d'un baiser que quoi que ce soit d'autre.

Les lèvres qui se touchent ? Mission accomplie. On garde la position.

Mais, ensuite, nous rentrâmes dans nos personnages. Une fois que j'eus compris quel était le plan et que je m'y embarquai, et une fois qu'il eut trouvé son groove de faux baiser, ce fut comme si nous avions décidé tous les deux en même temps de lui donner l'air authentique. Je mis ma main derrière sa nuque, et il se plaqua contre moi – ses lèvres chaudes et parfumées de cidre –, jusqu'à ce que nous vacillions ensemble contre le camion. Je me détendis contre lui et humai les délicieux parfums de savon, de sel et de cidre chaud. Que des bonnes odeurs. Que du bon à tous les niveaux, pour être honnête. Ce n'était pas exactement un *french kiss*, mais nous fîmes en sorte que ça en ait l'air. Et alors, quelque chose bascula. Les gens autour de nous se brouillèrent dans le décor, et le moment en lui-même, la proximité, la chaleur, le picotement de sa barbe devinrent les seuls éléments nets. Le baiser se transforma en une chose réelle, du moins pour moi. O'Connor cala un bras contre le camion et enroula l'autre autour de ma taille, tout en restant stable et sans jamais hésiter. Je devais le lui accorder. Il y allait à fond. Il donnait l'impression qu'il était affamé et que j'étais un festin. Et lorsque, pour l'apothéose, il fit descendre sa main sur le côté de mon corps, je pus à peine tenir debout. Lorsqu'il se recula un peu et ouvrit les yeux, ils contenaient une question que je ne pouvais pas vraiment déchiffrer. J'étais légèrement à bout de souffle en croisant son regard. Cependant, je me ressaisis suffisamment pour chuchoter :

— Merci.

Il recula pour me laisser partir alors que je me retournais vers les deux femmes qui attendaient. Je m'efforçai de ne pas paraître trop triomphante en me rapprochant d'elle.

— Désolée, dis-je, avec seulement une partie de mon cerveau concentrée sur Jessica, le reste décidé à savourer ce qui venait de se produire. Qu'est-ce qu'il te fallait ?

Elles étaient encore toutes les deux bouche bée. Puis Jessica, à l'évidence toujours un peu bloquée sur ce qui venait de se produire, brandit son sac de fromage.

— Je rends ceci.

— Nous n'acceptons pas les retours, dis-je en faisant la moue.

— Mais je viens de l'acheter ! s'exclama-t-elle.

— Tu l'as acheté il y a une demi-heure. Qui sait ce que tu as fabriqué depuis ?

Jessica ne protesta pas.

— Bien, dit-elle d'un ton annonçant sans ambiguïté qu'elle ne serait plus cliente à notre stand.

Je la regardai s'éloigner, puis me retournai vers O'Connor, à présent appuyé contre le camion, perdu dans ses pensées. Il releva les yeux en sentant les miens sur lui.

— Est-ce que nous devons toujours partir ? demanda-t-il.

Je lui adressai un sourire reconnaissant et secouai la tête.

— Eh non.

— Tout va mieux, alors ?

J'acquiesçai. Tout allait mieux. Bien mieux. Bien trop. Il m'avait embrassée. Peut-être que c'était pour faire semblant, et peut-être qu'il jouait la comédie, et peut-être qu'il n'en avait pas eu réellement l'intention. Mais ce baiser avait été bon – ce point-là était indéniable. Vraiment, vraiment bon. Ce baiser avait été une initiative irréfléchie, inattendue et totalement inappropriée. Et il avait été parfait.

Chapitre 11

Sur le trajet retour, le fromage entièrement vendu et Jessica Boone derrière nous, je livrai à O'Connor les détails de toute la débâcle avec elle – même si je laissai de côté les pires horreurs qu'elle avait dites sur moi, au cas où elles auraient eu du vrai. O'Connor gardait les yeux sur la route, une main solide sur le volant. Nous veillâmes tous les deux à rester très désinvoltes l'un envers l'autre. J'avais eu envie de l'interroger sur son alliance à l'aller, mais le bon moment ne s'était jamais présenté. À présent, j'y renonçais entièrement. J'avais soudain peur de la réponse.

— Encore merci, dis-je, pour meubler le silence. Tu es mon nouveau héros.

Il sourit en gardant les yeux sur la route.

— Est-ce que tu savais qu'on t'appelle le Fermier sexy ?

— Non. Mais les ménagères m'adorent. Elles me croient dangereux.

— Et tu l'es ?

Il haussa les épaules.

— Je ne sais pas. Autant que n'importe qui peut l'être, je suppose.

Je n'avais pas remarqué à l'aller qu'O'Connor était le genre de type qui conduit avec une seule main sur le volant, mais, au retour, je fis une fixation sur ce détail. J'étais persuadée que cette posture révélait quelque chose sur lui.

Simplement, je ne savais pas trop quoi. Il effectua un virage du talon de la main et dit :

— Je ne pense pas qu'elle gagne, au fait. Les gens aussi méchants sont perdants par définition.

Je n'y avais pas songé sous cet angle.

— J'imagine que c'est vrai, dis-je en hochant la tête. Elle doit rester en compagnie de sa méchante personne toute la journée.

— Exact, dit-il. Et nous, on peut rentrer chez nous.

Je sentis une lueur d'identification dans cette expression. En pensant à la ferme de Jean, j'avais un tout petit peu l'impression que c'était chez moi. C'était la première fois que je m'en éloignais depuis que nous y avions emménagé, et la distance m'offrait une nouvelle perspective. Même si je pensais encore à mon vrai foyer comme étant la maison où j'avais vécu avec Danny, il me sembla, à cet instant, que peut-être je pouvais en revendiquer plus d'un. J'avais prévu, avant le désastre avec Jessica Boone, de demander à O'Connor si nous pouvions juste passer devant mon ancienne maison en repartant vers l'autoroute. Ça ne représentait pas un gros détour, et le fait que ce soit si près m'encouragea à la revoir. Pendant que nous vivions chez ma mère, j'avais occasionnellement, une fois les enfants endormis, conduit jusque-là en camionnette et m'étais garée de l'autre côté de la rue. Je voulais juste voir l'endroit. Poser mes yeux dessus. Savoir que la maison, au moins, était encore là. Bien entendu, les événements de la journée au marché des fermiers ne nous avaient pas orientés dans une direction touristique. Et, à présent, nous tracions vers Atwater aussi vite que le vieux camion de Jean nous l'autorisait. Il ballottait comme s'il était dans un cycle essorage, et, tandis que je lorgnais O'Connor à la dérobée, je me demandais s'il essayait de mettre autant de kilomètres possibles entre la scène du crime et lui. Quelque chose dans son langage corporel – la façon dont il gardait son profil aussi figé, peut-être – me disait qu'il regrettait ce baiser de comédie. Ou du moins qu'il réfléchissait au fait de le regretter. Je remuai dans mon siège et lui jetai un autre regard en coin ; au même moment, il dit :

— Je pense que c'était ce qu'il fallait faire.

— Je suis d'accord, dis-je, souhaitant l'établir comme un fait.

— Je ne crois pas que ça dérangerait Erin.

— Erin ?

Durant toutes ces semaines, personne n'avait évoqué d'Erin. Mais il n'était pas difficile de deviner qui cela pouvait être.

— Est-ce qu'Erin est ta… ? commençai-je, sans achever ma question.

Je devinais à sa tête de qui il s'agissait. Elle était celle qui lui avait donné cette alliance sur la chaîne. Quoi que je demande, c'était elle.

— Elle est blessée, dit-il. Elle a été victime d'un accident de voiture, et maintenant elle nécessite… (Il marqua une pause, cherchant les mots adéquats.) Beaucoup de soins.

Je n'exprimai pas les questions que j'avais en tête.

Quel genre d'accident ? Quel genre de soins ?

Jean avait raison. Les questions auxquelles je voulais vraiment des réponses étaient précisément celles que je ne pouvais pas poser. Je devais prendre les informations qu'il fournissait et accepter que cela suffise.

— Bref, reprit-il, Erin comprendrait.

— Bien.

— C'était juste de la comédie.

— Oui. De la très bonne comédie. Digne d'un oscar.

— Par ailleurs, dit-il, honnêtement, je ne te vois pas de cette manière.

Mon cœur se serra un peu.

— Bien sûr que non.

— Et Erin saurait cela, poursuivit-il. Tu n'es pas du tout mon genre.

Je hochai la tête.

— OK.

— Du tout, répéta-t-il.

— Eh bien, tu n'es carrément pas mon genre non plus, Grizzly Adams.

— Exact, dit-il, créant à présent une dynamique. Nous ne sommes pas le genre l'un de l'autre. Mais tu es une chouette personne, et tu avais besoin d'aide.

J'acquiesçai. Vrai pour les deux.

— Et Erin déteste les gens méchants, ajouta-t-il. Elle aurait adoré l'expression sur le visage de cette femme.

— Son expression, dis-je en essayant d'insuffler dans mes propos l'immense gratitude que j'éprouvais, était absolument tordante.

Après un instant, je lui demandai :

— Est-ce que tu vas lui dire ?

— Non ! s'exclama-t-il, avant d'ajouter un peu plus doucement : Elle ne pourrait...

Il s'interrompit, secoua juste la tête et lâcha :

— Non.

— Je ne pense pas que ça aurait dérangé Danny non plus, déclarai-je, pour combler le silence.

— C'était ton mari ? Danny ?

Je hochai la tête.

Je m'étais imaginé qu'O'Connor savait tout pour Danny, mais il me venait maintenant à l'esprit que Jean ne lui en avait peut-être pas révélé plus sur ma vie qu'elle ne l'avait fait avec moi le concernant.

— Il a été tué dans un accident de voiture il y a trois ans, dis-je.

O'Connor acquiesça, sans me pousser à en raconter davantage. Ce que j'appréciai. Peut-être était-ce le fait qu'il ne me demande rien – l'absence inhabituelle de pression pour que je révèle les détails déchirants –, mais, pour la toute première fois, je me surpris à offrir des informations sur ce qui s'était passé et comment, exactement, je l'avais perdu.

— Nous étions en pleine dispute à ce moment-là, m'entendis-je dire. Il était parti chercher Abby à son cours d'arts plastiques, et alors qu'ils sortaient du parking pour prendre une voie d'accès, ils ont été percutés sur le côté par un pick-up. Un pick-up sans assurance, ajoutai-je ensuite.

Un fait apparemment sans importance ce jour-là, mais qui, tandis que ma vie financière s'effondrait, fut au final l'un des détails les plus importants de tous. Je promenais mes doigts le long de la vitre en parlant.

— Abby était attachée, évidemment, mais Danny n'avait pas encore mis sa ceinture. C'était l'une de ces choses sur lesquelles je le harcelais. Il attendait toujours un demi-pâté de maisons avant de la mettre. Ça me rendait dingue. Pourquoi ne pas d'abord s'attacher et ensuite conduire ? Ça prend deux secondes ! Mais il estimait que c'était une perte de temps.

Je croisai les jambes et me redressai sur mon siège.

— Les secouristes de l'ambulance m'ont dit que le pick-up devait rouler environ deux fois plus vite que la limite pour faire autant de dégâts, poursuivis-je. La Jeep de Danny était bousillée.

Je me retrouvai les yeux rivés sur mes mains. C'était si étrange de simplement résumer tout ça de cette manière.

— Il est mort avant qu'ils atteignent l'hôpital.

O'Connor hocha la tête. Je pris ma respiration.

— Quand je suis arrivée là-bas, on m'a dit que Danny était mort. Même s'ils n'ont jamais vraiment prononcé les mots. Un docteur m'a prise à part pour m'expliquer que ses blessures étaient « très importantes ». J'ai demandé ce que cela signifiait, et il a juste répondu qu'il y avait une hémorragie interne sérieuse. C'était comme s'il refusait de le dire. Comme si j'étais celle qui devait le faire. Alors je suis passée devant lui en le poussant et j'ai commencé à chercher Danny. J'avais toujours Tank dans les bras. Je n'y croyais pas. Si Danny était mort, il pouvait bien me le dire lui-même, bordel. Mais avant que j'arrive où que ce soit, une infirmière en blouse Bob l'Éponge a surgi de nulle part, m'a prise par les épaules et m'a dit que ce que je devais vraiment faire, plus que tout, c'était prier pour ma petite fille. J'ignore si elle avait raison ou tort, mais j'ai fait ce qu'elle m'a dit. Je l'ai laissée nous guider Tank et moi dans l'aire d'attente du bloc opératoire, et alors j'ai prié de toutes mes forces. Et ça paraît fou, mais je repense toujours à ce court moment où je ne les croyais pas complètement sur le fait que Danny soit mort comme un moment où il n'était pas encore entièrement parti. Je ne cesse de me demander : si j'étais allée le voir tout de suite, au lieu de reporter mon attention sur Abby – si je m'étais accrochée à lui un tout petit peu plus fort et que j'avais catégoriquement refusé de le laisser partir – est-ce que ça aurait aidé ? Est-ce que ça aurait pu changer quoi que ce soit ?

— Non, dit O'Connor.

Je le regardai, ramenée si vite au présent que ce fut presque une surprise de le voir là. Ses yeux croisèrent les miens.

— Non, répéta-t-il. Ça n'aurait rien changé.

Il avait quelque chose de différent dans son expression.

— Bien sûr que non, dis-je. Je le sais.

— Avant j'étais pompier, poursuivit O'Connor. J'ai vu beaucoup d'accidents de voiture. Si on t'a dit qu'il était mort, c'est qu'il était impossible de changer quoi que ce soit.

À sa façon de parler, c'était comme s'il en savait plus que moi sur ce qui s'était produit ce jour-là. Ce qui était probablement le cas, d'une certaine manière. Je ne m'étais clairement jamais trouvée sur les lieux d'un accident de voiture. Je n'avais jamais été témoin d'une telle scène pour de vrai. Juste un millier de fois dans mon imagination. Ce qui n'est pas la même chose. C'était bizarre de me dire qu'O'Connor pouvait mieux visualiser l'histoire que je racontais que je ne le pouvais moi-même. C'était comme s'il s'était incrusté dans mon souvenir de ce couloir d'hôpital. Même si, pour être honnête, une part de moi aimait l'avoir là – et aimait ne pas avoir constamment à vivre ce souvenir comme je l'avais vécu ce jour-là, complètement seule.

— Je ne savais pas que tu étais pompier, dis-je après un instant.

— Autrefois.

Nous roulâmes encore un peu, et il s'écoula quelques minutes avant que je remarque combien il était silencieux. Mes pensées dérivèrent de nouveau vers Danny, son souvenir maintenant rafraîchi dans mon esprit.

— C'était vraiment un chic type, dis-je d'une petite voix.

O'Connor semblait savoir intuitivement que j'étais prête à parler d'autre chose.

— Et qu'est-ce que c'est ? demanda-t-il. Un chic type ?

— Eh bien, dis-je en me calant un peu dans mon siège tout en soufflant. Un chic type t'achète des tampons quand tu es en panne. Il fait la vaisselle. Il te prépare du café avant que tu sois réveillée le matin. Il t'écoute quand tu parles, même si c'est de déco d'intérieur. Il fait un détour pour te toucher, même si c'est juste ta main. Il n'appelle pas ça du « baby-sitting » quand il garde ses propres enfants. Il te téléphone du travail juste pour entendre ta voix. Et il te trouve toujours belle, même – non, *surtout* – quand tu ne l'es pas.

— C'est un défi de taille, déclara O'Connor en sifflant.

Je tournai la tête vers lui et étudiai son profil.

— Quelle est ta définition ?

Il leva une main du volant pour se frotter la nuque. Je ne cessai de m'attendre à ce qu'il prenne la parole, mais il ne le fit pas.

— Eh bien ? dis-je.

— Je réfléchis.

Je patientai un peu plus longtemps, essayant d'imaginer à quoi ressemblerait son visage sans sa barbe, jusqu'à ce qu'il finisse par dire :

— Un chouette type fait ce qu'il faut, même quand ce n'est pas loin de le tuer.

Je laissai mon regard effleurer sa barbe pour remonter le long de son profil. Comme rien d'autre ne venait, je dis :

— Alors ? Es-tu un chouette type ?

— J'essaie à mort. Je dirai ça, pour ma part.

Nous sourîmes tous les deux à cela, puis il ajouta :

— Je n'ai embrassé personne d'autre qu'Erin en dix ans.

— Je n'ai embrassé personne d'autre que Danny en quinze ans.

— Non ? (Il jeta un coup d'œil vers moi.) Même pas… récemment ?

— Je sais que je ne suis pas mariée. Mais je ne me sens pas exactement célibataire non plus. (Je regardai vers lui.)

Tu sais comment, quand tu t'engages envers quelqu'un, tu… rabats ton antenne pour les autres gens ?

O'Connor acquiesça.

— Je n'ai pas encore été capable de redresser la mienne.

Il hocha de nouveau la tête, comme s'il saisissait vraiment.

— Et même si tu le pouvais, ajouta-t-il, tu n'en aurais pas envie.

— Exactement, dis-je, bien que je ne sois pas tout à fait sincère.

Mon antenne n'était peut-être pas entièrement redressée ni activée, mais elle n'était pas totalement cassée non plus. Le faux baiser avait clarifié ce point direct.

— Est-ce que ça a été bizarre pour toi ? demandai-je.

Il savait ce que je voulais dire.

— Oui.

— La barbe était un nouveau tournant pour moi.

— Pour moi aussi.

— Et tu sens le cidre, ajoutai-je.

Il haussa les épaules.

— J'ai bu ta tasse.

— Merci de m'avoir sauvée, au fait.

— Pas de problème. Mais je ne pense pas que nous devrions en parler à qui que ce soit.

— Bien sûr, dis-je, même si je n'y avais pas songé.

À cette minute, Jessica Boone était probablement en mains libres à raconter ce qu'elle savait à tout le monde. Impossible de changer cela. Tout ce que je pouvais faire, c'était réagir vis-à-vis du moment qui se présentait, et de la personne qui était intervenue quand j'en avais vraiment, vraiment eu besoin.

Si O'Connor désirait que ce soit oublié, c'était oublié. Autant que pourrait l'être un jour un souvenir aussi agréable.

Chapitre 12

Après cela, O'Connor et moi fûmes officiellement potes. J'avais eu besoin d'être secourue ce jour-là, et il avait eu besoin de quelqu'un à secourir, et la symétrie de tout ça – sans parler de notre ennemie commune, Jessica Boone – pava la route d'une amitié harmonieuse articulée autour du fromage.

Pendant environ une semaine. Jusqu'au vendredi suivant, le 1er mars, lorsque je reçus un appel de l'institutrice d'Abby à l'école, disant que la petite s'était battue dans la cour de récréation. Et par « battue », elle entendait réellement ça : une *bagarre*. Abby avait manifestement utilisé un sévère coup d'autodéfense sur un garçon de sa classe nommé Jimmy Gaveski, et lui avait envoyé son poing dans le ventre avec une telle force qu'il avait fait pipi dans sa culotte.

— C'était assez handicapant, déclara l'enseignante. Je n'ai jamais rien vu de tel.

— Êtes-vous sûre que c'était Abby ? demandai-je. Elle ne tape même pas son frère.

— C'était Abby, confirma-t-elle, et elle est exclue de l'école aujourd'hui. Venez la chercher, s'il vous plaît.

En sortant pour aller à la camionnette, je croisai O'Connor.

— Est-ce que tu as montré à Abby comment se battre à mains nues quand vous faisiez de l'autodéfense ? l'interrogeai-je.

— Tu m'étonnes, répondit-il. Comment former un poing convenable. Où viser. Ouaip.

— Elle vient de frapper un enfant à l'école, dis-je, d'un ton de *comment-as-tu-pu*. Et maintenant, elle est renvoyée pour la journée.

O'Connor hocha la tête avec satisfaction.

— Renvoyée pour s'être bagarrée.

— Elle a vraiment fait mal à ce gamin, O'Connor. Il s'est fait dessus.

Il haussa les épaules.

— La petite a du cran.

— Est-ce que tu es cinglé ? Elle a huit ans !

— Elle a dit qu'on s'en prenait à elle, me révéla O'Connor. Et j'ai pensé qu'il ne fallait pas qu'elle se contente de rester assise à encaisser.

Je le dévisageai.

— On s'en prend à elle ?

Il hocha la tête.

Mon esprit repartit tourbillonner dans les derniers mois, à la recherche d'indices que j'aurais dû remarquer plus tôt. Je pensai aux nombreuses fois où elle m'avait demandé de rester à la maison plutôt qu'aller à l'école cette année. Pourquoi cela n'avait-il pas déclenché un signal d'alarme ?

— Qui ? demandai-je fermement. Qui la harcèle ?

— Le garçon qu'elle vient de dérouiller, j'imagine.

— Pourquoi ne me l'as-tu pas dit ? l'interrogeai-je, ma voix réduite par le choc à une sorte de chuchotement.

— Elle m'a demandé de le garder pour moi.

— Ce n'est pas une raison ! Tu ne caches pas des informations comme ça à la mère d'un enfant.

— Je l'aidais à gérer.

— Ce n'est pas ton rôle de l'aider à faire quoi que ce soit !

— Hé, lança-t-il. Elle est venue me voir.

— Qu'est-ce que c'est censé vouloir dire ?

— Elle savait probablement que tu flipperais. Comme tu es en train de le faire.

Il était l'heure d'y aller. Abby attendait dans le bureau de la principale.

— Ouais ! dis-je en montant dans la voiture. Je flippe. Elle est en CE1 !

— Elle peut se débrouiller toute seule, cria O'Connor derrière moi.

— Reste en dehors de ça, O'Connor ! m'égosillai-je par la vitre tandis que la camionnette crachait du gravier dans l'allée.

Je m'attendais à trouver Abby au bureau de la principale avec la tête baissée de honte. Quand je la vis, cependant, elle était sur un banc en bois devant le bureau de l'infirmière, à lire un livre sur les sirènes. Quelqu'un lui avait donné une sucette. Je m'étais figuré, je suppose, qu'elle allait soudain ressembler à une petite coriace. Mais elle était toujours la même enfant adorable. Elle leva la main en me voyant.

— Salut, maman.

Je plissai les yeux vers elle. Je ne parvenais pas à déchiffrer ses émotions. Se sentait-elle coupable et désolée ? Triomphante ? Impossible à dire.

— Tu as frappé un enfant ? dis-je.

Elle haussa les épaules et leva les yeux pour croiser mon regard.

— Il le méritait.

Et à cet instant précis, je la crus. Elle se mit debout, et je passai mon bras autour de ses épaules.

— Viens, Coccinelle, dis-je. Rentrons à la maison.

Dans la voiture, sur le chemin du retour, je savais que nous étions plongées dans un moment d'enseignement jusqu'à la taille. Sauf que je n'étais pas certaine de ce que j'étais censée enseigner.

— Abby, tu ne peux pas simplement frapper les gens quand ils sont grossiers avec toi, dis-je. Ce n'est pas comme ça qu'on traite les autres. Frapper, ce n'est jamais bien.

Abby ne dit rien, toujours concentrée sur sa sucette.

— Qui est cet enfant, de toute façon ?

— Il s'appelle Jackie Chan. Il a redoublé l'année dernière.

Je marquai une pause.

— Il s'appelle *Jackie Chan* ?

Abby haussa les épaules.

— C'est ce qu'il dit.

— Comment l'appellent les enseignants ?

— Jimmy Gaveski.

— Et il t'embête ? (Haussement d'épaules.) À quel sujet est-ce qu'il t'embête ?

Elle se contenta de m'adresser un regard. Nous savions toutes les deux à quel sujet il l'embêtait.

— Est-ce que tu as parlé à ton institutrice ?

— Elle a dit que si elle ne le voyait pas le faire, elle ne pouvait pas le punir.

— Et ?

— Et elle ne l'a jamais vu, parce que c'est un vrai serpent.

— Qu'est-ce qu'il fait ?

— Il m'appelle « Boiteuse ».

Oh, Seigneur.

— Comment est-ce qu'il s'en rendrait même compte ? demandai-je avec insistance, m'adressant davantage à l'univers qu'à Abby.

— Je pense qu'il y fait très attention.

J'inspirai.

— Et qu'est-ce que tu dis ?

— Je dis : « Faux ! Je ne boite pas ! J'ai juste un peu de mal à marcher. »

J'avais les articulations blanches sur le volant, mais je conservai une voix posée.

— Pourquoi ne m'en as-tu pas parlé ?

— Parce que tu flipperais.

— Non ! Pas du tout !

— Comme tu le fais en ce moment.

— Je ne flippe pas. Si tu veux voir ce que c'est de flipper, je te montrerai !

— Je ne veux pas, dit-elle. Je ne veux pas le voir.

— Je vais parler avec ton institutrice demain matin avant l'école.

Abby haussa les épaules.

— OK, dit-elle. Mais elle ne peut pas vraiment faire grand-chose.

— C'est ce qu'on verra, dis-je, alors que nous passions le portail de Jean.

O'Connor bricolait sur le tracteur, et Abby baissa la vitre tandis que nous ralentissions pour faire halte près de lui.

— O'Connor ! cria-t-elle.

— Hé, Mamacita, dit-il sans lever les yeux.

— Je l'ai eu dans le plexus solaire !

Là, il releva les yeux.

— Bien joué !

— Et ensuite il a fait pipi dans sa culotte !

La jubilation dans sa voix était perturbante pour moi, mais clairement pas pour O'Connor.

— Tu sais comment tu peux l'appeler maintenant ? demanda-t-il.

Abby secoua la tête.

— Pissfroc, dit-il.

Abby s'esclaffa, puis elle se calma.

— Mais je ne le ferai, précisa-t-elle, que s'il me dit un truc méchant le premier.

— Normal.

Lorsque Abby ouvrit la portière pour sortir, les chèvres l'entourèrent. Je ne savais pas trop à ce moment-là si je devais la punir en l'envoyant dans sa chambre pour l'après-midi, ou juste laisser glisser. Je l'arrêtai au marchepied et dis :

— Abby ?

Elle se retourna.

— Oui ?

— Tu n'as plus le droit de frapper ce garçon, dis-je. Ne permets pas que le mauvais comportement de Jimmy Gaveski change qui tu es.

Abby soupira en retour avec une lassitude trop mûre pour son âge et dit :

— OK, maman. J'essaierai vraiment de ne pas le faire.

— Et Abby ?

— Oui ?

— Bravo de t'être défendue.

Abby avait raison au sujet de son institutrice. Elle ne pouvait vraiment pas faire grand-chose. C'était sa première année d'enseignement, d'une part, et de l'autre, elle avait l'air d'avoir à peu près quatorze ans. Elle était assez surchargée comme ça, et guère équipée pour surveiller chaque conversation qu'avaient les enfants. J'eus l'impression au cours de notre rendez-vous en urgence du lendemain matin qu'elle se rangeait du côté d'Abby – mais elle ne constituait pas vraiment une alliée.

— Ne vous inquiétez pas, madame Moran, dit-elle en me raccompagnant à la porte. Ce n'est pas la première enfant maladroite à se faire taquiner.

Je fis volte-face.

— Elle n'est pas *maladroite* ! Elle a une blessure.

Je laissai passer une seconde le temps que mes propos fassent effet, puis poursuivis.

— Du même accident de voiture qui a tué son père. (L'institutrice écarquilla les yeux.) Nous avons fait des années de rééducation, et elle a travaillé plus dur pour arriver où elle en est que Jimmy Gaveski ne travaillera jamais de toute sa vie, alors la dernière chose qu'elle mérite, c'est qu'un petit con à bourrelets complexé des arts martiaux se défoule sur elle sans qu'un seul adulte intervienne.

C'était sorti plus virulemment que je ne l'avais voulu.

— Je suis désolée, dit-elle, l'air sincère. Bien entendu.

— Merci de garder un œil sur elle, ça me rassurerait.

— Comptez sur moi, dit-elle.

Et la sincère empathie de son expression me donna le sentiment, plus tard sur le trajet retour, qu'elle allait peut-être même bien le faire.

— Peut-être qu'elle sera attentive, dit Jean ce soir-là, une fois les enfants couchés, alors que nous en discutions en faisant la vaisselle du dîner. Ou pas.

— Eh bien, je n'avais rien à perdre à demander.

— Non, concéda Jean.

— Je dois faire quelque chose, poursuivis-je. Ce n'est pas parce qu'O'Connor est une brute qu'Abby devrait le devenir.

Le plancher craqua alors, et nous nous retournâmes toutes les deux pour apercevoir O'Connor devant la porte-moustiquaire. Il toussota. Je baissai les yeux.

— Tu es encore là ? s'étonna Jean.

— Je finissais juste deux, trois trucs.

— Café ? proposa-t-elle en me regardant avec un haussement d'épaules du genre peut-être-qu'il-ne-t'a-pas-entendue.

Avant que je m'en rende compte, il était debout à côté de moi avec une tasse, veillant à me faire comprendre qu'il m'avait entendue.

— Ce n'est pas une mauvaise chose qu'elle sache se défendre, dit-il ensuite en regardant droit vers moi.

— Non, dis-je, gardant les yeux sur l'évier rempli de vaisselle. D'un autre côté, je ne veux pas qu'elle tabasse des gens.

— Ce Pissfroc l'a bien cherché, dit O'Connor.

La façon dont il refusait catégoriquement de prendre en considération la moindre nuance de cette situation m'amena à lui décocher un regard noir.

— La violence n'arrange jamais rien, dis-je. Ça ne fait qu'aggraver les choses.

— Tu dois tenir tête aux petites brutes, répliqua-t-il.

— Je veux juste que ce gamin soit renvoyé de l'école.

— Ça n'arrivera pas. Où est-ce qu'ils l'enverraient, d'ailleurs ?

— Peut-être que je retirerai Abby de l'école, dis-je alors. Peut-être que je lui ferai l'enseignement à la maison.

— Et qui trairait mes chèvres ? demanda Jean.

— Elles sont assez futées, rétorquai-je. Elles pourraient probablement se traire elles-mêmes.

— L'important, dit O'Connor, c'est qu'Abby ait géré. Elle s'est bien débrouillée.

— Mais elle ne devrait pas avoir à le faire ! m'exclamai-je.

— Peut-être pas, dit O'Connor en haussant les épaules.

— Qu'est-ce que ça fait à son amour-propre qu'on l'appelle Boiteuse ? dis-je.

O'Connor inclina la tête.

— Qu'est-ce que ça fait de casser la gueule au gamin qui l'a dit ?

Je n'étais pas vraiment sûre. La seule chose que je savais, c'était que je ne voulais pas voir ce garçon la changer. Il n'en avait pas le droit.

— Je ne sais pas, dis-je. Et je ne veux pas vraiment trouver la réponse.

— Je parie que tu ne la trouveras pas, dit O'Connor. Il se passera des mois avant même que ce môme asticote sa propre ombre.

— J'espère que tu as raison, dis-je, tandis que la porte-moustiquaire se refermait derrière lui en claquant. Je l'espère vraiment.

Et il *eut* raison. Environ trois semaines. Abby confirma, chaque jour après l'école sous interrogatoire intensif, que Pissfroc Gaveski ne la provoquait plus, ni même ne lui adressait la parole.

— Promets-le-moi, dis-je.

— Je te le promets. Il reste juste assis sous les gradins.

— Tu me le dirais s'il t'embêtait, n'est-ce pas ?

— Oui, promit-elle.

Même après avoir arrêté de se cacher sous les gradins, il ne lui parlait plus.

— Il me regarde souvent d'un sale œil, dit-elle. Mais il ne m'embête pas.

Après un certain temps, je lâchai l'affaire. Je supposai qu'elle m'en informerait s'il se produisait quelque chose. J'en avais marre de faire du surplace sur ce sujet de manière aussi obsessionnelle. J'en avais marre de la présence permanente de ce Pissfroc dans nos esprits. Je ne voulais pas chercher les ennuis. Je laissai juste l'idée de ce gamin s'envoler.

Puis Abby fut renvoyée à la maison pour avoir employé le mot « putain ». Sur le trajet retour, capturant son regard dans le rétroviseur, je dis :

— Je ne savais même pas que tu connaissais ce mot-là.

— O'Connor me l'a appris.

— Ah oui ? Est-ce qu'il t'a précisé ce que ça signifie ?

— Non. Il a juste dit que c'était le pire des pires.

— C'est un gros mot, confirmai-je.

— Il a dit que je n'avais plus le droit de frapper Pissfroc Gaveski avec mes poings, mais que je pouvais le frapper avec mes mots.

— Ah oui ?

Elle acquiesça.

— Les mots sont puissants, expliqua-t-elle.

— Je suis d'accord. Qu'as-tu dit exactement à Pissfroc ?

Abby se redressa un peu. Elle avait la voix neutre.

— J'ai dit : « Dégage de mon putain de chemin. »

Je secouai la tête.

— Quoi ?

Elle haussa les épaules.

— Sauf que je l'ai dit d'un ton très menaçant.

— Est-ce qu'O'Connor t'a appris le terme « menaçant », aussi ?

— Hmmm.

— Et qu'a fait Pissfroc quand tu lui as dit ces mots ?

— Eh ben, il a dégagé de mon putain de chemin. Ou du moins il a commencé. Ensuite la maîtresse est arrivée comme une flèche et m'a emmenée au bureau.

— Et tu as dit ça parce qu'il te provoquait ?

Elle hocha la tête, avec une petite rectification :

— Il se moquait de moi.

— Qu'est-ce qu'il faisait ?

— Il n'arrêtait pas de répéter : « Boiteuse ! Boiteuse ! Maintenant tu es une foireuse. »

— C'est la moquerie la plus débile que j'aie jamais entendue. Qu'est-ce que ça veut même dire ?

— Je ne sais pas.

— Est-ce qu'il a eu des ennuis, aussi ?

— Non. Juste moi.

— Pourquoi juste toi ?

Abby regardait par la vitre.

— Parce que « putain » est un gros mot, mais pas « foireuse », j'imagine.

Où était l'institutrice tout ce temps ? Pourquoi est-ce qu'*Abby* se faisait envoyer au bureau de la principale ? Le langage ordurier est-il pire que s'en prendre à une enfant avec un boitement quasi imperceptible ? Était-ce là le genre de monde dans lequel nous devions vivre ?

Abby y avait réfléchi également.

— Et aussi, dit-elle, je crois qu'il est peut-être un peu en colère parce que Boiteuse n'a pas pris comme surnom pour moi autant que Pissfroc pour lui. Beaucoup de gens l'appellent Pissfroc, maintenant.

— Et comment est-ce qu'ils t'appellent, toi ?

Elle haussa les épaules.

— Juste Abby.

Après un instant, elle demanda :

— Est-ce que tu es fâchée contre moi ?

— Non, mon chou. Je suis fâchée contre O'Connor de t'avoir appris ce mot. Et je suis fâchée contre ta maîtresse de ne pas t'avoir protégée. Et je suis fâchée contre ce petit con de Jimmy Gaveski. Mais je ne suis pas fâchée contre toi.

— Maman ?
— Quoi ?
— Je crois que « con », c'est peut-être un gros mot, aussi.

Chapitre 13

Qu'on s'en prenne à Abby n'était pas une chose que je savais gérer. Ça ne s'était jamais produit. Je l'avais toujours craint, je redoutais l'idée, et je m'inquiétais de ce que je ferais, mais je n'avais jamais vraiment eu à faire quoi que ce soit. Maintenant que le moment était arrivé, il ne semblait pas que je *puisse* faire grand-chose. Même si j'avais trouvé une solution, il n'y aurait eu aucun moyen de la mettre en pratique. Nous étions à la merci des enseignants et administrateurs, sans parler des réductions budgétaires et des restrictions. Malgré quelques entrevues avec le principal, l'institutrice et les coachs de rééducation, il paraissait physiquement impossible de surveiller le comportement de ce gamin envers Abby en permanence – ce qui était précisément mon souhait. Elle avait pour stricte consigne de rapporter toute autre provocation aux enseignants, mais ce qu'ils allaient faire sur ce point restait flou. Je ne savais pas vraiment quoi faire, non plus, à part revenir entièrement sur ma politique selon laquelle les gens à l'école devraient être informés de la santé d'Abby. Les profs avaient désormais photocopié des pavés, accompagnés de diagrammes et de photos, qui résumaient ses antécédents médicaux. Ils m'avaient tous rencontrée pour discuter chaque nuance des triomphes et défis d'Abby. J'avais même proposé de venir tout expliquer à la classe – proposition qui fut poliment rejetée.

— Ne penses-tu pas que ça aurait servi ? demandai-je avec insistance à O'Connor.

Nous étions à la fin du mois de mars, sur le trajet retour du marché des fermiers. Jean insistait encore pour qu'il m'y accompagne, même après plusieurs semaines, mais je n'étais pas vraiment sûre de connaître la raison. Ce n'était pas sorcier. Et Jessica Boone n'était pas reparue au marché, à mon grand soulagement.

— Tu n'es pas prête à y aller seule, avait déclaré Jean d'un ton irrévocable. O'Connor te tiendra compagnie.

Alors voilà que nous étions de retour, une fois de plus, d'une autre expédition sans incident. Je n'avais pas besoin de lui, c'était vrai. Mais je dois dire que j'appréciais de l'avoir avec moi. Je n'aurais jamais demandé qu'il soit là, et peut-être que Jean le savait, mais j'étais contente qu'elle lui demande d'y aller. Même si, bien entendu, il me rendait dingue. Par exemple quand il prétendait savoir quoi faire concernant Abby. Après que je lui eus dit combien je crevais d'envie de me rendre tous les jours à l'école à l'heure de la récré et me planter dans la cour pour décocher à ce garçon un regard assassin, O'Connor déclara :

— C'est un miracle que tu n'aies pas littéralement explosé d'inquiétude.

— Tu n'as pas d'enfants, rétorquai-je. Tu ne peux pas comprendre.

— Je n'ai pas d'enfants, mais j'ai des êtres chers. Je comprends ça.

— Ce n'est pas la même chose.

— Bien sûr que si, répliqua-t-il. L'amour, c'est l'amour.

— Tu penses ça parce que tu n'as pas d'enfants.

Il secoua la tête.

— C'est des conneries.

— Je te mets au défi de vivre ma vie une heure et de ne pas devenir dingue d'inquiétude.

— Je serais super doué pour ta vie, dit-il.

— Vraiment ?

— J'y apporterais toutes sortes d'améliorations.

— Comme ?

— Je chanterais plus. Je demanderais de l'aide quand j'en aurais besoin. Je ferais des trucs sympas pour mes collègues, comme leur préparer des gâteaux et leur offrir des cadeaux. (Il me dévisagea.) Et je décoincerais au sujet d'Abby.

— Tu ne sais vraiment pas de quoi tu parles.

— Le monde est rempli de gamins comme Pissfroc, dit O'Connor. Comment est-ce qu'elle va un jour apprendre à les affronter si elle ne s'entraîne jamais ?

— Elle ne devrait pas *avoir* à les affronter !

— Non, mais ça lui arrivera.

Il se trompait tellement, je ne savais même pas comment l'expliquer.

— Des histoires de cour d'école classiques, dis-je, ça va. Je pige. Mais un gamin qui l'appelle Boiteuse ? C'est inacceptable.

O'Connor haussa les épaules.

— Elle lui a envoyé son poing dans le plexus solaire, dit-il, comme si aucune autre solution n'était requise.

— La violence, dis-je comme je le disais aux enfants à peu près tous les jours, n'est pas la réponse.

— Quelle *est* la réponse ? me défia-t-il.

— Je ne sais pas. Mais je la trouverai, même si ça me tue.

Lorsque nous fûmes de retour à la ferme, Jean et les enfants étaient dans la cour avec des chapeaux en papier alu sur la tête.

— Maman ! crièrent Abby et Tank quand ils virent le camion pénétrer dans la cour.

Ils coururent à notre rencontre, chiens et chèvres trottant derrière eux. Je dus me frayer un chemin dans le troupeau pour rejoindre les enfants, et pendant que nous nous embrassions, j'entendis Jean parler à O'Connor d'une voix sérieuse.

— J'ai essayé de te joindre sur ton téléphone, dit-elle.

O'Connor ferma la portière du camion.

— J'ai oublié de le charger.

— Il y a un problème avec Erin.

Ils se tournèrent tous les deux vers les enfants et moi, et attendirent que nous nous éclipsions. Je menai mes petits vers les balançoires en pneus et me contentai de coups d'œil occasionnels vers Jean et O'Connor, plongés dans une intense discussion. Je tendis l'oreille, mais ne pus rien saisir de plus qu'un bourdonnement de voix.

L'attente fut longue pour savoir de quoi il retournait. Ce ne fut qu'une fois les enfants couchés que Jean me révéla l'essentiel – les parties, du moins, qui me concernaient. La voisine qui s'occupait d'Erin pendant qu'O'Connor était au travail avait eu une crise cardiaque ce matin-là. Elle était à l'hôpital et se portait bien, mais elle ne reviendrait pas l'aider, même après sa convalescence. Cette femme l'avait assisté presque gratuitement, et O'Connor ne pouvait pas se permettre une autre aide à domicile.

— Qu'est-ce que ça veut dire ? demandai-je.

— Ça veut dire qu'il va devoir le faire lui-même.

Et donc, conclus-je avec un petit nœud dans l'estomac, que nous le verrions beaucoup moins chez Jean.

— Qu'est-ce que qu'elle a qui ne va pas ? m'enquis-je.

Jean me regarda en fronçant les sourcils.

— Tu sais qu'elle a été victime d'un accident de voiture ? (J'acquiesçai.) Eh bien, maintenant elle est paralysée. Pire, même, elle est juste partie, en quelque sorte. Elle peut entendre des sons, mais pas traiter le langage. Elle peut voir des choses, mais pas déchiffrer les visages. Elle est éveillée, mais dans son propre monde.

Je soupirai.

— Sans aucun espoir de revenir ?

Elle secoua la tête.

— Il y a eu de l'espoir au début. Mais plus maintenant. (Elle versa de l'eau chaude pour le thé.) On ne peut pas du tout la laisser seule.

J'étudiai l'expression de Jean pour voir si les choses étaient aussi critiques qu'elles semblaient l'être.

— Mais O'Connor peut toujours aider à la traite, n'est-ce pas ? demandai-je.

Elle secoua la tête.

— Pas tant qu'il n'aura pas trouvé quelqu'un pour l'aider – quelqu'un qu'il peut se payer.

— Il ne va plus du tout venir ici ?

— Pas avant d'avoir trouvé une solution.

— De quoi va-t-il vivre ? Comment est-ce qu'il va y arriver ? demandai-je, m'attendant entièrement à ce que Jean le sache.

— Honnêtement, dit-elle en fronçant les sourcils, je n'en ai vraiment aucune idée.

Et donc, cet après-midi-là, je fis la traite toute seule – ce qui prit deux fois plus de temps et me parut deux fois plus solitaire. L'aide d'O'Connor me manquait, ainsi que son bruit. La grange de traite était affreusement silencieuse avec l'unique son de cette terrible machine pour la remplir. Où étaient les interprétations *a capella* de « Stairway to Heaven », « Hound Dog » ou « More Than a Woman » en falsetto de Bee Gees ? Les lieux semblaient plus sombres et le travail était plus long ; de désespoir, je me hasardai même à pousser la chansonnette moi aussi : Patsy Cline, dans ma meilleure voix de reprise. Ce qui ne fit vraiment qu'empirer les choses. Les chèvres me regardèrent comme si j'étais devenue folle. Si elles avaient été capables de plaquer leurs sabots sur leurs oreilles, elles l'auraient fait. Après un moment, je demandai à Eleanor Roosevelt de transmettre mes excuses officielles aux autres filles, et nous achevâmes notre travail en silence.

Au cours de la semaine suivante, ou plus, Jean se lança dans de nombreux projets avec les enfants, y compris aider Tank à écrire sa propre bande dessinée, coudre des colliers pour les chèvres conçus par Abby et construire une cabane – une cabane ! Étant donné l'arthrite qui rendait Jean incapable d'accomplir les tâches de la ferme, cela parut un engagement assez irréalisable lorsqu'elle l'évoqua la première fois un soir au dîner.

— Mais comment vas-tu la construire ? demandai-je.

Jean haussa les épaules.

— Je déléguerai.

— À qui ? Je travaille vingt-quatre heures sur vingt-quatre sept jours sur sept, O'Connor est parti. Qui reste-t-il ?

— Les enfants, répondit-elle, comme si ma progéniture construisait régulièrement des structures de loisir dans les arbres. Et Russ peut aider. Il cherche toujours une excuse pour venir ici.

Cela me paraissait largement trop ambitieux.

— Ça va être super, dit-elle, de cette manière convaincante qu'elle avait.

Ils avaient déjà rassemblé des bâtons, des pierres et des boîtes de café usagées pour un totem. Jean avait du bois de qualité construction stocké dans l'une de ses granges.

— Et si c'est un désastre, dit-elle, lisant dans mes pensées, ce ne sera pas grave, non plus. Nous nous serons amusés en essayant.

À dire vrai, je m'inquiétais moins qu'ils n'échouent qu'ils ne réussissent. L'arbre qu'ils avaient choisi était gigantesque. Et si l'un des petits en tombait ? Et si la chose s'effondrait ? Pourquoi les gens devaient-ils toujours aller chercher les ennuis ? Cependant, je ne posai pas cette question. Je savais déjà comment Jean y aurait répondu : « Ne laisse pas l'inquiétude entraver ton chemin. » Elle me l'avait dit à d'innombrables reprises depuis notre arrivée – sa propre adaptation rustique de *Carpe diem*. En vérité, pour le bien de tout le monde, Jean et les enfants avaient commencé à faire des choses périlleuses que je n'autorisais jamais – mais à les faire dans mon dos. Comme nager, par exemple. Depuis la mort de Danny, j'avais autorisé les enfants à nager uniquement durant des cours avec un moniteur qualifié. Je ne les amenais jamais à la piscine, parce qu'il n'y avait aucun moyen que je les surveille tous les deux exactement en même temps. Un jour, j'avais lu cette phrase dans un article sur la sécurité infantile : « La noyade est silencieuse » – c'est-à-dire : ne vous attendez pas à ce que vos petits se débattent dans l'eau et crient à l'aide s'ils commencent à se noyer, parce qu'ils ne le feront pas. Vous vous tournerez juste pour demander à une amie comment se sont passées ses vacances en Italie, et votre enfant glissera dans une tombe liquide. C'était à ça que je pensais quand je pensais *natation*. Pas à jouer à s'éclabousser, ni à se lancer un ballon de plage, ni à la merveilleuse légèreté que vous éprouvez dans l'eau. Je pensais à la mort. Les gens qui me suggéraient de les emmener nager auraient aussi bien pu me suggérer d'aller les *noyer*. Jean ne comprenait pas.

— Quand tu étais petite, on te laissait en toute liberté, dit-elle. Et tu te portes bien.

— Je ne me porte pas bien ! Et tu sais que je n'étais pas en toute liberté – pas avec une mère comme Marsha.

Jean allait dire quelque chose, mais referma la bouche.

— Écoute, dis-je, je me moque de ce que j'étais il y a trente ans. Ce qui m'importe, ce sont ces gamins aujourd'hui. Et si je dois renoncer à un peu de rigolade pour les garder en vie, je le ferai.

Une lueur de colère anima le visage de Jean.

— Tu ne peux pas les élever en camisole, Marsha.

Puis elle fit volte-face et remonta la colline d'un pas résolu vers la maison. Je suivis.

— Hé ! criai-je. Hé ! Tu viens de m'appeler Marsha.

Jean fit halte et se retourna.

— Ah oui ? dit-elle, comme si elle n'avait pas remarqué.

Puis elle se mit les mains sur les hanches et ajouta :

— Eh bien, tu te comportes exactement comme elle !

Et là, elle joua l'atout. En m'appelant Marsha. À cet instant précis, sans même prononcer un mot, nous décrétâmes une règle de Ne-demandez-pas-n'en-parlez-pas sur ce que Jean faisait avec les enfants. Quand elle s'occupait d'eux, elle en devenait la responsable. Et s'ils faisaient autre chose que lire tranquillement assis à la bibliothèque, je ne voulais rien savoir.

— Je sais ce que tu penses, dit Jean ce soir-là pendant le dîner au sujet de l'arbre. Et je suis très fière que tu ne dises rien.

— Je lutte avec moi-même, quelque chose de violent…

— Brave fille. Ne lâche pas le combat.

Le soleil se couchait. Nous étions à la table de cuisine rouge, avec une brise printanière qui soufflait par la porte-moustiquaire. Jean avait cuit des *ribs* au barbecue pour le dîner, et convaincu les enfants de faire comme s'ils étaient des lions dévorant la viande de leur proie. Elle leur avait appris les mots « dévorer » et « proie », aussi – ainsi que « carnivore » –, ce qui était si drôle sortant de leurs bouches.

— Est-ce que quelqu'un m'a vu *dévorer* ma *proie* ? ne cessait de demander Tank, la figure couverte de sauce barbecue.

Et Abby intervenait avec des propos comme :

— Je *dévore* mon épi de maïs, aussi, même si je suis *carnivore.*

Les enfants avaient tellement de sauce sur les mains qu'ils semblaient avoir fait de la peinture au doigt avec. Après une journée entière à travailler dans le jardin de Jean, à construire des forts en boue et à faire des cabrioles partout sur le domaine, ils étaient dégoûtants – couverts de taches d'herbe et de traces de terre. Mais ils étaient magnifiques. Plus grands et fins que lorsque nous étions arrivés. Et plus heureux.

J'étais en train de les admirer lorsque nous entendîmes dehors une voiture se garer, les pneus projetant le gravier sur l'allée. Mon regard croisa celui de Jean. Il pouvait s'agir de Russ, en chasse d'un dîner. Il pouvait s'agir de Sunshine, pour le même motif. Ou – et je m'aperçus que j'avais involontairement l'attention aux aguets à cette idée –, il pouvait s'agir d'O'Connor. Il faisait à présent trop sombre pour voir par la fenêtre. Nous continuâmes de manger tandis que la portière claquait, que des pas traversaient le gravier et heurtaient les marches, et que quelqu'un apparaissait sous la lumière du porche à la porte de derrière. Nous nous retournâmes pour regarder, et là, en hauts talons et collants, avec exactement la même expression que si elle s'était trouvée sur le seuil d'un squat de toxicos, se tenait ma mère.

Jean se figea, et les enfants aussi. Quelque chose dans la manière dont elle apparut dans l'obscurité – et les ombres que la lumière au-dessus portait sur son visage – lui donnait un air bien plus terrifiant que toute grand-mère en visite devrait jamais avoir. Après une pause, Jean sembla prendre la décision de se remettre à manger.

— La moustiquaire est ouverte, dit-elle, pas comme une invitation, mais pour veiller à ce que ma mère sache qu'elle n'allait pas interrompre son dîner pour lui ouvrir la porte.

Je me levai alors que ma mère entrait.

— Salut, maman.

Elle entra à pas mesurés et précautionneux dans la pièce, comme si elle avait pu tomber en embuscade à chaque instant. Les enfants tentèrent de s'approcher pour une étreinte, mais ma mère recula en voyant leurs mains et leurs figures couvertes de sauce. J'intervins rapidement, comme je le faisais toujours, pour les protéger.

— Vous ferez des câlins à grand-mère une fois que vous aurez pris votre bain.

Je les essuyai un peu avec ma propre serviette et les conduisis à la balancelle pour « une minute seulement ».

C'était une bonne chose, aussi, parce que la moustiquaire s'était à peine refermée quand Jean dit à ma mère :

— Je ne sais pas ce que tu crois faire ici, Marsha, mais tu n'es pas la bienvenue.

— Je suis ici pour voir ma *fille*, dit ma mère. Et mes *petits-enfants*.

—C'est peut-être ta fille, mais c'est ma maison. Et tu as cinq minutes avant que je te traîne hors d'ici par les collants.

Jean rejoignit les enfants dehors. Je ne l'avais jamais vue parler ainsi à quiconque. Je n'avais jamais entendu sa voix si basse et menaçante. Il n'y avait vraiment qu'un mot pour décrire cette froideur : la *haine*. Ce n'était pas de l'air qui passait dans ses cordes vocales à ce moment-là. C'était de la *haine*. Ma mère balaya sa menace d'un haussement d'épaules. Dès que Jean fut sortie, elle se tourna vers moi, toute tranchante et sérieuse.

—Je suis ici pour vous ramener à la maison, annonça-t-elle.

—Je croyais que tu m'avais reniée, dis-je.

—C'est ridicule.

—Tu m'as dit que si je venais ici, je ne serais plus ta fille.

—Je n'ai jamais dit ça.

Je savais qu'elle le nierait. Revenir sur ce qu'elle disait était sa spécialité. Elle agita les mains, comme pour faire avancer la conversation en accéléré.

—Vous pouvez rentrer à la maison maintenant, répéta-t-elle, comme si elle énonçait l'évidence.

—Maman, dis-je, je ne veux pas rentrer à la maison.

Elle n'écoutait pas.

—Dépêchons-nous, avant qu'elle n'aille chercher son fusil. Ou qu'elle ne lâche les chèvres sur nous.

Je soupirai.

—Nous ne partons pas. Nous sommes bien ici.

Elle n'était pas près de le croire.

—Je ne sais pas ce que j'ai fait pour te rendre aussi rebelle et enragée…

—Je ne suis pas rebelle ! Ni enragée !

—Regarde-toi, poursuivit-elle. Dans cette salopette ! Tu es dégoûtante. Tes enfants sont dégoûtants ! Tu vis dans un... (Elle regarda autour d'elle.) Dans un taudis ! Tu dois me haïr si amèrement pour rester ici...

—Il n'est pas question de toi ! m'exclamai-je.

Mais c'était inutile. En ce qui concernait ma mère, il était toujours question d'elle. Si j'avais cinq minutes de retard, je ne l'aimais pas assez pour être à l'heure. Si un programme télé était annulé, la chaîne ne souhaitait pas qu'elle soit heureuse. Si un feu passait au rouge, l'univers la ralentissait. Je savais cela. Il en avait toujours été ainsi. Elle ne pouvait simplement pas concevoir un monde qui ne prenait pas de décisions basées sur l'impact que celles-ci auraient sur elle.

—Ce n'est pas grave, dit-elle, en adoptant une nouvelle approche. J'ai fait tout le trajet jusqu'ici, mais ce n'est pas grave.

—Je ne te l'ai pas demandé.

—Non ! convint-elle. Parce que tu ne me parles plus !

—Hé ! dis-je, essayant bêtement de mettre les choses au point. C'est *toi* qui ne *me* parles plus.

—Je pars en vacances, poursuivit-elle, le ton empreint de surprise, et quand je reviens, la maison est vide. Pas un mot. Pas un coup de fil.

Elle avait fait ça toute ma vie : prendre des faits parfaitement véridiques et les remanier jusqu'à ce qu'ils ne le soient plus.

—Tu m'as *dit* de partir ! Tu m'as *dit* d'être partie avant ton retour !

—C'est comme si je n'avais même pas de fille.

Je criais à présent.

—Tu m'as *dit* que tu n'avais plus de fille !

Maintenant, elle m'avait amenée où elle voulait.

— C'est très bien. Tu as eu besoin de moi, et j'ai été là. Tu étais veuve et seule, et j'ai été là. Qui t'a ouvert la porte de chez elle quand tu n'avais nulle part où aller ?

Alors, là, dans la cuisine, les doigts encore couverts de sauce barbecue, les yeux rivés sur le visage de la femme avec qui je m'étais si souvent disputée, je pris conscience que rien ne m'y obligeait. Je n'avais pas à répondre à ses questions, à justifier mon comportement, ni à suivre ses règles. Et alors je sus, tout à coup, comment la faire taire. Je fis donc appel à ma voix de parent – qui ressemblait de façon remarquable à celle de Jean – et l'employai sur ma mère.

— Je dois coucher les enfants à présent, dis-je, et il est temps pour toi de partir. Tu es la bienvenue pour leur souhaiter bonne nuit. Tu es également invitée à nous rendre visite dès que tu seras en mesure de le faire agréablement. Nous sommes contents de te voir dès que tu peux te comporter de manière appropriée.

Je sortis alors par la porte-moustiquaire et la laissai claquer derrière moi. Jean et les enfants étaient à présent aux balançoires en pneus.

— Au lit ! criai-je.

Ma mère me suivit jusque dans la cour.

— J'ignore ce que tu…, commença-t-elle, mais je levai les mains en l'air.

— Arrête ! dis-je. (Puis je m'adressai aux enfants.) Dites bonne nuit à grand-mère.

Ils se dirigèrent vers nous, Abby faisant halte afin de laisser Tank grimper sur son dos pour une chevauchée qui me sembla hasardeuse.

— Bonne nuit, grand-mère, dirent-ils à l'unisson.

Ma mère soupira.

— Bonne nuit, les enfants. J'espère que votre mère me permettra de vous revoir un de ces jours.

— Et c'est terminé ! hurlai-je quasiment, poussant les petits vers la maison et abandonnant ma mère et Jean face à face dans la cour.

— Pourquoi est-ce que grand-mère *espère* qu'elle nous reverra ? demanda Abby, désormais assez grande pour relever les subtilités.

— Elle plaisante, répondis-je tandis que nous rentrions, m'efforçant pour la énième fois de ma vie de donner l'impression qu'elle n'était pas si terrible.

Lorsque les enfants furent couchés, je redescendis à la cuisine pour commencer la vaisselle, avec l'intention de relater la conversation à Jean. Mais quand j'arrivai là, la pièce était vide. Je regardai autour de moi. De la sauce barbecue partout – sur tous les murs, surfaces, casseroles et assiettes. Nous avions de la même façon ravagé le pot-au-feu de Jean quelques soirs plus tôt, et tandis que nous avions joint nos forces pour entamer le ménage, elle avait scruté la cuisine avec un hochement de tête satisfait et déclaré :

— Nous savons vraiment comment vivre.

Ce soir-là, toutefois, je me surpris à regarder la cuisine avec les yeux de ma mère – en songeant à tout le travail qu'il faudrait pour récurer ces casseroles, et combien j'avais échoué à inculquer à mes enfants les moindres manières. Même cuisine, point de vue différent. J'essayais sans cesse de replacer ma perspective dans celle de Jean, mais impossible de la dévier.

Alors que je me tenais devant l'évier, à faire couler de l'eau pour la vaisselle, j'entendis la voix de ma mère par la moustiquaire de la fenêtre, puis celle de Jean. Je scrutai la pelouse sombre à la recherche de leurs silhouettes, et lorsque je les trouvai, je ne pus m'empêcher d'écouter. Elles y étaient depuis un moment, à en juger par la tension dans leurs voix.

— Je n'en ai rien à faire, disait ma mère. Et tu n'en aurais rien à faire de moi dans la situation inverse.

— J'ignore ce que je ressentirais si la situation était inversée, dit Jean. Mais elle ne l'est pas, Marsha. C'est comme ça.

— Peut-être juste que j'en parlerai à Libby, dit ma mère. Peut-être qu'elle mérite de savoir.

— Il y a un paquet de choses que Libby mérite de savoir et que je ne lui ai pas racontées, rétorqua Jean. Et si tu lui révèles mes secrets, je serai plus que ravie de lui révéler les tiens.

— Je suis étonnée que tu ne l'aies pas déjà fait, dit ma mère.

— C'est toi qui aurais dû lui raconter. Il y a des années.

— Tu veux juste qu'elle me déteste.

— Je me moque de ce que Libby pense de toi, répliqua Jean. Je me soucie uniquement de ce qu'elle pense de moi.

S'ensuivit un silence. Je voyais leurs silhouettes sur la pelouse, en train de se toiser.

— Quand tu lui raconteras, dit ma mère, elle partira. Elle déguerpira si vite qu'elle laissera des traces de pneus sur la route.

— Peut-être.

— Et elle rentrera chez moi, et tu tomberas aux oubliettes.

— Comme au bon vieux temps, dit Jean.

L'amertume dans sa voix fendit l'air. Quelques minutes plus tard, j'entendis la voiture de ma mère démarrer et, juste après, Jean ouvrir la moustiquaire dans un grincement. Elle marqua une pause en me voyant.

— Salut, dis-je, toute innocente.

— Salut.

— Qu'est-ce que ma mère avait à dire ? demandai-je en récurant la poêle à frire avec de la laine de fer.

— Oh, toujours la même rengaine. (Elle se frotta les yeux.) Est-ce que tu nous as entendues parler ?

— Un peu, dis-je en haussant les épaules.

Jean commença à débarrasser les assiettes sur la table pour les apporter à l'évier.

— C'est-à-dire ?

— Eh bien, vous avez toutes les deux des secrets que vous ne voulez pas que je connaisse. Mais je n'ai pas saisi de quoi il s'agissait.

— Oh, dit-elle, son front encore plissé de tension.

J'aurais pu profiter de ce moment pour lui demander de quoi elles parlaient, et je suis persuadée qu'elle m'aurait raconté. Curieusement, cependant, je m'abstins. En y repensant, c'est difficile d'imaginer que j'aurais pu prendre une telle décision. Je crois que, par-dessus tout, je voulais conserver les choses telles qu'elles étaient. Je ne voulais pas que notre vie à la ferme change d'un pouce. Surtout pas parce que ma mère avait décidé de nous rendre une visite surprise. C'était plus ou moins une façon de protéger ce qui était à moi. Ma nouvelle vie. Mon nouveau boulot. Ma nouvelle tante Jean adorée.

Nous restâmes côte à côte devant l'évier un moment après cela, moi à laver et elle à essuyer. Bob Dylan aboyait de temps à autre et incita les petits chiens à japper, et j'eus le sentiment que Jean et moi faisions ensemble le choix tacite de lâcher l'affaire. Un peu plus tard, néanmoins, tandis que Jean allait essuyer la table, elle annonça :

— Il faut que je te dise quelque chose.

J'éprouvai une pointe d'angoisse. J'avais envie de la supplier de ne rien me raconter. Quoi que ce fût.

— Cette femme n'est vraiment pas la bienvenue ici, poursuivit-elle. Tu n'as pas à assumer… (Elle s'interrompit.) Mes *douleurs* juste parce que tu es ici. Je comprends que tu veuilles voir ta mère ou lui rendre visite. C'est ton droit, et je ne pense pas que ce soit une mauvaise chose. (Elle prit une inspiration.) Mais pas ici, c'est tout. Je ne veux plus jamais la revoir dans ma maison.

— Bien sûr, dis-je, soulagée. Je comprends.

Une fois qu'elle fut montée, je sortis par la porte de derrière et m'assis sur la balancelle. Oui, ma mère était une emmerdeuse narcissique. Non, elle ne laissait jamais personne avoir raison, même une minute. Oui, elle était éreintante, folle et exaspérante. Mais je devais admettre qu'elle avait de bonnes qualités, aussi. Il lui arrivait d'être diaboliquement drôle. Elle avait un goût très sûr en bijoux. Et c'était une excellente cuisinière quand elle était d'humeur. Nous étions actuellement fâchées, et elle était toujours au top de sa démence pendant les disputes – mais je ne pouvais m'empêcher de penser qu'une autre fois, lorsque nous ne serions pas aussi furieuses, elle apprécierait peut-être de venir ici. Avec du recul – parfois beaucoup de recul –, elle n'était pas si terrible. À cette pensée, elle me manqua un tout petit peu, et ce sentiment me prit par surprise. Mais il n'y avait rien à faire. À la place je restai juste assise là, à faire le tour de tout ce qui venait de se produire, essayant de deviner les secrets, et d'imaginer ce qui avait bien pu se passer entre deux sœurs pour les laisser si inflexiblement remplies de haine aussi longtemps.

Chapitre 14

Avec O'Connor qui était parti, peut-être pour ne jamais revenir, Jean finit par embaucher Sunshine pour aider le matin. Jean ne disait pas qu'O'Connor avait démissionné, seulement qu'il avait « d'autres priorités » pour le moment. Je fus aux anges de voir Sunshine arriver – le 1er avril, en fait, ce qui était parfait, parce qu'elle fut lamentable à tout ce que je lui demandai de faire, au point qu'on aurait cru une farce. Elle était l'Amelia Bedelia de l'aide de ferme, mais, à ce moment-là, je faisais tout toute seule depuis si longtemps que même ça, c'était mieux que rien. C'était une personne à qui il était agréable de parler, bien que d'allure un peu curieuse dans ses rangers noires et son rouge à lèvres assorti. C'était un miracle qu'elle n'effraie pas les chèvres. La seule chose qui n'était pas noire chez Sunshine, en vérité, c'étaient les racines de ses cheveux. Les pointes étaient toujours noir obsidienne, mais à mesure qu'elle continuait de ne pas les reteindre, il devenait évident que les racines étaient d'un blond joyeux et enthousiaste.

— Est-ce que tu te laisses pousser les cheveux ? demandai-je un jour dans la grange.

— Nan. Je fais juste du bicolore.

— Mais ces racines blondes, dis-je, est-ce que c'est ta vraie couleur ?

Sunshine haussa un sourcil.

— Pas de blague de blondes.

J'avais envie de lui demander pourquoi diable couvrir ces cheveux dorés avec de la teinture, mais je ne le fis jamais. Elle avait ses raisons. J'avais très envie de lui poser des questions sur son ancienne vie de star, mais je ne pouvais simplement pas. Si elle souhaitait éviter cette vie même, elle souhaitait probablement éviter le sujet aussi. Au lieu de ça, nous discutions juste des petits événements locaux, comme si aucune de nos deux existences n'avait un jour été différente. La météo. La Ford Fairlane vintage que Russ retapait dans leur garage. Les progrès que faisaient Jean et les enfants sur la cabane dans l'arbre – qui avait maintenant un filet en corde pour y grimper, un toit fait en boîtes de conserve aplaties, et, en bas, une planche de pirate. Et aussi, bien entendu, nous parlions des chèvres. Dont les vies se révélaient presque aussi captivantes que les nôtres – pour Sunshine, du moins. Laura Ingalls Wilder, par exemple, avait mangé le rosier préféré de Jean, et Mère Teresa était encore enceinte. Helen Keller s'était retrouvée coincée dans la boue à l'étang et avait dû être secourue, ce qui prit une heure. Et Ella Fitzgerald, Ethel Merman et Oprah Winfrey avaient formé une petite clique dernièrement, et snobaient les autres chèvres. Sunshine n'arrivait pas à se remettre de la façon dont ces trois-là s'isolaient sous le bois d'arc.

— De quoi crois-tu qu'elles parlent ? ne cessait-elle de demander en jetant des coups d'œil vers elles.

— Elles ne parlent pas, Sunshine. Ce sont des chèvres.

— Elles ont une espèce de secret, insista-t-elle. Regarde comme elles sont regroupées.

— Tu sais qu'elles ne peuvent pas parler, n'est-ce pas ?

— Je sais qu'elles ne peuvent pas parler d'une manière que toi et moi pouvons comprendre, dit Sunshine, prenant toute ma condescendance pour me la renvoyer directement dans un lob.

Je cédai le point. Mais j'aimais vraiment bien quand elle était là. Le restant de la journée, cela se résumait surtout à moi qui effectuais les corvées seule. Jean travaillait un peu dans le jardin, et elle préparait tous les repas, mais elle était aussi pas mal absente pendant que les enfants étaient à l'école. Elle rendait toujours visite aux malades, ou aidait les gens porteurs de projets, ou cousait des choses pour des enchères. Elle mettait les livres en rayon à la bibliothèque et chantait avec la chorale de l'église, même si en réalité elle n'y allait pas. Elle était membre d'un club de confection de patchwork, d'un club de lecture, et également du club des Amatrices de séries d'amour et de romance d'époque de la BBC, qui enregistraient *Masterpiece* à la télé et regardaient les épisodes ensemble en mangcant du chocolat et en buvant du champagne.

Ma mère avait toujours dépeint Jean comme une plouc solitaire dans une cabane isolée – une sorte de Mme Unabomber avec des chèvres pour seules amies. Mais elle était le contraire de seule. Elle était dotée d'une force gravitationnelle qui aimantait les gens. L'endroit où elle se trouvait, quel qu'il soit, finissait toujours par être le centre de tout. Je n'étais le centre de rien, là-bas dans ma grange, toute seule. Et alors, même si Sunshine et moi n'étions pas exactement des âmes sœurs, nous devînmes de plus proches amies – plus rapidement – ensemble dans la grange que nous ne l'aurions fait dans d'autres circonstances. Au bout de notre deuxième semaine, lorsqu'elle apparut au travail avec le visage bouffi d'avoir pleuré, je lui demandai aussitôt ce qui n'allait pas – et je me sentis sincèrement soucieuse de le savoir.

— Tu es au courant pour moi, n'est-ce pas ? demanda-t-elle. Jean t'a dit qui j'étais ?

Je ne voulais pas causer d'ennuis à Jean.

— Elle m'a juste dit ton vrai nom. Ensuite, je savais le reste.

Sunshine pinça les lèvres et poussa un gros soupir. Puis elle attrapa un tabouret de traite et se mit au travail.

— Qu'est-ce qui se passe ?

Elle se redressa un peu et se frotta les yeux avec sa manche.

— J'ai rompu avec mon petit ami.

— Je ne savais pas que tu en avais un, dis-je.

— D'habitude je n'en ai pas. J'ai estimé il y a un bout de temps que les histoires d'amour nuisaient à mon équilibre.

Je conduisis Jane Goodall sur la plate-forme de traite et me mis au travail à côté de Sunshine. Si elle voulait rester occupée, nous resterions occupées.

— C'est délicat pour moi de fréquenter quelqu'un, poursuivit-elle, parce que j'ai un historique avec chaque garçon de cette ville. Même ceux que je n'ai jamais rencontrés.

— À cause de ce *Playboy* que tu as fait ?

Elle ferma les yeux en acquiesçant.

— Il l'a eu sous son lit pendant deux ans. Jusqu'à ce que sa grand-mère le trouve et le jette.

— Ça fait long, dis-je.

Elle hocha la tête.

— Deux longues années de croissance sous l'emprise des hormones.

— C'est pour ça que tu as rompu avec lui ?

— Il veut que je me fasse teindre les cheveux en blond. Et que je fasse un régime. Il a dit : « Tu étais tellement sexy avant. »

Je ne pus réprimer une grimace.

— Qu'as-tu répondu ?

— J'ai dit : « Je ne veux plus être sexy, espèce de gorille demeuré. »

— Et qu'est-ce qu'il a dit ?

— J'ai essayé de lui expliquer combien c'était épuisant et aliénant d'être sexy, mais il a refusé de l'entendre. On a tourné en rond, encore et encore. Et ensuite, j'ai percuté : il veut la double page. Il *préfère* la double page.

Je secouai la tête avec empathie.

— Alors je l'ai largué, dit Sunshine.

— Bien ! dis-je en m'assurant que ma voix était triomphale.

La sienne était loin de sonner pareil.

— Je l'aimais vraiment bien.

— Peut-être qu'il changera d'avis.

— Peut-être. Mais, maintenant, je sais qu'il préfère l'ancien moi. C'est comme si j'étais en compétition avec cet ancien moi – et que je perdais. Et ce n'était même pas vraiment moi ! Même quand je ressemblais à ça, je ne ressemblais pas à ça.

— Peut-être que tu pourrais déménager, suggérai-je, songeant que repartir de zéro était une possibilité.

— Où est-ce que j'irais ? Par ailleurs, ajouta-t-elle ensuite, je ne peux pas laisser Russ.

Puis il fallut que je demande.

— C'était comment ? D'être célèbre ?

Sunshine haussa les épaules.

— Solitaire, surtout. (J'attendis la suite.) Tu as beaucoup de choses. Tu as beaucoup de gens que tu ne connais pas qui sont super gentils avec toi sans aucune raison. Mais les vrais amis sont durs à trouver. Et sans vrais amis, tu ne peux pas parler de vraies choses.

Je n'y avais pas pensé de cette façon. Je me demandai ce que ça avait dû être de rétrograder d'une demeure à

Pacific Palisades à une simple chambre dans la vieille ferme de Russ. Sunshine m'adressa un sourire et poursuivit.

— Les vrais amis ne sont pas de tout repos non plus. Mais c'est clairement mieux que rien. Qui est ce que j'avais avant.

Ce soir-là, je fis un affreux cauchemar. C'était au sujet de Danny, et ça me sembla si réel que je me réveillai sans aucune idée de l'endroit où j'étais. Dans le rêve, je me trouvais au marché des fermiers, et je relevais les yeux pour tomber sur Danny qui parlait à Jessica Boone. Elle le regardait du même air lascif qu'elle avait regardé O'Connor, et ensuite elle lui prenait le bras et se le plaçait autour des épaules en s'éloignant avec lui. Je fus réveillée par mon alarme – Dubbie le coq qui se déchaînait le matin –, hors d'haleine et de vraies larmes sur le visage. J'étais encore secouée au moment où j'atteignis la grange de traite. Sunshine était déjà là, et à la seconde où elle vit mes yeux bouffis, elle dit :

— Qu'est-ce qu'il y a ?

— Rien, dis-je en me détournant.

— N'importe quoi. Dis-moi.

Je croisai son regard. J'avais l'impression qu'il s'agissait d'un point de non-retour. Puis je me contentai de dire :

— J'ai rêvé de mon mari la nuit dernière. Et c'était affreux.

Sunshine se mit debout.

— Tu as rêvé de ton mari ?

— C'est comme s'il était *juste* là, dis-je. Comme si je *venais* de le voir.

— Eh bien, tu sais ce que je vais dire.

— En fait, non.

— Il veut te parler.

— Non. Non, il ne veut pas. Justement ! Il s'éloignait.

Sunshine sourit et secoua la tête.

— Il s'est éloigné, dit-elle, parce qu'il veut que tu le suives.

Il me semblait que le rêve portait davantage sur les manières dont Danny et O'Connor commençaient à se chevaucher dans mon cœur, que sur quoi que ce soit de surnaturel. Mais, bien sûr, Sunshine ne savait pas ce qui se passait dans mon cœur. Parce que, parmi toutes les choses que je me retrouvais à aborder avec elle, mon drôle de petit faible pour O'Connor n'y figurait pas.

— Alors, dis-je pour orienter la conversation bien loin de mes pensées, tu crois que c'est un signe ?

— Oui.

— Et tu crois pouvoir lui parler ?

— Je ne peux pas. Mais toi, tu peux. Et je peux l'amener à toi.

— Je ne pense pas vouloir que tu le fasses.

— N'aimerais-tu pas le voir ? demanda Sunshine. Est-ce que ça ne te ferait pas du bien ?

— Non, répliquai-je. Je pense que ça me ferait du mal.

— Tu en as besoin ! Tu le mérites ! Et je peux faire ça pour toi. S'il te plaît, permets-le-moi. C'est la seule chose à laquelle je sois douée.

Je ne sais pas exactement ce qui me fit céder dans la voix de Sunshine. Tout comme vous faites des choses pour vos enfants que vous n'avez vraiment pas envie de faire, je finis par accepter de me prêter à une séance de spiritisme avec elle. Pas parce que je le voulais. Pas parce qu'il y avait là le moindre commencement d'une bonne idée. Je succombai à Sunshine par la pure force de son envie que je le fasse.

— OK, dis-je, totalement vaincue.

— Ce sera le truc le plus romantique de l'histoire de l'humanité, déclara-t-elle.

Je traînassais sur la trayeuse et ne répondis pas.

— Non ? demanda-t-elle avec insistance.

— Si. Je suis sûre que si.

— Nous allons devoir faire plusieurs séances, poursuivit-elle. Au moins dix, environ. Et ensuite, hop – il apparaîtra.

— Ça me paraît beaucoup, dix séances.

— Beaucoup ?! Pour faire revenir les morts ?

— OK, concédai-je, haussant les épaules à son argument.

— Tu vas adorer, promit-elle, les yeux brillants d'impatience. Et tu vas m'adorer pour l'avoir réalisé. (Puis elle vint de mon côté et me gratifia d'une étreinte suffocante.) Ma petite dame, dit-elle en me lâchant et babillant d'enchantement à cette idée, je suis tellement sur le point de devenir votre meilleure amie…

Chapitre 15

Sunshine voulait que nous procédions à notre première séance sur le coup de minuit, mais j'étais bien trop fatiguée pour ça. Je proposai plutôt 21 heures, et même si elle était dure en affaire, nous nous mîmes d'accord pour 22 heures.

— Ça marche pour 22 heures, dit-elle d'un ton professionnel. Et n'en parle pas à Jean. Elle t'en dissuaderait.

Voilà comment je me retrouvai, à 21 h 56 un samedi soir, à me faufiler par la porte arrière de ma chambre comme une ado désobéissante, à faire rouler ma camionnette au point mort dans l'allée de gravier tous feux éteints, en espérant comme une dingue que Jean et Russ, qui jouaient au Scrabble dans la cuisine, ne sortent pas demander ce que diable je manigançais. Étape suivante, je passais prendre Sunshine avec son sac à dos de matériel pour séances – qui, soit dit en passant, incluait une Boule magique – au portail de Russ.

— Je ne pensais pas que tu viendrais vraiment, dit Sunshine en ouvrant la portière.

— Grimpe, dis-je en démarrant avant même qu'elle l'ait fermée.

En ville, je n'aurais jamais laissé mes enfants au milieu de la nuit sans prévenir quelqu'un. Je ne serais jamais allée nulle part – et, dans le cas contraire, j'aurais laissé une liste de consignes longue comme le bras pour la baby-sitter sur la façon de gérer toute urgence imaginable. Mais les choses avaient changé. Je savais que mes enfants n'allaient pas se réveiller pour me chercher, parce qu'ils ne se réveillaient plus. Je savais aussi que, même s'ils le faisaient, Jean le gérerait très bien.

Nous roulâmes jusqu'au sommet de la colline, puis prîmes à gauche sur une route sombre qui menait dans les bois. Nous dûmes effectuer trois demi-tours avant de trouver l'entrée que Sunshine voulait. Elle repéra enfin un piquet de clôture auquel était attaché du ruban vert fluo.

— Ici, dit-elle.

J'empruntai alors ce qui avait un jour été une allée en gravier. À présent, les mauvaises herbes la recouvraient tant qu'elle en était presque invisible. Je fis halte avec le nez de ma camionnette qui touchait quasiment un portail fermé. Sunshine bondit du siège passager et l'ouvrit.

— Est-ce que c'est ça ? demandai-je.

Elle acquiesça.

— Avance et mets tes pleins phares.

Je m'exécutai. Après avoir traversé un petit bosquet d'arbres, des branches raclant les vitres, nous arrivâmes à une clairière où se dressait une énorme maison – apparemment – abandonnée. Elle était parfaite pour une séance de spiritisme, avec sa splendeur flétrie et sa peinture qui s'écaillait. Sunshine fit un geste du bras comme si elle nous présentait.

— La maison hantée, annonça-t-elle. Si tu veux parler aux morts dans cette ville ou perdre ta virginité, c'est l'endroit.

Nous sortîmes de la voiture et marchâmes vers la maison. Sous les arbres, à l'abri du clair de lune, il faisait si noir que je voyais à peine mes pieds, mais, dans sa clairière, la demeure était illuminée par la lune. Cet éclat lui donnait un air éthéré, et, durant une minute, il sembla en effet que tout était possible en sa présence. Mais ensuite je butai dans une table de pique-nique – me cognai le tibia en plein dans le siège en bois – et criai : « Oh, merde ! », sautillant dans tous les sens en me l'agrippant.

— Chut !

— Qui risque de m'entendre ? demandai-je. L'au-delà ?

— C'est irrespectueux, répondit Sunshine. Tu embrasses tes enfants avec cette bouche ?

Dixit la fille qui avait un jour montré son string à la télé devant une nation entière tard le soir. Sunshine sortit une lampe de poche de son sac et l'alluma.

— Voilà qui est utile, dis-je.

— Prends-la.

J'obéis, mais trouvai qu'elle rendait seulement l'obscurité plus obscure. Je pensais que nous devions nous diriger vers la maison, mais nous passâmes juste devant. Sunshine était calme et sérieuse comme je ne l'avais jamais vue auparavant, et je remarquai que mon propre cœur battait un petit peu plus vite que d'habitude. Et si je me faisais manger par la panthère ? Ou découper en morceaux à la hache par un meurtrier ? Ou emmurer dans la cave par un fantôme vengeur ? Je me réprimandai un peu de prendre des risques inutiles, mais, ce faisant, je relevai quelque chose : être dans les bois la nuit, crapahutant derrière Sunshine sans la moindre idée d'où j'allais, légèrement effrayée… c'était amusant. Je me sentais comme une ado sauvage – le genre d'ado sauvage que je n'avais jamais été. La vie avec ma mère s'était révélée assez sauvage, et j'étais devenue adulte bien trop jeune. Ce fut ainsi que j'affrontai l'incertitude : en faisant mes comptes, même à treize ans ; en faisant tous mes devoirs, et plus encore ; et en plaçant toute ma foi dans les idées de responsabilité et de minutie. Ce fut l'histoire de ma vie – et jamais autant que récemment, après avoir perdu Danny. À présent, cependant, une part non négligeable de mon psychisme implorait de traverser les incertitudes de l'existence en tourbillonnant. Le danger ! L'aventure ! Je n'avais pas imaginé combien ces choses étaient bonnes avant de réellement les éprouver.

— Allons dans la maison, suggérai-je.

— Il n'y a pas grand-chose à l'intérieur.

— Tu y es déjà entrée ?

— Bien sûr. Des tas de fois. Elle est vide. À part le cadavre.

Il faisait trop sombre pour que Sunshine voie mon visage.

— Je te regarde en levant des yeux navrés au ciel, lui dis-je.

Je n'étais pas experte, mais je devinais que la maison devait avoir au moins cent ans, sinon plus. La profonde véranda, les grandes fenêtres : elle avait la forme d'une autre époque.

— Qu'est-ce qu'on raconte sur cet endroit ? demandai-je en m'attardant.

— Des tonnes d'histoires. Elle est censée être hantée d'environ dix façons différentes. Les mômes montent ici avant le bal de promo, ajouta-t-elle ensuite, et jouent à action ou vérité et se mettent en cloque.

Je m'approchai d'un pas, mais Sunshine me saisit la main et m'entraîna dans la direction opposée – vers un petit espace dans la cour où quelques chaises longues abandonnées encerclaient les pierres délimitant un feu de camp. Sunshine avait des allumettes dans sa poche, et il se trouvait encore des bûches calcinées dans les cendres. Une bouteille d'huile à briquet était planquée au creux d'un arbre, et Sunshine gratifia les bûches d'une bonne giclée.

Le feu partit dans un *fwoumf*, puis nous prîmes chacune un siège.

— Depuis quand ce puits est-il là ? demandai-je.

— Depuis aussi loin que je m'en souvienne.

— Est-ce que tu as grandi à Atwater ?

— Non, mais je venais tous les étés rendre visite à Russ, alors je connaissais tout le monde.

— Et c'est ici que nous faisons la séance ? m'enquis-je.

— Ouaip.

Elle décala vite sa chaise plus près de la mienne, jusqu'à ce que nos genoux se touchent. Puis, à côté du feu, elle me prit les deux mains et me dit de fermer les yeux.

— Répète après moi, dit-elle. Et avec conviction.

— OK.

— Danny, dit-elle.

— Danny, répétai-je, prenant conscience sur le moment que nous l'appelions – avec ensuite une pointe de nostalgie pour l'époque où je faisais ça tout le temps.

— S'il te plaît, viens me voir.

— S'il te plaît, viens me voir.

J'attendis davantage, mais c'était tout. Après une minute, j'ouvris les yeux pour la regarder. C'était pire que les lignes de la main. Elle s'était recalée au fond de son siège.

— C'est tout ? m'étonnai-je, déçue malgré moi.

— C'est tout pour l'instant.

— Et alors quoi ?

— Nous reviendrons plein d'autres fois, m'expliqua-t-elle, comme si elle me l'avait déjà dit.

— Combien de fois ? demandai-je.

— Jusqu'à ce que ça marche.

J'inclinai la tête.

— Je suis désolée, mais ça ne me paraît pas suffisant.

— Ton amour rend ça suffisant, dit-elle. Fais-moi confiance.

Je me tournai vers le feu. Si aimer Danny suffisait à le faire revenir, j'aurais dû y parvenir bien avant.

— Est-ce que tu as entendu parler de la fois où j'ai fait une overdose ? demanda alors Sunshine.

— Oui. Tout le pays en a entendu parler.

— Eh bien, ce soir-là ? Je suis morte.

— Tu es morte ?

Elle acquiesça.

— J'ai été cliniquement morte pendant sept minutes.

J'assimilai ses paroles.

— Et pendant que j'étais là-bas, j'ai vu mon père, qui était mort, aussi.

Je hochai la tête pour l'inciter à poursuivre.

— Je voulais rester avec lui plus que je n'ai jamais rien voulu de toute ma vie. Mais on m'a ranimée. Puis on m'a envoyée de force en désintox. Et pendant cette cure, j'ai rencontré ce type vraiment mignon qui s'appelait Ernesto, et nous avons commencé à traîner tout le temps ensemble, et un soir, je lui ai raconté comment j'avais vu mon père, et tu sais ce qu'il a dit ?

— Quoi ?

— Il a dit : « Je peux te le ramener. »

— OK.

— Il s'est révélé qu'Ernesto volait des médocs au poste des infirmières, et les mélangeait dans des préparations avec du Snapples provenant du distributeur de boissons. Le lendemain soir, il m'a concocté une potion, je l'ai bue, et quand je me suis endormie, j'ai revu mon père. On a mangé mexicain avec des margaritas.

— J'ai du mal à croire qu'un parfait inconnu ait mélangé des médicaments volés avec du jus de fruits et que tu l'aies simplement bu.

— J'aurais bu n'importe quoi à l'époque.

— Et si ça t'avait tuée ?

— À ce moment-là, je m'en foutais un peu. Par ailleurs – elle esquissa pour preuve un geste vers sa personne bien vivante –, ce n'est pas arrivé.

Je ne pus que secouer la tête. Je ne voyais aucun rapport entre moi et le moindre épisode de cette histoire. J'avais toujours été de ceux qui suivent les règles. Évidemment, même aujourd'hui, je ne pourrais affirmer qu'un bon comportement soit toujours payant. Si les ennuis veulent absolument te tomber dessus, ils le feront.

— Sunshine, finis-je par dire, qu'est-ce qui t'a pris ?

Elle haussa les épaules.

— Tu passes à côté de l'essentiel. Je suis en train de te raconter ce que j'ai appris.

Je donnai ma langue au chat.

— Qu'as-tu appris ?

— Que tu n'as pas besoin de la potion. Tout ce qu'il te faut, c'est savoir la vérité.

— Quelle vérité ?

— Que les morts peuvent te retrouver dans les rêves.

Après cela, nous contemplâmes le feu en grignotant. Sunshine avait apporté un paquet entier de chamallows, assez de barres chocolatées et de TUC pour nourrir toute une troupe de louveteaux, ainsi que de la bière bio.

— De la bière ? m'étonnai-je.

— Elle est bio, précisa-t-elle, comme si ça la rendait bonne pour la santé.

Une fois que nous eûmes couvert l'essentiel du paranormal, elle sembla bien plus intéressée par manger que par communier avec l'au-delà. Nous mangeâmes des chamallows grillés, tandis que nos paupières devenaient de plus en plus lourdes, et regardâmes les flammes consumer les bûches. La soirée était plus douillette qu'effrayante, et je me surpris à ne pas avoir envie de rentrer à la maison. Nous discutâmes alors d'un tas de choses, avec la pression de la séance évacuée – de l'éducation des enfants aux premiers baisers en passant par les bouquins préférés. Lorsque les chamallows furent tous mangés, les bières bues et le feu réduit à des braises, nous commençâmes à ranger, et Sunshine demanda tout à coup :

— Que penses-tu d'O'Connor ?

— O'Connor ? dis-je, comme si je n'avais jamais pensé à lui avant.

— Est-ce qu'il n'est pas craquant ?

— Vraiment ? Difficile à dire sous sa barbe.

— J'en ai pincé pour lui pendant des années, dit-elle. Même s'il est, genre, mon cousin éloigné ou je ne sais quoi. (Elle soupira.) Nos bébés auraient deux têtes.

— O'Connor est ton cousin ?

— Nos grands-mères étaient cousines.

— Voilà qui est étonnant.

— Pas vraiment. Dans une ville aussi petite, tout le monde a un lien de parenté, d'une manière ou d'une autre.

Nous nous mîmes en route pour regagner la voiture. La nuit paraissait plus claire à présent, et je n'allumai même pas la torche.

— De plus, poursuivit-elle, il est totalement dévoué à Erin.

— Quelle est l'histoire, là ? demandai-je, comme si nous discutions encore des bienfaits de la bière bio pour la santé.

— Ils étaient amoureux au lycée. Même si c'était un peu on se quitte, on ne se quitte plus. Et puis ils se sont mariés. Ensuite, l'accident. (Je hochai la tête.) C'est triste pour elle, mais encore plus pour lui. (Nous nous dirigeâmes vers la voiture.) Il ne peut pas la laisser seule. Il ne peut aller nulle part, ni travailler. Il est en train de dépenser toutes ses économies. Russ pense qu'il va devenir fou tout seul dans cette baraque à longueur de journée, et qu'il va finir par traverser la place de la ville à poil.

Nous étions arrivées à la voiture, et Sunshine continua de parler tandis que nous montions et nous attachions.

— Erin a une sœur, mais elle habite loin. En Afrique, peut-être. Ou en Antarctique. Un continent qui commence par un « a ».

— Donc il est tout simplement coincé, dis-je en tournant la clé dans le contact avant de reculer et reprendre la route.

— En gros, oui.

— A-t-il déjà envisagé de trouver un endroit où la placer ?

Sunshine secoua la tête.

— Il refuse même d'aborder le sujet.

— Il est prêt à gâcher sa propre vie pour prendre soin d'elle, dis-je.

Sunshine acquiesça.

— Ouaip.

Elle garda le silence un moment, réfléchissant à la situation d'O'Connor et aux choix qu'il avait faits.

— La raison, c'est peut-être qu'il est juste comme ça, conclut-elle. Ou c'est peut-être la partie « dans la maladie comme dans la santé » des vœux de mariage. Ou bien, dit-elle en s'installant contre le repose-tête avec un pied sur le tableau de bord, c'est peut-être parce que, le soir de l'accident, c'est lui qui conduisait.

Chapitre 16

J'imaginais que Jean serait au courant de mon escapade avec Sunshine. Je m'attendais complètement à ce qu'elle fasse un commentaire à ce propos le lendemain matin et me décoche un regard par-dessus ses lunettes. Plus j'en savais sur Jean, plus je croyais qu'il était impossible de l'enfumer. En me réveillant ce matin-là, je réfléchis à ce que je dirais le moment venu, et m'aperçus que je ne savais pas trop si Jean m'applaudirait pour être sortie et partie à l'aventure, ou me sermonnerait pour avoir, parmi toutes les aventures possibles, choisi celle-ci en particulier. Jean s'y connaissait en chagrin. Elle savait ce que c'était de perdre la personne la plus importante de votre vie. Elle savait exactement le genre de détermination que cela exigeait d'accepter que non, vous ne reverriez jamais cette personne, et que oui, il vous faudrait continuer à vivre. Revenir en arrière et caresser l'idée de trouver Danny – peu importe le fait que je ne prenais pas ça au sérieux – alors que je venais à peine de survivre à sa perte ? Maintenant que je l'imaginais à travers les yeux de Jean, ça semblait une chose stupide à faire.

D'un autre côté, Jean voulait aussi que je prenne plus de risques et que je m'amuse davantage. Et quelle que soit la tournure qu'aurait pu prendre ma sortie nocturne avec Sunshine, je ne pouvais nier que je m'étais amusée. J'étais revenue imprégnée d'une odeur de feu de camp et excitée par une overdose de sucre due aux chamallows, bourdonnant de la satisfaction d'avoir simplement passé un bon moment avec une amie. À quand remontait la dernière fois que j'avais fait l'andouille comme ça ? Je n'arrivais même pas à m'en souvenir. Bien sûr, Jean était une amie, aussi. Très souvent, le soir, après la vaisselle, nous jouions au Scrabble à la table de la cuisine, ou à Boggle, ou aux cartes. Mais elle avait aussi un pied dans la catégorie « mère » – ou peut-être la catégorie « fée marraine ». Elle essayait toujours de m'aider. Dans presque toutes nos conversations, je pouvais trouver des leçons de vie, de subtils coups de coude et des encouragements tacites. Je sentais la pression de son investissement en moi – son espoir sincère que je résoudrais les choses et deviendrais plus résistante – qui alimentait toute interaction. Ce qui était chouette, et pas désagréable, mais pas du tout pareil que manger des chamallows grillés devant un feu avec une personne aussi larguée que vous – ou, comme dirait Tank, larguée jusqu'au ciel.

Finalement, Jean ne m'interrogea jamais sur la séance. La matinée qui suivit se déroula comme n'importe quelle autre. Je levai les enfants, puis Jean nous nourrit tous d'œufs de la grange et de beurre maison. La seule chose différente ce matin-là, c'était moi : j'étais plus calme que d'habitude. Parce que même si la séance s'était articulée autour de Danny et l'aventure autour de Sunshine, la personne qui occupait mes pensées ce matin-là était O'Connor. Comme c'était étrange que nous ayons tous les deux perdu nos époux dans des accidents de voiture. Quel curieux lien à avoir avec quelqu'un. Bien que la femme d'O'Connor soit encore vivante, si la situation était aussi critique que Sunshine l'avait dit, il l'avait tout autant perdue ; celle qu'elle avait été, la vie de couple qu'ils avaient construite. Et nous avions chacun notre part de culpabilité – moi pour avoir cherché la dispute avec Danny, lui pour avoir été au volant. Et nous avions tous les deux un devoir de surveillance à l'issue de ces accidents : moi avec deux enfants, dont un blessé, à élever toute seule (pire que seule, si on comptait ma mère), et lui avec une personne qui « n'était pas là » à garder. Des situations très différentes, bien entendu. Mais curieusement similaires. Assez pour me distraire des enfants, du petit déjeuner et de l'accomplissement des routines matinales, jusqu'à ce que je remarque soudain Tank juste sous mon nez, qui me disait :

— Est-ce qu'on peut y aller ? Est-ce qu'on peut y aller ?

— Allez où ?

Il grimpa sur mes genoux.

— À la fête de Jean !

— Maman, dit Abby d'une voix très adulte, tu n'écoutais pas ? C'est l'anniversaire de Jean la semaine prochaine.

— Vraiment ?

Je regardai vers ma tante, qui nous servait du café.

— Le 15, dit-elle en acquiesçant. Les ides d'avril.

— Elle vient de nous le dire ! cria Tank, ravi de me surprendre en flagrant délit de stupidité. La Terre à Maman !

— Tu ne l'as pas entendue ? demanda Abby. Elle a dit qu'elle allait avoir soixante ans !

Abby le prononça comme si Jean s'apprêtait à fêter ses mille ans.

— Soixante ans ! m'exclamai-je en essayant de donner un exemple de positivité vis-à-vis de l'âge. C'est merveilleux !

— Soixante, c'est censé être très magique, ajouta Jean.

Tank parut impressionné.

— Tu seras capable de faire de la magie ?

— Je peux déjà faire de la magie, dit-elle.

— Mais tu seras peut-être capable d'en faire encore plus, dit Abby.

— Est-ce que maman est invitée à la fête aussi ? demanda Tank.

— Oh oui, répondit Jean. Tous ceux que j'aime bien sont invités.

— Alors pas notre grand-mère, du coup, déduisit Abby, faisant étouffer Jean sur sa gorgée de café. Puisque tu ne l'aimes pas.

Tank fronça les sourcils.

— Jean n'aime pas grand-mère ?

Abby adressa à son frère un regard entendu.

— Jean *hait* grand-mère, dit-elle.

Jean venait d'apprendre à Abby le verbe « haïr ».

— Qu'est-ce qui te fait penser ça ? demanda Jean.

— Oh, tante Jean, c'est tellement évident, répliqua Abby en balançant un autre mot nouveau.

Tank ne semblait pas trop s'en préoccuper.

— Je vais t'acheter des Lego, gazouilla-t-il à Jean.

— J'adore les Lego, dit-elle. Mais j'ai une règle concernant mon anniversaire…

Abby avait relevé l'intonation de Jean.

— Pas de cadeaux ? demanda-t-elle.

— Oh non. J'adore les cadeaux. Mais personne n'a le droit de les acheter.

Abby médita ces paroles une minute avant de décider de les clarifier.

— Tu veux qu'on les vole ?

— Pas les voler, dit Jean. Les trouver.

Elle était sérieuse. Elle voulait des cadeaux, mais interdisait à quiconque de dépenser de l'argent. Facile pour les enfants – une pierre ou une pomme de pin pourrait suffire –, mais plus épineux pour moi. Jean méritait quelque chose de très spécial de ma part, quelque chose qui tenterait au moins de la remercier de nous avoir secourus comme elle l'avait fait. Cela aurait déjà été un défi sans même cette nouvelle restriction. Cependant, Jean ne voulait pas parler des cadeaux. Elle voulait parler de la fête. Elle invitait tous les gens qu'elle connaissait – ce qui signifiait plus ou moins toute la ville – à la salle de bal pour un grand rassemblement. Les gars de son ancien groupe joueraient, et un ami de Russ organiserait le quadrille.

— Le quadrille ? demandai-je.

Jean me dévisagea.

— Tu vas adorer, promit-elle. Tu ne te seras jamais autant amusée.

— Ça, c'est une sacrée prédiction.

Jean acquiesça.

— Carrément.

— Est-ce que le fait que je sois disposée à danser le quadrille peut être mon cadeau pour toi ?

— Eh non. Tu me donnes autre chose.

— Ah oui ?

— Ouaip. C'est déjà tout décidé.

— Qu'est-ce que je t'offre ?

— Une coupe de cheveux, dit-elle en mimant des ciseaux avec deux doigts levés. Pour O'Connor.

Je songeai à cette coupe par intermittence toute la semaine, à la fois impatiente et redoutant son arrivée. Je me résolus à faire un boulot impeccable pour Jean. Elle m'assura que je ne pourrais rien lui offrir dont elle aurait plus envie.

— Qu'est-ce qu'O'Connor va t'offrir ? m'enquis-je.

— Une coupe de cheveux, répondit-elle. Par tes soins.

La première fois que la question s'était présentée, des mois auparavant, l'idée de couper les cheveux d'O'Connor avait semblé ridicule. Et inappropriée. Et repoussante. Mais maintenant, c'était différent. Je cédais à une sensation d'agréable impatience aussi réelle et émoustillante que si je venais de me plonger dans un bain d'eau fumante. La perspective de revoir O'Connor me réjouissait, et le fait que j'aurais l'occasion de promener mes mains partout sur ses cheveux était encore meilleur. Jean allait apporter son aide en restant avec Erin afin qu'O'Connor puisse venir. Elle s'était également arrangée pour qu'une amie en ville reste à la maison un peu plus tard – pendant la fête même –, pour qu'O'Connor puisse nous rejoindre. Elle disait que personne au monde n'avait plus besoin que lui d'une soirée à l'extérieur.

Le jour de la fête, pendant que les enfants étaient encore à l'école et que Sunshine et moi nourrissions les poules, O'Connor vint se garer en camion dans la cour pour la première fois depuis des semaines. Je me redressai comme un « i » en le voyant, puis, sans aucune hésitation, sortis d'un pas décidé pour aller à sa rencontre, afin d'écourter l'attente de quarante-cinq secondes. Il claqua la portière, et il était là, réel comme jamais. Les mêmes longues enjambées, le même jean qui s'amassait autour des chevilles de ses bottes. La vue qu'il offrait était si délicieuse que je dus me souvenir de continuer à marcher – et pas simplement m'arrêter pour savourer. Lorsque nous nous rapprochâmes, j'hésitai. Une étreinte aurait été de mise, probablement. La façon dont nous avions marché l'un vers l'autre l'avait certainement garanti. N'est-ce pas de cette manière que vous saluez un ami que vous n'avez pas vu depuis des semaines ? Il aurait été complètement justifié de passer mes bras autour de lui et de le laisser faire pareil. Mais je me dégonflai. Nous nous arrêtâmes net à environ trente centimètres l'un de l'autre, et l'instant se lézarda avec ce changement de plan. Après une pause, je tendis la main pour serrer la sienne, et nous la regardâmes tous les deux avec étonnement. Puis, dans un geste de gentillesse qui chassa tout malaise, il tendit sa main qui sembla avaler la mienne avant que nous nous saluions.

—Salut, dit-il.

—Comment vas-tu ? demandai-je, espérant donner l'impression que c'était plus une vraie question qu'une formalité.

Je ne m'étais pas dégagée de notre poignée de main. Lorsque j'en pris conscience, je retirai la mienne brusquement et l'essuyai sur ma salopette. Il fourra la sienne dans sa poche.

—J'ai consenti à la coupe de cheveux.

—C'est ce que je vois.

Il sourit à ses bottes.

—On ne peut pas dire non à Jean.

—Bon Dieu, non.

—Elle a dit que tu avais une tondeuse ?

Je hochai la tête.

—Mettons-la au boulot, dit-il.

Nous nous tournâmes vers la maison.

—Je les ai lavés hier soir, précisa-t-il en s'ébouriffant le sommet du crâne, juste pour les débarrasser de tous les cafards, puces et vieux sandwichs.

—Attentionné.

—Je n'étais pas certain de vraiment pouvoir venir ici, ajouta-t-il, mais Jean a clairement facilité les choses.

—Jean facilite toujours les choses si tu fais ce qu'elle désire.

O'Connor acquiesça.

—Ou même si tu ne le fais pas.

Ses cheveux ne me paraissaient pas très lavés, mais peut-être que c'étaient juste les nœuds. Nous marchâmes tous les deux vers la maison, et je dis en chemin :

— Tu es sûr de les avoir lavés ?

— Bien sûr que oui. J'ai utilisé un bon shampoing qui sentait la pomme verte.

Il inclina la tête vers moi, au cas où je voudrais renifler. Je m'abstins. Quelques minutes plus tard, il chevauchait une chaise de cuisine sur le perron devant la maison, regardant vers la ferme pendant que je me tenais derrière lui avec la tondeuse, étrangement hésitante. J'avais coupé les cheveux de Tank un milliard de fois, et avant les siens ceux de Danny. Mais ils étaient les deux seules personnes dont j'avais coupé les cheveux. Mes deux hommes. Et là, sur le moment, cela me parut tout sauf anecdotique de laisser O'Connor entrer dans le club. Mais nous étions là. Il attendait. Et il s'agissait juste d'une coupe de cheveux, après tout.

J'allumai l'appareil et commençai à lui tondre la tête, en partant du sommet et en allant d'avant en arrière. Une boule à zéro semblait être la meilleure solution, étant donné notre point de départ, et O'Connor disait que ce que je faisais lui était égal. Mais le changement fut radical. Ça me rappelait ces films sur les hippies qui intégraient l'armée et se faisaient tondre pour le camp d'entraînement – l'austérité de la transformation, la nudité tandis que les longs cheveux tombaient. O'Connor se tenait parfaitement droit, et nous ne prononçâmes pas un mot. J'eus le plaisir de constater, après avoir commencé à couper, qu'il avait dit la vérité sur le shampoing : il sentait effectivement la pomme verte. Je poussai des doigts sur son cou pour le stabiliser en me tenant juste à quelques centimètres de lui – en prêtant attention à mon travail, ce qui signifiait, implicitement, de prêter attention à son corps. Je me rendais compte maintenant, tandis que les cheveux disparaissaient, que j'avais pensé à lui davantage comme à une marionnette du *Muppet Show* qu'à un homme. Mais, maintenant, je voyais beaucoup de choses nouvelles. Les tendons qui reliaient l'arrière de sa tête à ses épaules, par exemple. Et les bosses des vertèbres dans son cou alors qu'il se penchait en avant. Et ses oreilles : bien proportionnées et plaquées contre sa tête. Il avait une petite cicatrice à la naissance de ses cheveux près de la tempe droite, et je me demandai comment il se l'était faite.

— Tu es très symétrique, finis-je par dire, m'inquiétant d'être restée silencieuse trop longtemps.

— On me dit toujours ça.

Pour tailler au-dessus de ses oreilles, je devais les plier. Ça le chatouilla un peu, et il gigota. Je plaçai donc mes yeux à hauteur des siens comme je le faisais parfois avec Tank et dis :

— Il ne faut pas bouger, OK ? Sinon tu vas avoir un zigzag.

On ne peut pas se tenir aussi près de quelqu'un, quelle que soit la durée, sans établir une relation palpable entre les corps. Je voyais sa poitrine se soulever et redescendre lorsqu'il inspirait puis expirait, ce qui me rendit consciente de la mienne. Je voyais ses bras posés et immobiles tandis qu'il attendait, ce qui me rendit consciente de mes propres bras tandis qu'ils travaillaient. Je le sentais détourner son regard de mon corps. Pour ma part, je devais le regarder. Je devais me tenir près de lui, prêter attention et passer les mains partout sur sa tête et son cou, comme jamais vous ne le faites d'habitude.

Toutefois, j'essayai de me concentrer sur la tête, pas la personne. J'avais un boulot à accomplir. Je changeais radicalement son apparence, et je voulais le faire correctement. Ou, du moins, je voulais ne pas le faire mal. Nous fûmes bientôt prêts à passer à sa barbe. Je lui fis pencher la tête en arrière et commençai bas sur son cou. Avant de m'en rendre compte, je contournais lentement sa mâchoire, puis ses lèvres. Son visage émergeait, une portion après l'autre, à mesure que j'avançais. Et lorsque j'eus terminé, je reculai et contemplai son visage pour la première fois. J'éteignis la tondeuse et rivai les yeux sur lui.

— Quoi ? demanda-t-il.

— C'est juste que je ne t'avais jamais vu avant.

— J'imagine que non.

— Je me suis toujours dit qu'il devait y avoir une figure quelque part là-dessous.

Il sourit en enlevant des cheveux de sa chemise.

— Rien ne t'échappe.

Il était prêt à voir le résultat par lui-même ; je le conduisis donc à ma salle de bains, remarquant, tandis que nous marchions dans le couloir, que j'aurais aussi bien pu l'amener au cabinet de toilette à côté de la cuisine, et me demandai s'il se faisait la même réflexion. Je savais qu'il n'était pas libre – et que nous soyons tous les deux seuls dans la maison sans personne à des kilomètres alentour ne changeait rien à notre situation. Malgré tout, j'appréciai l'instant. Alors que nous passions devant la porte ouverte de ma chambre, mon esprit fut traversé par une image de nous tombant sur le lit dans un baiser absolument voluptueux. C'était si net dans ma tête que je fis une pause pour vérifier la chambre et m'assurer qu'elle était toujours vide – que nous étions, en réalité, encore dans le couloir et que ce n'était pas vraiment arrivé. Lorsque je me retournai, O'Connor était déjà dans la salle de bains, à inspecter mon travail.

— Me voilà, dit-il en s'examinant dans le miroir.

Les cheveux avaient disparu, la barbe aussi. Il avait une qualité de nouveau-né – tellement de peau. Croisant mon regard, il dit :

— Je ne m'étais pas vu depuis un bout de temps.

— Ça te va ?

— Jean va adorer, dit-il.

Puis il pencha la tête en avant pour la gratter avec l'enthousiasme d'un golden retriever. Il me rappelait tellement Tank et son horreur des « vermicelles de cheveux » qu'il avait partout sur lui après une coupe. Je le mettais toujours dans le bain après, pour éviter que ça ne le démange.

— Retirons cette chemise, proposai-je à O'Connor en mettant les robinets de la douche sur chaud.

Bien entendu, ce fut alors que j'aperçus, pendouillant là, le soutien-gorge noir que j'avais mis à sécher sur la barre de douche. Je le décrochai et le fourrai dans ma poche. Ensuite, parce que chaque minute que nous avions passée ensemble jusque-là semblait involontairement chargée de sens, la salle de bains parut rétrécir, et nous restâmes tous les deux plantés là, ne sachant quoi dire, pendant, facilement, les trois plus longues secondes de tous les temps.

— Ça va aller, dit-il alors. Je peux virer ça avec un coup de jet d'eau dehors.

— C'est insensé, dis-je, refusant à présent de céder à l'idée que je faisais quoi que ce soit de suggestif en lui ordonnant de se mettre tout nu dans ma salle de bains. À la douche, dis-je en utilisant ma voix de maman sur lui, je vais retourner devant. Et nettoyer.

Je lui tendis une serviette par la porte – sans regarder –, et il me confia sa chemise saupoudrée de cheveux pour que je la glisse dans la machine. Je ne pensai pas au fait que Jean n'avait pas de sèche-linge avant d'avoir déjà lancé le cycle, il devrait donc attendre qu'elle sèche ou la remettre mouillée. Laver la chemise avait peut-être été une erreur. Mais, un peu plus tard, quand il émergea de ma salle de bains tout décrassé et torse nu, je dus admettre que certaines erreurs tournent mieux que d'autres.

O'Connor traîna un bon moment avant de rentrer chez lui. Il répara une charnière rouillée et changea l'huile dans le camion de Jean. Il empila des sacs de nourriture pour les animaux, alla jeter un coup d'œil sur les chèvres et changea une ampoule haut perchée dans la grange. Il effectua un bon nombre de ces activités sans chemise, mais, même après qu'il l'eut remise, je continuai de le regarder furtivement. Je m'étais tellement habituée à lui hirsute et colonisé par les poils. Qu'il y ait eu une personne sous cette fourrure tout ce temps-là, il était clair que ça m'intéressait. O'Connor sentait toujours que je le dévisageais.

— Quoi ?

— Rien, dis-je.

— Tu me regardes.

— C'est juste que tu es différent. Vraiment, vraiment différent.

— Mieux ou pire ?

— Humain, dis-je. Tu relevais plus de l'animal de ferme, avant.

Il croisa mon regard, et je me demandai si j'avais été trop méchante. Voilà qu'il était tout tondu et nu comme un agneau. Peut-être que ses sentiments l'étaient, aussi.

— Je pense que je t'ai simplement rendu beau, déclarai-je, pour me rattraper.

Il s'esclaffa, et alors les coins de ses yeux se plissèrent en formant des éventails comme quand il souriait. Ça m'avait manqué de ne plus les voir.

Lorsqu'il fut temps pour lui de partir, je le suivis à la voiture comme vous le faites avec les gens que vous ne reverrez pas avant un moment.

— À ce soir, dit-il en mettant le contact, et cela me parut loin.

Mais Jean revint avec les enfants peu de temps après le départ d'O'Connor, et l'après-midi reprit sur les chapeaux de roues. Tank se rua à travers la cour lorsqu'ils arrivèrent et se jeta dans mes bras en se servant de sa nouvelle invention : le « câlin canon », un croisement entre le boulet de canon, comme quand vous vous jetez dans une piscine, et le câlin. Cette fois, son genou m'atterrit dans le diaphragme, et nous heurtâmes tous les deux le sol dans ma chute.

— Il faut que tu me préviennes, mon grand, dis-je. Et si je n'avais pas réussi à te rattraper ?

— Tu me rattraperas toujours, dit-il en enroulant ses petits bras autour de mon cou.

J'aimais tant cette idée que je n'eus pas le cœur de le corriger.

Le temps que les enfants jouent et prennent un goûter, il nous restait une heure pour nous préparer. L'anniversaire de Jean avait lieu à la salle des fêtes en ville, une structure centenaire en bois. J'étais passée maintes fois devant en voiture, mais je n'y étais jamais entrée. Je demandai à ma tante quoi mettre, et elle répondit :

— Oh, quelque chose de joli.

Les enfants choisirent eux-mêmes des « tenues de soirée ». Pour Abby, cela signifiait une robe d'été avec des papillons, et pour Tank un déguisement de dragon qui datait de deux Halloween. Quand ils eurent fait leurs sélections, je dis :

— Parfait.

Abby passa ses bras autour de ma taille, prit une profonde inspiration et dit :

— Maman ? Tu sens comme les chèvres. Sans vouloir te fâcher.

Grand temps de prendre une douche. Dans ma chambre, Abby lut un livre à Tank sur le lit, et ensuite, lorsque je commençai à m'habiller, Tank plissa les yeux devant la scène et déclara :

— C'est dommage que nous n'ayons pas de costume de dragon taille maman.

— Ce serait *vraiment* génial, dis-je.

— Si j'avais des pouvoirs magiques, poursuivit-il, je rendrais celui-là immense pour que tu puisses l'emprunter.

— Merci, mon pote, dis-je.

Abby m'aida à remonter la fermeture de ma robe – bleue avec un ourlet à froufrous. Je mis du mascara et du rouge à lèvres pour la première fois depuis notre arrivée ici, et je laissai Abby m'appliquer quelques touches de parfum. J'utilisai même un sèche-cheveux.

Tank me regarda m'inspecter dans le miroir.

— Pourquoi est-ce que tu te fais si belle ? demanda-t-il.

Abby répondit pour moi.

— C'est une marque de respect pour celle qui fête son anniversaire.

— Exact, dis-je.

Tank sourcilla un peu, comme il le faisait avec ses grandes questions.

— Je ne pensais pas que les vieilles personnes avaient des anniversaires.

— Tout le monde en a un, expliquai-je.

— Même papa ?

— Oui, dis-je. Même papa.

— C'est juste qu'il ne fête plus le sien, ajouta Abby.

— Et nous non plus, dit Tank.

— Nous le fêtons différemment maintenant, précisai-je avec douceur. Aujourd'hui, nous le fêtons en nous souvenant de papa et de la chance que nous avons eue de l'avoir dans nos vies.

Abby me regarda.

— Et en pleurant.

Je soutins son regard.

— Oui, concédai-je. Ça, aussi.

— Maman ! explosa alors Tank. Je n'ai pas de cadeau pour tante Jean !

— Mais si, corrigea Abby. Tu ne te rappelles pas que nous avons trouvé cette libellule morte ?

Tank parut paniqué.

— Mais…, commença-t-il.

Il ne semblait pas savoir comment terminer, et finit par dire :

— Cette libellule, c'était pour moi.

— Non, dit Abby. Tu l'as ramassée pour Jean.

— Mais j'ai besoin de la garder ! s'exclama-t-il, la voix remplie d'émotion. C'est ma meilleure amie.

— Une libellule morte ne peut pas être ta meilleure amie, Tank, rétorqua-t-elle avec un soupir bien trop mûr pour son âge. Mais si tu ne veux pas la donner, on va devoir trouver autre chose pour tante Jean.

Sur ce, ils déguerpirent dans le couloir, alors que mon « Ne vous salissez pas ! » les suivit sans être entendu.

J'avais une paire de chaussures à talons, et tandis que je me levais après avoir attaché les lanières, j'aperçus mon reflet dans le miroir. Ça faisait longtemps que je ne m'étais pas habillée avec soin pour quoi que ce soit, et la vue de mes lèvres avec du rouge et de mes cheveux remontés me prit par surprise. Peut-être étais-je trop apprêtée. Et si Jean portait sa salopette ? Et si j'étais la seule à m'être donné du mal ? Je ne savais pas exactement comment on fêtait les anniversaires ici, je décidai donc de filer dans la cuisine pour demander à Jean si j'étais trop habillée. J'eus ma réponse dès que je la vis. J'étais carrément trop classe. Elle portait sa salopette. Elle se retourna au claquement de mes talons sur le sol, me regarda de haut en bas et dit :

— La perfection !

— Je suis trop habillée. Je vais me changer.

— Certainement pas. Tu es juste comme il faut.

Elle promit que tous les autres seraient sur leur trente et un.

— C'est juste que je n'ai pas grand-chose d'autre que ma salopette, dit-elle. Si je possédais une robe, je l'aurais mise.

Finalement, je me retrouvai sous l'« ordre de la dame du jour » de ne rien changer, et ce fut donc décidé.

— Où sont les enfants ? demanda-t-elle en jetant un coup d'œil par la fenêtre.

— Urgence cadeau de dernière minute, répondis-je. Je vais les chercher.

J'allai sur le perron avant et me tins bien droite pour scruter la cour. À cet instant-là, je m'émerveillai de la rapidité avec laquelle nous nous étions adaptés à la vie là-bas. Avant notre arrivée, je ne les aurais jamais laissés disparaître ainsi. Ils n'auraient pas eu non plus la moindre idée de la façon de faire – ni la moindre motivation pour en avoir l'envie. Mais il y avait tant d'aventures avec Jean qui leur avait appris comment exploiter la ferme pour toutes sortes de loisirs et tribulations. Cela me rendit fière de nous tous.

Ne les voyant nulle part, j'allais sonner la cloche du dîner quand quelque chose attira mon attention. C'était O'Connor, qui passait la porte de la grange de traite et se dirigeait vers la maison. Il était habillé pour la fête et portait une chemise western cintrée et un Levi's avec une boucle de ceinture argentée, façonnée comme un marquage de bétail. Il marchait les yeux baissés, rivés sur ses bottes, et ne me vit pas. Le dépouillement de sa coupe de cheveux était encore choquant, et je devais admettre que la boule à zéro lui allait vraiment bien, ce qui n'était pas le cas pour tout le monde. La version rasé-de-près d'O'Connor était envoûtante. *Le Fermier sexy*. Je pigeais enfin. Je le regardai approcher, et j'eus cette sensation folle, presque comme avant un rencard. Je me raisonnai en me disant qu'il marchait simplement vers la maison. Cependant, de manière très réelle, en dépit de tout et pas seulement parce qu'il se trouvait que j'étais là, j'avais l'impression qu'il marchait vers moi. Il était juste à quelques mètres des marches où je me tenais, quand la cour fut traversée d'un coup de vent, dont le chatouillement lui fit lever les yeux. Lorsqu'il me vit dans ma robe de soirée et mon rouge à lèvres carmin, son regard s'y attarda sans se détourner. Je me sentis submergée d'une vague de timidité – comme si, quelque part, il savait qu'en m'habillant j'avais pensé non seulement à honorer la dame de la journée, mais aussi, un petit peu, à lui ; à la peau tendre de sa nuque et au contact sous la pulpe de mes doigts.

Il ralentit son allure et s'arrêta à quelques pas de moi. Je vis son regard glisser le long de mon corps et se poser par terre.

— Salut, O'Connor.

— Salut, dit-il à l'herbe. Jean m'a demandé de passer chercher des balles de foin et de les apporter là-bas.

— OK. Est-ce que tu as besoin d'aide ? proposai-je ensuite.

— Non. (Après une pause, il releva les yeux.) C'est une sacrée robe.

Une autre brise balaya la cour, et l'ourlet de ma robe voleta contre mes mollets. J'éprouvai une bouffée de gratitude pour les robes de soirée, la brise et la féminité en général.

— Trop habillée, dis-je, comme pour m'excuser. Abby l'a choisie.

— Non, dit-il en secouant la tête. Tu…

Mais à ce moment-là, les enfants arrivèrent en contournant la maison derrière nous.

— J'ai trouvé un cadeau pour Jean ! hurla Tank à pleins poumons.

Je me retournai pour le voir foncer sur moi au galop, en agitant quelque chose au bout de ses doigts.

— Je l'ai appelé Lézardo !

Abby était juste derrière lui, hurlant, elle aussi.

— Je lui ai dit que Jean ne voudrait pas d'un lézard mort, dit-elle. Mais il s'en moque.

Ils firent halte devant moi.

— Jean adore les lézards, répliqua Tank, plaidant sa cause.

— Pas les morts, Tankster, dit Abby. Pas les cadavres de lézards.

— On ne sait jamais, avec Jean, déclarai-je.

Mais lorsque je me retournai pour partager la plaisanterie avec O'Connor, il était déjà à mi-chemin de la grange.

— Où va O'Connor ? demanda Tank.

— Il aide Jean, répondis-je tandis que nous le regardions tous partir. Nous le verrons à la fête.

Chapitre 17

Nous ne vîmes pas O'Connor à la fête. Nous vîmes à peu près tout le reste de la ville, mais pas O'Connor. Je déteste devoir confesser que je le cherchai. Mais je le confesse. Je le cherchai. À mon grand soulagement, je n'étais pas la seule en robe. La plupart des femmes étaient en jupe, en robe ou en petite tenue de quadrille à crinoline style années 50. Les hommes portaient des cravates texanes et des chemises à carreaux à col boutonné. Il était clair que ces gens savaient comment mettre la salle de bal à profit. Les lumières étaient toutes allumées, vives et accueillantes, et, à un bout de la pièce, des gens étaient assis à des tables en train de manger un barbecue et du coleslaw. De l'autre, sur une scène, un groupe jouait de la musique country – et toute personne qui ne mangeait pas dansait déjà. J'étais allée à beaucoup de fêtes dans ma vie, et d'habitude l'orchestre était une chose dont les convives ne tenaient pas compte – du moins, pas avant d'avoir assez bu pour perdre leurs inhibitions. Mais ces gens-là n'en avaient pas. Pas sur la piste de danse, en tout cas.

Dès que nous passâmes les portes, les enfants filèrent en courant dans le fond vers l'aire de jeux extérieure, et Russ saisit la main de Jean pour l'entraîner sur la piste. Quand l'assemblée se mit à l'applaudir, elle esquissa une petite révérence. Normalement, j'aurais rejoint le groupe de ceux qui ne dansaient pas et se tenaient plantés là d'un air gêné, mais il n'y en avait pas. Je ne savais pas trop quoi faire ni où aller, et j'étais encore en pleine hésitation quand Sunshine apparut à côté de moi en jupe et débardeur noirs. Elle aurait dû être bien plus décalée que moi. Mais non. Elle se pencha près de moi comme une collégienne et chuchota :

— Il est ici.

— Où ? demandai-je, avec deux trois papillons dans le ventre.

— Il est sous le porche, dit Sunshine, et il est complètement craquant. Il s'est fait couper les cheveux.

— Je sais. C'est moi qui les lui ai coupés.

Elle fronça les sourcils.

— Tu as coupé les cheveux de Tyler ?

Je secouai la tête.

— Qui est Tyler ?

— Mon ex, dit-elle. Le mec que je viens de larguer.

— Oh, dis-je. Non. Désolée. J'ai coupé les cheveux d'O'Connor.

— Dieu merci ! Il devenait sauvage. (Elle regarda autour d'elle.) Viens dire bonjour à Tyler.

— Nan. Mauvaise idée.

— Tu ne l'as jamais rencontré !

— Tu viens de le larguer.

— On peut rester amis.

Je secouai la tête.

— Tu ne peux pas rester amie avec lui, dis-je, parce que tu tournes la page. Tyler est un lointain souvenir.

Sunshine croisa les bras dans une moue, mais ne contesta pas. Je saisis l'occasion pour chercher de nouveau O'Connor, et Sunshine profita de cette même occasion pour m'inspecter.

— Tu es ravissante, au fait, déclara-t-elle.

Je plissai le nez à son compliment.

— Merci.
— Mais tu fais pitié.
— Je ne suis pas une adepte des grosses fêtes, dis-je. Ni une danseuse de quadrille.
— Bienvenue au club.
— Ça m'effraie juste de rester plantée là seule toute la soirée.
— Tu n'es pas seule, dit Sunshine. Tu m'as, moi.
— Tu ne vas pas aller danser le quadrille ?
— La vache, non. Ma vie est triste, mais pas à ce point-là.
Alors qu'elle parlait, un jeune type en tee-shirt avec une pieuvre dessus vint vers nous, les yeux sur Sunshine comme si elle était l'unique personne présente.
— Salut, dit Sunshine, lorsqu'elle le remarqua.
— Salut, dit-il. Merci de m'avoir aidé au magasin l'autre jour.
— Pas de problème, dit-elle.
— Tu n'auras pas d'ennuis, hein ? demanda-t-il.
— Pas si tu ne me dénonces pas.
Il secoua la tête.
— Je ne le ferai pas.
Au moment même où je me demandais si ce garçon était le tristement célèbre Tyler, Sunshine dit :
— J'ai oublié ton prénom.
— C'est Marshall, dit-il.
— Moi, c'est Sunshine.
— Je m'en souviens, dit-il.
Elle se tourna vers moi.
— Voici le petit-fils du cousin du meilleur ami de Russ.
— Waouh, fis-je.
— On allait se baigner à poil à la source, expliqua Sunshine.

— Quand on était enfants, ajouta Marshall. Mais ensuite j'ai déménagé.

— Maintenant, il est revenu en ville, dit Sunshine, en le passant en revue.

— Bienvenue, dis-je.

Mais il ne semblait pas m'entendre. Sunshine avait toute son attention. Ils furent à court de choses à dire juste au moment où la chanson du groupe se terminait, et le blanc gênant qui s'ensuivit parut encore plus gênant. Puis, tandis qu'une autre chanson démarrait, Marshall prit une inspiration et dit :

— Tu danses avec moi ?

— Le quadrille ? dit-elle, comme s'il y avait eu un autre choix.

Marshall acquiesça et tendit la main.

Sunshine m'adressa un coup d'œil du genre c'est-quoi-ce-bordel, lui prit la main et lui dit :

— C'est toi qui m'auras convaincue.

Avant que je m'en rende compte, ils étaient partis. Avec personne d'autre à qui parler, je cherchai de nouveau O'Connor. Il n'était pas là. Je regardai la porte qui menait à l'aire de jeux, où étaient les enfants, puis vers Jean et Russ. Je les observai quelques minutes et en arrivai à admirer leur technique. Il ne s'agissait pas de quadrille de débutant. C'était un niveau expert. Je n'aurais pas pu me joindre à eux, même si je l'avais voulu. L'organisateur leur donnait une consigne après l'autre, comme « faites tourner votre partenaire » et « dos à dos ». Ils ne rataient jamais un battement tandis qu'il les faisait « couper le losange » ou « exploser la vague ». Jean et Russ étaient des pros du quadrille. Qui l'eût cru ?

Je les contemplai un moment avec de prendre conscience que je faisais tapisserie toute seule. Alors, juste pour m'occuper, je me dirigeai à l'autre bout de la pièce où se trouvait la nourriture et me remplis une assiette. Mais ensuite, en me tournant vers les tables, je ne sus pas vraiment où m'asseoir. Ne connaissant personne assez bien parmi les gens qui mangeaient pour me joindre à eux, je finis par me frayer un chemin vers une table vide, m'asseoir avec mon assiette et piocher dedans avec ma fourchette en plastique. Je ne cessais de me dire que la table se remplirait, que quelqu'un viendrait se joindre à moi, mais cela ne se produisit pas. Peut-être était-ce d'être entourée de tant de gens qui étaient par deux et s'amusaient. Peut-être était-ce le fait de m'être donné la peine de bien m'habiller – et essayer d'être jolie pour la première fois depuis tellement, tellement longtemps. Mais, assise seule à cette table vide dans cette grande salle, je me sentis plus seule que je ne l'avais été depuis que j'étais arrivée. Finalement, j'emportai mon assiette intacte à la poubelle et l'y lâchai. Je décidai d'aller à la porte de derrière pour jeter un coup d'œil aux enfants, mais, au même, l'animateur prit le micro et interpella l'assemblée.

— OK, petits veinards, dit-il. Il est l'heure de mettre le feu à la piste. Trouvez un partenaire, *pronto*! Je veux voir danser toutes les personnes seules dans cette salle.

La foule obéit. Tout le monde – et je veux vraiment dire tout le monde – se trouva un partenaire. Des gens arrivèrent du porche et laissèrent leurs dîners à moitié mangés, et la salle entière se mit en position, attendant que la musique démarre. C'est-à-dire la salle entière, sauf moi. Et tandis que toute la ville d'Atwater se lançait dans un grand quadrille, je sentis un regard se poser sur moi de cette manière inexplicable qui vous incite à tourner la tête. Lorsque je le fis, O'Connor était là, sur scène, perché sur un tabouret avec des os de poulet dans les mains. Il était là depuis le début. Il plissa les yeux et m'adressa un clin d'œil. Je levai la main dans un petit geste, mais l'étincelle de joie que j'éprouvai en le voyant fut rapidement éclipsée par l'idée non seulement que j'étais complètement seule à ce moment-là, mais aussi qu'O'Connor en était témoin. Par conséquent, c'était mille fois pire. Je me tournai vers la porte de derrière et sortis pour me planter devant l'aire de jeux. La nuit était froide, et les étoiles de sortie. Les enfants creusaient dans le bac à sable avec un total dévouement – Tank parfaitement à l'aise dans son costume de dragon. Je les observai jusqu'à ce que mes yeux s'emplissent de larmes, et je dus alors regarder vers le ciel nocturne pour les empêcher de couler. J'inspirai profondément. Qu'est-ce qui me prenait ? Pourquoi ne pouvais-je jamais, jamais avoir l'impression d'être à ma place où que ce soit ?

Puis j'entendis la voix d'O'Connor juste derrière moi.

— Mais qui as-tu donc attendu toute la soirée ? Le Père Noël ?

Il me prit par surprise, mais je restai immobile.

— Rien, répondis-je. Personne.

— Tu n'as pas arrêté d'étirer le cou pour regarder aux quatre coins de la salle.

Il n'avait pas tort, bien entendu. Il me tenait sur ce point, et il avait probablement deviné que c'était lui que je cherchais. Mais le fait qu'il m'ait vue signifiait également qu'il m'avait regardée, lui aussi. Je ne savais pas vraiment s'il avait eu l'intention de l'avouer ou pas.

— Et ensuite tu as dîné seule. Ou tenté de le faire. Pourquoi ne t'es-tu pas assise en compagnie de quelqu'un ?

J'ignorais quelle réponse donner à cette question. Moi-même, je ne la connaissais pas. Il était très près de moi. Je ne le regardai pas.

— Tu ne pleures pas, si ? s'enquit-il.

— Nan. J'observe les étoiles.

— Parce que ce serait stupide de pleurer pour ça. Ne pas être choisie pour danser.

— Je ne pleure pas.

— Tu sais pourquoi personne ne t'a choisie, n'est-ce pas ?

Je sentais la fraîcheur des boutons-pressions en nacre de sa chemise contre mon coude.

— Parce que tout le monde dans cette ville a quelqu'un sauf moi ?

C'était encore pire énoncé à voix haute. O'Connor déplaça son poids.

— C'est cette robe que tu portes, dit-il. Tu es simplement trop belle.

Je lâchai un petit rire et secouai la tête.

— J'ai toujours ce problème.

— C'est vrai, insista-t-il.

— Ce n'est pas vrai, dis-je. Mais c'est gentil de ta part.

Je baissai les yeux pour croiser son regard. Et, comme prévu, les larmes coulèrent. Je les essuyai.

— Viens, dit O'Connor passant un bras autour de ma taille pour me ramener à l'intérieur.

— Pourquoi ? demandai-je.

— Pour que nous puissions danser le quadrille.

— Je ne veux pas danser, dis-je en séchant de nouveau ma figure avec ma manche.

— Si, dit-il. C'était véritablement amusant.

— Je n'ai pas envie de m'amuser, rétorquai-je en jetant un coup d'œil vers les enfants.

Le bras toujours passé autour de moi, il nous mena vers la porte.

— Très bien, alors. Nous ne nous amuserons pas. Nous serons les pires là-bas. Des gros nuls.

J'étudiai son visage.

— Je parie que tu es un très bon danseur de quadrille.

Il me sourit tandis que nous franchissions la porte et entrions dans la salle lumineuse.

— Je suis un fantastique danseur de quadrille, dit-il en me serrant légèrement la taille. Mais je le cacherai.

Chapitre 18

Cette nuit-là, je n'arrivai pas à dormir. Je restai allongée en chemise de nuit dans le noir pendant des heures. J'essayai sur le ventre, sur le dos, sur le côté. Je regardai les pales du ventilateur tourner dans les ombres de la nuit. Je fis des listes de choses à faire dans ma tête. Je clignai des yeux cent fois.

Tandis que nous rentrions de la fête, où nous étions restés trop tard, Abby avait déclenché une dispute ridicule avec son frère – en lui donnant une bille qu'elle avait trouvée dans le bac à sable, puis en ayant la méchanceté de lui reprendre une minute après. Lorsqu'il pleura, elle le traita de bébé. Lorsqu'il s'en empara, elle lui mit un coup de poing dans la poitrine. Pendant tout ce temps, j'étais à l'avant, essayant de les raisonner et de conduire, aussi, en disant :

— Hé, nous avons passé une si bonne soirée ! Ne gâchons pas tout !

Puis :

— Les gars, ça suffit.

Et enfin, alors que la situation dégénérait :

— Plus de bagarre ! Arrêtez ça !

Mes protestations restèrent sans effet. Au coup de poing, j'écrasai le frein et me garai. Abby avait blessé non seulement Tank, qui sanglotait, choqué, mais également sa propre main – si bien qu'elle pleurait, elle aussi. Je fis coulisser la portière de la camionnette et les réprimandai tout en les réconfortant. Ils défirent leurs ceintures et vinrent tous les deux chercher un câlin, s'agrippant à moi en essayant chacun de pousser l'autre.

—Qu'est-ce qui t'a pris ? demandai-je à Abby avec autorité. Pourquoi lui donner une chose qu'il t'a suppliée d'avoir toute la soirée pour la lui reprendre aussitôt ?

—Il faisait son poison, insista Abby.

—Je ne suis pas un poisson, dit Tank. C'est toi, le poisson.

—Pas poisson, abruti ! Poison !

—Assez ! m'entendis-je hurler. Pas d'insultes ! Plus un mot ! On rentre à la maison et on se couche, un point c'est tout.

De retour sur la route, après quelques minutes de silence, j'entendis qu'Abby pleurait toujours. Je lâchai un soupir en essayant de passer de la personne furieuse qui venait de crier contre elle à la mère qui pouvait offrir du réconfort.

—Mon chou, dis-je en faisant attention à ma voix, je ne peux pas te laisser traiter ton frère d'abruti. Ce n'est pas comme ça qu'on parle. Et je ne peux pas te laisser le frapper non plus. On ne frappe pas les gens. Surtout pas après avoir suivi un entraînement de ninja.

Puis le véritable problème déboula. Abby sanglotait si fort en me l'expliquant que je la compris à peine. Mais je saisis vite l'essentiel : Jimmy Gaveski l'avait de nouveau harcelée à l'école.

—Pourquoi ne me l'as-tu pas dit ? demandai-je.

—Il a dit que si j'en parlais à quelqu'un, il me volerait mon dessert au déjeuner.

—Il t'a menacée ?

—Eh bien, dit Abby, un peu calmée à présent, il a menacé mon dessert.

Je lui extorquai tous les détails que je pus et reconstituai qu'il se moquait d'elle en cours de gym depuis plusieurs jours, inventait des rengaines et essayait d'inciter les autres enfants à chanter avec lui.

— Est-ce qu'ils le font ? demandai-je.

— Pas vraiment. Ses chansons ne sont pas terribles. Elles ne riment pas. Et quand elles riment, elles ne veulent rien dire.

— On dirait qu'il n'est vraiment pas très bon, comme petite brute.

— Non, concéda Abby. Mais il se donne du mal.

— Tu sais, dis-je alors en m'efforçant de paraître pleine de sagesse, les gens qui essaient de rendre les autres malheureux sont eux-mêmes assez malheureux en général.

Quelque chose rongeait ce gamin. Je ne pus m'empêcher de me demander ce que c'était. Peut-être avait-il des parents qui l'humiliaient, ou le négligeaient, ou – que Dieu l'en garde – lui faisaient du mal. Je n'en savais rien, et je ne pouvais rien y faire. Je ne parvenais même pas à arranger les choses pour les deux enfants qui étaient les miens.

— J'ai de la peine pour lui, d'une certaine manière, dis-je.

— Ah bon ?

— Pas moi ! cria Tank. Pas du tout.

Abby regarda son frère comme s'il était sa personne préférée au monde.

— Merci, T, dit-elle.

Une fois à la maison, je les mis au lit sans même un bain ni un brossage de dents. Il était trop tard. Je restai assise à côté d'Abby un moment avant d'éteindre la lumière et lui caressai les cheveux. Tank lui avait donné son doudou, un chien bleu appelé Chien bleu, et elle l'avait calé entre eux deux.

— Il *faut* que tu me le dises si ce garçon t'embête encore, mon chou, insistai-je en posant les yeux sur son visage marbré.

— Et mon dessert ? dit Abby.

Elle avait encore le nez bouché, aussi.

— S'il te vole ton dessert, je t'en achèterai un meilleur. Je t'emmènerai manger une glace après l'école. Ou des donuts.

— Des donuts ! se réjouit Tank.

— Je lui dirai ça, déclara Abby, visiblement ravie à cette idée.

— Non, dis-je. Ne lui dis rien. OK ? Garde-le pour toi, juste dans ton cœur. (Je me penchai pour lui donner un baiser sur le front.) Fais-moi confiance là-dessus, mon adorable fille. Il n'y a rien que ce garçon puisse te prendre – absolument rien – que nous ne soyons toutes les deux capables de remplacer au centuple.

Voilà qu'il était minuit, et je ne parvenais pas à évacuer l'adrénaline. J'avais effectivement de la peine pour Pissfroc Gaveski, si je me mettais à sa place. Ce n'était qu'un enfant, après tout. Mais j'éprouvais également l'envie pressante d'aller l'étrangler dans son pyjama. Je finis par me lever pour aller sur la pointe des pieds voir les enfants et arranger leur couverture. Devant le lit, je vis que Tank dormait avec le bras sur Abby. Ce qui m'incita à me demander si ce n'était pas ce dont il avait eu besoin depuis le début. Juste quelqu'un de réel à qui s'agripper. Presque sortie, dans l'encadrement de la porte, je m'arrêtai pour jeter un coup d'œil derrière moi. Vous ne pouvez jamais apprécier aussi pleinement vos enfants que lorsqu'ils sont endormis, quand vous êtes juste spectateur. Réveillés, ils vous regardent – pour avoir des réponses, des réactions –, et être regardé peut empêcher de bien voir. Lorsqu'ils dorment, cependant, vous êtes libre de vous adonner à un peu d'observation. Je luttais contre le désir de rester là pour les regarder jusqu'au lendemain matin, quand j'entendis une voix derrière la porte fermée de Jean. Il y avait une paire de chaussures en daim devant, dans le couloir. Celles de Russ. Et bien sûr, la voix était la sienne aussi.

— Tu dois lui en parler, disait-il. Elle voudrait le savoir.

Puis j'entendis Jean.

— C'est trop tôt.

J'éprouvai la panique d'avoir violé l'intimité de leur conversation, mais j'avais peur de bouger et de faire grincer l'escalier. Je me figeai dans le couloir, espionnant malgré moi et regrettant plus que tout de ne pas me trouver ailleurs.

— Eh bien, dit Russ, la frontière est mince entre trop tôt et trop tard.

Jean émit un petit rire.

— Mais c'est moi qui dois la franchir.

— Les gens veulent qu'on soit franc avec eux.

— Je sais bien, dit-elle. Mais la vie est compliquée.

La voix de Russ était rocailleuse.

— C'est juste que je ne veux pas te voir attendre aussi longtemps pour tout gâcher maintenant.

— C'est noté.

S'ensuivit une pause, et quand Jean reprit la parole, elle paraissait impatiente.

— Assez de sermons. Est-ce que nous pouvons aller nous coucher, s'il te plaît ?

Je ne savais pas vraiment si « aller nous coucher » signifiait « aller dormir » ou « aller se *coucher* », mais je n'allais pas attendre pour le découvrir. Je descendis l'escalier en quatrième vitesse, avec les grincements et tout, et j'étais sur le point de filer dans ma chambre quand je remarquai par la fenêtre de la cuisine que les lumières étaient allumées dans la grange de traite. J'étais toujours éveillée – plus que jamais après avoir saisi ces bribes de conversation –, et décidai de m'aventurer dehors pour les éteindre. Sur le perron, j'extirpai une paire de bottes en caoutchouc de Jean d'un tas de Crocs et autres, et les enfilai sur mes pieds nus. Puis je sortis. En traversant la cour, je fus prise de frissons d'être dehors dans le noir. Ma chemise de nuit, cette même petite blouse ample et fine comme du papier de soie, était loin de suffire pour me protéger de la fraîcheur nocturne, et je croisai les bras autour de moi pour y remédier. À l'intérieur, tout était allumé, et je maudis Sunshine d'être la pire employée de l'histoire de l'agriculture. J'étais certaine de n'avoir laissé aucune lumière allumée. Cela dit, cet après-midi-là à la ferme, il y avait eu Réparation de piquet de clôture torse nu ; je pris donc en considération l'éventualité d'avoir été distraite. En jetant un coup d'œil autour de moi, je remarquai que la porte de la chambre froide était grande ouverte – ce qui, bien entendu, était un tout petit peu improbable, puisqu'il s'agissait d'une porte à fermeture automatique, comme me l'avait cent fois rappelé O'Connor. J'avais vu assez de films d'horreur dans ma vie pour vouloir rebrousser chemin sur la pointe des pieds. Au lieu de ça, j'inspirai profondément, m'armant de courage, et franchis d'un pas résolu la porte ouverte, bien décidée à en avoir le cœur net.

— Hé ! dis-je d'une grosse voix adulte. Qu'est-ce qui se passe ici ?

Il est difficile de se rappeler la suite exacte des événements aujourd'hui. Une chose en heurta une autre, puis une autre, comme des dominos qui tombent, et avant que je m'en rende compte, tout était par terre. Voici le mieux que je puisse reconstituer : je pénétrai dans le frigo ouvert, et, ce faisant, mon tibia cogna quelque chose en bois – assez violemment pour m'envoyer une décharge de douleur qui se diffusa du haut jusqu'au bas de ma jambe, et je me pliai en deux pour me la tenir à deux mains. Ensuite, toujours baissée, je sentis une brise, puis entendis un bruit, comme un claquement. Je me redressai pour voir O'Connor planté là, bouche bée, un tournevis à la main, ses yeux allant et venant entre la porte et moi.

— Dis-moi que tu ne viens pas de faire ça, dit-il, le souffle court.

— Je ne viens pas de faire ça, dis-je avant de regarder autour de moi. De faire quoi ?

Il passa devant moi pour aller à la porte et commença à manipuler la poignée. Qui, nous le savions tous les deux, était cassée. Même si elle refusait de tourner, il ne cessa de la remuer malgré tout, comme vous le faites quand la situation est vraiment désespérée. Tandis que je le regardais, je pris peu à peu conscience de ce que je venais de faire. Mais, ensuite, tout devint clair. J'avais envoyé d'un coup de pied un madrier à l'autre bout de la pièce. Celui qui maintenait la porte du frigo ouverte.

— Tu réparais la porte du frigo ?

O'Connor ne leva pas les yeux.

— La pièce est enfin arrivée.

Pour preuve, il y avait la nouvelle poignée, encore emballée, posée sur une boîte tout près de moi.

— Et tu travaillais dessus en pleine nuit parce que… ?

— Parce que je pensais que ce serait plus sûr.

— Moins de gens dans les parages, acquiesçai-je. Moins de gens risquant de…

— … fermer accidentellement la porte en shootant dedans. Oui. (Il me regarda.) Par ailleurs, j'étais libre cette nuit. Et je me sentais… (Il hésita une demi-seconde.) Nerveux.

Lorsqu'il cessa enfin de s'acharner sur la poignée de porte, nous regardâmes tous deux le madrier.

— Désolée, dis-je.

O'Connor pencha la tête et se frotta les yeux.

— Eh bien, finit-il par dire, il y a une bonne et une mauvaise nouvelle.

— OK, dis-je.

— La bonne, dit-il en balayant la pièce du regard, c'est que j'ai éteint le système de réfrigération avant de m'y mettre.

— Donc nous n'aurons pas trop froid ? déduisis-je, même si je frissonnais déjà.

— On aura tout de même froid. Mais ça ne gèle plus littéralement ici.

— Non, concédai-je. Il fait plutôt juste frais.

— Je ne crois donc pas que nous mourrons d'hypothermie.

Je n'avais pas pris conscience que mourir d'hypothermie était une option.

— C'est *en effet* une bonne nouvelle, dis-je.

— La mauvaise, poursuivit O'Connor, c'est qu'il va quand même faire assez froid ici.

À présent, il regardait partout dans la pièce, mesurant les possibilités.

— Et je ne suis pas certain que nous puissions sortir avant demain matin, ajouta-t-il.

— Demain matin ? m'exclamai-je.

Je n'exprimai pas le million de raisons pour lesquelles passer la nuit dans la chambre froide n'allait pas marcher pour moi. Comme mes enfants. Ou ma ridicule, mon épouvantable chemise de nuit en coton fin comme du papier de soie. Je regardai la chair de poule sur mon bras.

— Tu ne peux pas nous faire sortir ?

— Je ne suis pas MacGyver, dit-il d'une voix bourrue. C'est cassé.

— Tu ne peux pas remplacer la poignée de porte tout de suite ?

— Avec la porte coincée, non.

Bon sang, il était irrité contre moi. Ce qui ne semblait pas très juste. Comment étais-je censée savoir ce qui se passait ? Qui répare un frigo cassé à minuit ? Mais je ne me défendis pas. Je restai simplement immobile, les yeux rivés par terre, et tentai de me montrer aussi digne que possible.

O'Connor ne me remarquait pas, digne ou non. Il essayait de faire sauter la porte de ses gonds. Il avait trouvé un marteau et un objet qui ressemblait à un ciseau, et cognait comme un dingue les vieilles charnières rouillées. Rien. Il essaya d'autres angles. Toujours rien.

— Peut-être qu'on t'entendra ? suggérai-je. Russ et Jean ne dorment pas encore.

Il secoua la tête.

— C'est isolé, dit-il en balayant la pièce d'un geste.

Il essaya de crocheter la serrure avec un foret. Sans succès. Il essaya de faire sauter la poignée avec le marteau. En vain, là aussi. Il arpenta la pièce comme un animal sauvage, testant une idée inutile après l'autre, pendant que je restais juste là à frissonner. Je finis par dire :

— O'Connor ?

Il se retourna comme s'il avait oublié que j'étais là. Je montrai du doigt l'étagère avec les couvertures en laine pliées.

— Est-ce que je peux en avoir une ?

Il tourna les yeux vers les couvertures, puis de nouveau vers moi, et sembla s'apercevoir pour la première fois que je n'avais quasiment rien sur moi.

— Oh, la vache, dit-il en attrapant les deux couvertures. Tu es congelée.

C'était vrai. Je tremblais, aussi. Et sur ce, j'imagine, O'Connor estima que j'avais été assez punie, car il changea totalement de ton envers moi.

— Viens là, viens là, dit-il, tout tendre.

Je restai figée, ce fut donc lui qui me rejoignit. Il commença à déboutonner sa chemise western – ces mêmes boutons-pressions qui avaient effleuré mon coude à la fête.

— Maintenant c'est toi qui vas être gelé, dis-je.

Toutefois, je le laissai me mettre sa chemise comme une veste, et je regardai ses doigts tandis qu'il la boutonnait. Puis il enroula l'une des couvertures autour de moi et passa l'autre sur ma tête comme une capuche. Ensuite, il mit ses deux bras autour de moi et m'attira fermement contre lui. J'avais beau être congelée, gênée d'avoir causé tous ces ennuis, et avoir encore mal au tibia, j'admets que c'était agréable d'être tenue. J'essayai de me rappeler la dernière fois qu'on m'avait enveloppée ainsi dans une étreinte. Il se serait agi de Danny, bien sûr, mais je ne parvenais pas à m'en souvenir. Évidemment, je donnais de telles étreintes à mes enfants en permanence. Mais c'était une tout autre chose d'en recevoir une. Sans le vouloir, je posai la tête contre l'épaule d'O'Connor. Nous étions simplement mieux calés ainsi. Mais presque à la seconde où je m'installais dans le moment, il fut terminé. Avant que je m'en rende compte, O'Connor était assis sur un carton. Puis il commença à en descendre d'autres, ainsi que des provisions des étagères pour les empiler par terre.

— Qu'est-ce que tu fais ? demandai-je.

— Je nous fais un igloo, dit-il. Nous devons piéger notre chaleur corporelle.

— Je pensais que tu disais que nous n'allions pas geler.

— Non. Mais on va bien se cailler.

La chambre froide était tellement plus grande que nous n'en avions besoin pour le fromage qu'elle avait aussi commencé à servir de réserve. Les étagères contenaient des boîtes en carton avec des ustensiles de cuisine supplémentaires, ainsi que les bacs dans lesquels nous emballions le fromage, et des seaux en plus pour recueillir le petit-lait. O'Connor se mit à descendre tous les cartons de leurs supports et à édifier une petite structure. Un carton aplati fit office de sol, et un autre devint le toit. Lorsqu'elle fut environ à hauteur de taille, il me fit signe d'entrer, et je m'exécutai. Puis il me suivit, et nous nous baissâmes pour nous caler parmi les cartons. Enfin, il tira le toit par-dessus nos têtes. À l'intérieur, c'était plus sombre, et exigu. Je m'assis jambes croisées face à O'Connor tandis qu'il s'adossait contre le mur de cartons, lequel était appuyé contre un vrai mur. La conversation fut rare pendant que nous travaillions à accepter notre situation. À un moment, je dis :

— Peut-être que Russ verra les lumières allumées en partant, et qu'il viendra nous chercher.

— Peut-être, dit-il.

Un peu plus tard, je hasardai :

— Peut-être qu'on devrait lancer un feu.

— Nan.

Je fronçai les sourcils.

— Pourquoi pas ? C'est plutôt une bonne idée.

— Ce frigo est hermétique, expliqua O'Connor.

— Oh, dis-je. Trop de fumée.

— D'une part – et ça consommerait tout l'oxygène.

Je réfléchis à cela.

— Est-ce qu'on doit s'inquiéter de finir par manquer d'oxygène ?

— Pas si nous ne faisons pas de feu.

Un petit peu plus tard, O'Connor insista pour que nous sortions et bougions afin de nous maintenir éveillés. Nous marchâmes en cercles dans la petite pièce et sautâmes un peu sur place. Nous pique-niquâmes aussi de fromage en bacs, en arrachant de gros morceaux avec les doigts, pour entretenir notre énergie. O'Connor avait rangé les bacs dans des glacières avant d'éteindre le frigo, et nous épuisâmes quatre récipients.

— C'est vraiment bon, dit O'Connor alors que nous en ouvrions un autre.

— Merci.

Lorsqu'il fut temps de retourner nous glisser dans l'igloo, j'insistai pour qu'il prenne l'une des couvertures, et comme il grelottait depuis qu'il avait retiré sa chemise, il accepta.

— En ce moment, je regrette un peu que tu m'aies tondu, déclara-t-il en passant sa paume là où s'était trouvée sa barbe.

— Tu aurais eu ton propre manteau de fourrure.

Tandis qu'il tirait de nouveau le toit au-dessus de nous, il dit, sans croiser mon regard :

— La solution la plus chaude serait probablement qu'on se serre l'un contre l'autre et qu'on s'enroule ensuite dans les deux couvertures.

— La chaleur corporelle, dis-je, souhaitant soutenir les raisons scientifiques.

Il jeta un coup d'œil dans ma direction.

— Si cette idée te va.

— Bien sûr, dis-je en essayant d'avoir l'air désinvolte. Je tenterais n'importe quoi.

Et alors, dans un mouvement qui parut au ralenti, il ouvrit sa couverture, et j'ouvris la mienne. Je me penchai en avant pour ramper jusqu'à lui, me collant en cuillère autour de sa hanche, puis appuyant ma poitrine contre son flanc. J'entendais ma respiration, et le bruissement des couvertures frôlant le carton tandis que j'avançais. Je mis mes bras autour de lui, humant une grosse bouffée de son odeur salée, et il nous emmitoufla dans les couvertures.

Et ce fut ainsi que nous passâmes la majorité de la nuit, étroitement enveloppés, nous racontant des histoires pour nous tenir éveillés, lui sentant mes cheveux, qui étaient juste sous son nez, et moi écoutant son cœur, qui était juste sous mon oreille. Lorsque nous étions à court de choses à dire, il chantait – et je pense qu'il reprit le répertoire entier d'Ernest Tubb avant le lever du jour. Quelque part dans cet intervalle, je chantai en chœur, moi aussi.

Nous fîmes régulièrement des pauses exercice et fromage, mais ensuite nous regrimpions toujours dans l'igloo et nous réinstallions ensemble pour avoir chaud. Nous avions froid, malgré nos efforts – et nous étions mal à l'aise, épuisés, et un peu inquiets de la manière dont nous serions secourus. Mais voici ce que je me rappelle surtout au sujet de ces heures : j'avais complètement oublié ce que ça faisait d'être tenue, de reposer contre la solidité d'une autre personne. Mais tout me revenait à présent. Et c'était vraiment agréable.

— Est-ce que tu dors ? demanda-t-il.

— Non, dis-je en levant la tête. Je me repose, seulement.

— Sans doute pas une bonne idée de s'endormir.

— Je vais essayer d'éviter.

— Continue de parler, me conseilla-t-il.

— Je suis à court de choses à raconter.

— OK, dit-il en réfléchissant. Raconte-moi la chose la plus embarrassante qui te soit jamais arrivée.

— La vache, non.

— Allez. L'humiliation est un stimulant.

— Toi en premier.

Il inspira profondément et y songea.

— En quatrième, dit-il enfin, j'avais une prof d'anglais vraiment jolie.

— OK.

— Et elle est venue un jour au collège avec ce chemisier en soie, et je ne pensais littéralement qu'à ça. On mettait des phrases en diagrammes ce jour-là, et elle m'a demandé de venir en faire un au tableau pour la classe. Et j'étais, genre, carrément bon en diagrammes, pour une certaine raison. Mais j'ai refusé d'aller au tableau. (Il se pencha pour croiser mon regard et voir si je comprenais pourquoi.) Je ne *pouvais* pas aller au tableau.

Je somnolais trop pour saisir.

— Pourquoi pas ?

— Parce que j'étais un ado de quatorze ans dans une classe avec une femme qui portait un chemisier en soie.

Je pris une profonde inspiration en comprenant.

— Je vois, dis-je.

— Les dix minutes les plus longues de ma vie.

— Est-ce que tu as fini par aller au tableau ?

— Eh non. Je suis allé en retenue à la place. Pendant une semaine.

— Une semaine !

— Ça valait le coup.

— Eh bien, dis-je, me voilà complètement réveillée.

— À ton tour.

Je soupirai.

— OK. En CM1, j'avais une institutrice qui a refusé de me laisser aller aux toilettes. J'ai demandé et redemandé, et elle disait non chaque fois. Je voyais bien que je m'attirais des ennuis rien qu'en demandant. Elle me *fusillait* du regard. Je me suis retenue aussi longtemps que j'ai pu, mais finalement, juste avant la sonnerie, j'ai fait pipi sur mes chaussures.

O'Connor secouait la tête en grimaçant.

—Oh, bon Dieu.

—Oui, dis-je en acquiesçant. Et ils ont essayé d'appeler ma mère pour qu'elle m'apporte une autre paire, mais elle n'était pas à la maison, et alors l'infirmière de l'école a rincé les miennes à l'eau et m'a obligée à les remettre.

—Non, dit-il en se plaquant les mains sur les yeux.

—Elles ont fait des bruits d'éponges mouillées toute la journée.

Nous nous tûmes une minute.

—Donc tu as beaucoup d'empathie envers Pissfroc, finit-il par dire.

J'inclinai la tête vers lui.

—Non. Pas vraiment.

—Mais c'est un peu la même chose.

—C'est aux antipodes de la même chose, répliquai-je, en lui adressant un regard le défiant de contester.

—Les enfants sont de vrais petits cons.

—N'est-ce pas ?

—Les adultes, aussi, ajouta-t-il.

Et je ne pouvais qu'être d'accord. O'Connor en arriva à me raconter à quoi ressemblait la vie à la maison avec Erin, et combien ça le rendait fou d'être ainsi confiné chez eux.

—J'ai tondu trois fois la pelouse cette semaine, dit-il. Juste pour être dehors.

—Russ pense que tu vas péter un câble et finir par courir à poil dans toute la ville, dis-je.

—Ce n'est pas une mauvaise idée, dit-il.

Tandis que la soirée s'écoulait, nous fîmes de plus en plus les idiots.

— Si je meurs, tu as la permission de me manger, dis-je aux alentours de 5 heures du matin.

— Pareil pour toi.

— Je suis sûre que je serai délicieuse.

— J'ai entendu que la chair humaine avait un goût de jambon trop cuit, déclara-t-il.

— Tu as entendu ça ?

— Ouais.

— Comment est-ce que ça survient dans la conversation ?

— Ça ne m'étonne pas, poursuivit-il. Les humains et les porcs ont beaucoup en commun.

— Je pense que les humains ressemblent plus aux chiens.

— Mais est-ce que tu voudrais manger un chien ?

— Pas vraiment, dis-je.

— Exact, dit-il. Les chiens peuvent faire beaucoup de choses géniales. Mais ils ne peuvent pas se transformer en bacon.

Malgré tous nos efforts, à 6 heures, lorsque Russ vit les lumières dans la grange et sortit dans la robe de chambre rose à froufrous de Jean pour voir ce qui se passait, nous étions profondément endormis. La porte s'ouvrit facilement de l'extérieur, et Russ vit les récipients à fromage vides, nous découvrit dans l'igloo de cartons et reconstitua toute l'histoire.

— On dirait que vous vous êtes bien amusés cette nuit, nous dit-il tandis que nous nous levions et nous redressions.

Il mit un bras autour de chacun de nous pour nous reconduire vers la maison.

— Vous dormiez si paisiblement, ajouta-t-il en me faisant un clin d'œil, j'ai failli ne pas vous réveiller.

Chapitre 19

Ce même matin, toutefois, je devais effectuer la traite – parce qu'on ne peut jamais en sauter une seule–, et je fus donc de retour dans la grange après le petit déjeuner. Jean proposa de me remplacer, mais j'allais vraiment bien. Ni blessée ni en hypothermie. Juste un peu en mal d'amour. O'Connor était parti depuis longtemps quand je suis redescendue, et même si le restant de la journée – bon Dieu, le restant de la semaine – je ne cessai de m'attendre à ce qu'il revienne d'une manière ou d'une autre, il ne reparut pas, et ce fut tout.

Dans la grange, Sunshine en était déjà à la moitié. Elle avait Margaret Thatcher sur la plate-forme de traite et la machine fonctionnait à plein régime. J'étais persuadée qu'elle allait m'interroger en détail sur O'Connor, et je ne savais vraiment pas ce que je dirais. Mais elle ne posa aucune question. Elle avait bien moins envie d'écouter que de parler – et d'une chose en particulier : le garçon de la fête de Jean.

— Il sait qui je suis, cria-t-elle pour se faire entendre par-dessus le bruit. Mais ça n'a pas l'air de le perturber.

— C'est super, dis-je, perdue dans mes propres pensées.

J'amenai Eleanor Roosevelt de l'enclos d'attente et l'aidai à monter.

— Et on aime la même musique, poursuivit Sunshine, et il est vraiment délicat et attentionné.

— C'est fabuleux, dis-je, toujours sans écouter, en prenant place sur mon tabouret de traite.

— Et, ajouta-t-elle, c'est incroyable sexuellement.

— Excuse-moi ?

Je fixai la ventouse si vite sur ma chèvre qu'elle en sursauta. Sunshine releva les yeux en haussant les épaules.

— Il est doué au lit.

— Tu as couché avec lui ? demandai-je, la voix tout en étonnement.

Sunshine haussa un sourcil.

— Tu as couché avec O'Connor.

— Je n'ai pas *couché avec* O'Connor. Je me suis *endormie couchée à côté* d'O'Connor.

Sunshine ne contesta pas et retourna plutôt à sa traite.

— C'est juste arrivé, dit-elle. Ça s'est passé très naturellement.

— Sunshine, dis-je, c'est complètement inconscient ! Tu ne sais rien de lui ! Tu as encore le cœur brisé par l'autre type ! Tu ne crois pas que tu devrais d'abord apprendre à le connaître un peu ?

— Si, dit-elle en hochant la tête. Je devrais.

— Mais ?

— Mais je n'ai simplement pas pu m'en empêcher, dit-elle en haussant les épaules.

Je lui adressai un regard de maman déçue.

— Tu dois mieux prendre soin de toi, dis-je, incapable de me retenir de la sermonner. Le sexe, ce n'est pas la même chose que le water-polo ou le mini-golf !

Sunshine fronça le nez de pitié.

— Ça remonte à un bout de temps pour toi, hein ?

— Ce n'est pas ça, insistai-je. Le sexe te connecte avec quelque chose... (Là, je cherchai mes mots.) Quelque chose de plus grand que toi. Toute l'histoire de l'humanité, quelque part…

— Je ne vais pas tomber enceinte, m'interrompit-elle. On a utilisé des contraceptifs, précisa-t-elle en inclinant la tête. Des contraceptifs comestibles, mais quand même…

— Je ne parle pas de tomber enceinte, dis-je. Je te dis que le sexe est un truc puissant.

— Je suis quoi ? répliqua-t-elle. Ta petite sœur ?

Et elle avait un argument valable. Qui étais-je pour lui faire la leçon sur quoi que ce soit ?

Elle plissa le nez.

— Peu importe, dit-elle. Tu es tellement vieux jeu.

— Le *sexe* est vieux jeu !

Elle dessina un cercle en l'air avec son doigt à côté de sa tempe comme si j'étais timbrée.

— Ohhh-kay.

Et nous y étions. Le fossé auquel j'arrivais encore et toujours avec mes propres enfants, qui séparait les choses que je savais de celles qu'ils pouvaient comprendre. L'immense différence entre ce que vous pouviez acquérir de l'expérience et ce que vous pouviez transmettre.

— Quand tu auras mon âge, tu comprendras, dis-je pour ma défense.

— *J'ai* ton âge, dit Sunshine.

— C'est vrai, dis-je. Tu fais plus jeune.

Et pour la première fois, je me demandai si Sunshine était jeune pour notre âge – ou si, en fait, j'étais juste vieille. Elle n'avait clairement pas accordé assez d'attention aux leçons de la vie. D'un autre côté, peut-être en avais-je trop accordé. Dans les deux cas, je regrettais tellement de ne pouvoir simplement lui dire tout ce qu'elle avait besoin de savoir. Que nous n'étions pas obligées d'échouer aussi souvent pour réussir. Que la sagesse ne devait pas autant aller de pair avec le regret.

— S'il te plaît, essaie juste de t'abstenir un peu de te jeter au lit avec le premier qui passe, dis-je.

Elle haussa les épaules.

— Peut-être que ça fonctionnera, dit-elle. Peut-être que tu finiras par raconter cette histoire à notre répétition de dîner de mariage.

— Voilà exactement ce dont je parle. Tu vas trop vite.

— Bien, dit Sunshine. Mais laisse-moi éclaircir un point.

— Quoi ? demandai-je.

Sunshine sourit.

— C'était bien plus agréable qu'une partie de mini-golf.

Je voulais la réprimander davantage, mais je me retins, et mes mots s'étranglèrent dans ma gorge. Il y avait quelque chose dans son optimisme qui me rappelait Abby et Tank : leur adorable capacité à aimer n'importe qui – leur façon de supposer que les gens le méritaient –, et combien c'était charmant… et déchirant.

Sunshine en avait clairement fini pour la matinée de se faire critiquer.

— Alors, dit-elle en tirant son tabouret à côté du mien et posant le menton dans ses mains. Parle-moi de ta nuit blanche avec O'Connor. Russ dit qu'il vous a retrouvés roulés en boule comme des chatons.

Je passai vite fait sur l'essentiel de ce qui s'était produit. Après tous les jugements que je venais d'émettre, je faisais extrêmement attention à ne pas moi-même être jugée. Au lieu de ça, je réorientai la conversation vers un sujet bien plus maîtrisable, quoique bien moins attrayant : Pissfroc Gaveski. Je confessai à Sunshine que je n'avais vraiment aucune idée de comment gérer ça.

Mes rendez-vous avec les enseignants, la principale et le conseiller d'éducation avaient abouti à des piles de lectures recommandées sur ma table de chevet, un dossier rempli de documents sur le harcèlement, et l'assurance que l'école faisait « tout ce qui était en son pouvoir ». À moins d'aller là-bas et suivre Abby partout avec une paire de nunchakus, je ne savais vraiment pas quoi faire. Sunshine voulait que j'écrase Pissfroc avec le camion de la ferme.

— À l'évidence, ce n'est pas une option.

— Je le ferai, proposa-t-elle. Donne-moi juste les clés.

— C'est tentant.

— Jean n'a-t-elle pas de solution ? demanda Sunshine. Jean sait toujours quoi faire.

— Elle fait des recherches.

— Sur quoi ?

— Le harcèlement scolaire.

— Eh bien, dit-elle, s'il y a une réponse, Jean la trouvera.

Ce qui était vrai. Et réconfortant. Mais seulement s'il y avait, en vérité, une réponse.

En l'espace d'un jour, nous avions repris notre routine. La porte du frigo était réparée, j'avais un autre rendez-vous prévu avec la principale à l'école d'Abby, O'Connor était reparti. La seule qui n'était pas normale, c'était moi. Cette folle journée avec O'Connor – de la coupe de cheveux à la nuit passée agrippés l'un à l'autre pour se réchauffer en passant par le quadrille – m'avait laissée sens dessus dessous.

Le lendemain, je terminai tôt mon travail dans la cuisine à fromage et retournai à la maison prendre une douche. Mais, depuis ma chambre, alors que je regardais par la fenêtre et commençais à me déshabiller, j'eus l'œil attiré par un petit passage à la lisière de la forêt. Je me sentais agitée.

Ma chemise était à moitié retirée, mais je la renfilai. Je marchai jusqu'aux arbres et découvris un petit sentier que je n'avais jamais remarqué auparavant. Il montait la colline à travers la forêt. Un autre jour, jamais je n'aurais remarqué cet endroit. Mais, à cet instant, la question ne se posa pas : je m'engageai sur ce chemin. J'allai marcher. Parfois, vous devez juste faire quelque chose – n'importe quoi – d'un peu différent.

Il faisait frais sous les chênes et les pins, et des taches de lumière apparaissaient ici et là. Jean disait que la forêt n'avait jamais été débroussaillée et la décrivait comme « le Texas à l'état sauvage ». Ça faisait du bien de marcher, de respirer profondément, et d'être quelque part hors de ma tête pendant un moment. Je ne cessais de me dire que je devrais faire demi-tour et rentrer, mais je poursuivis. En haut de la colline, le chemin ouvrait sur une clairière. J'y pénétrai, un peu essoufflée par mon ascension. Et là je découvris, qui l'eût cru, la maison hantée. Elle paraissait beaucoup moins hantée en plein jour. Au clair de lune, elle luisait toujours d'un blanc spectral. Au soleil, elle était jaune beurre. Et elle se révélait en bon état, aussi. Pas de peinture qui s'écaillait, finalement, ni de bois pourri. J'imagine que la lumière du soleil égaie tout, mais tomber sur cette maison à cet endroit, si loin dans les bois, me donnait l'impression de croiser une vieille amie. Je montai les marches qui menaient au porche pour regarder par les fenêtres et saisir un bon aperçu. Les pièces étaient toutes vides. Puis je fis le tour vers l'arrière et passai devant le puits du feu, où j'avais été assise avec Sunshine pour nos séances de spiritisme. Aux marches de derrière, je regardai par la porte une cuisine avec du carrelage noir et blanc et des ornements de placard festonnés. Impulsivement, j'essayai la poignée de la porte arrière. Elle s'ouvrit. J'entrai, sidérée de la chance que j'avais. Je fis le tour de tout le rez-de-chaussée, mes chaussures claquant sur le plancher, assimilant la sensation que dégageaient les pièces, les arcades et les hauts plafonds. La cuisine avait un petit vaisselier encastré. Elle n'était pas poussiéreuse, juste vide. Mais elle ne semblait pas désertée. Elle semblait dans l'expectative. Comme une maison de location attendant ses prochains hôtes. Curieusement, je n'avais pas envie de partir. J'avais toujours besoin de cette douche, et il était temps d'y aller, mais au lieu de ça, je me mis à chercher des motifs pour rester. Je retournai dans la cuisine et me surpris à fouiner, ouvrir et fermer les portes de placard. Je ne cherchais rien, en réalité – je tuais juste le temps.

Je décidai de trouver un souvenir avant de reprendre le chemin de la maison. Pour une raison qui m'échappait, cela me paraissait crucial. Je passai le cellier en revue. Je regardai sous l'évier. Je vérifiai même à l'intérieur du four. J'inspectai chaque tiroir de la cuisine à la recherche même d'un trombone. Rien. Rien du tout. Jusqu'à ce que j'arrive au dernier tiroir. Celui à l'extrémité du comptoir le plus proche de la porte arrière. Et il y avait dedans un petit bloc-notes de papier à messages ainsi que deux ou trois stylos-billes. J'eus l'impression d'avoir fait une découverte majeure, même si le bloc blanc était complètement anonyme et les stylos complètement génériques. C'était au moins ça. Bien mieux qu'un trombone. Je tendis la main pour sortir le bloc. Je songeai même à le rapporter à la maison comme un trésor. Mais, lorsque je le soulevai, je trouvai quelque chose de largement plus intéressant en dessous : une photo d'époque. Il s'agissait de la photo d'une famille – une maman, un papa et un bébé – assise sur le perron de cette même maison. Je remis le bloc dans le tiroir et refermai celui-ci, mais m'agrippai au cliché. Et alors, aussi furtivement que si je détroussais la maison, et sans même réfléchir à ce que je faisais, je glissai la photo dans la poche de ma salopette et claquai la porte de la cuisine avant de déguerpir.

Chapitre 20

À la fin de la journée, la photo que j'avais trouvée était totalement oubliée. Si elle s'était trouvée dans ma poche arrière, je l'aurais peut-être entendue se froisser en m'asseyant. Dans ma poche-revolver, mes mains seraient très probablement tombées dessus en cherchant mes clés. Au lieu de ça, nichée bien haut dans cette bavette, elle reposait juste contre ma poitrine sans faire un bruit. Il est gênant d'avouer combien de temps je pouvais porter et reporter cette salopette avant de me décider à la laver, mais il me fallut une semaine entière pour la redécouvrir.

Il est vrai que la semaine qui venait de s'écouler avait été assez chargée. Tank attrapa une gastro, qu'il transmit à Abby. Elizabeth Bishop, Cléopâtre et Edna St Vincent Millay eurent les premières contractions de travail au petit matin sur trois jours différents. Bob Dylan passa environ six heures à clopiner dans tous les sens comme s'il avait eu une crise cardiaque, mais se rétablit tout d'un coup et fonça vers l'étang à poissons-chats comme un chiot. Et, dernier point, mais pas le moindre, Sunshine se retrouva dans la presse à scandale.

Tom Hunt appela Jean à ce sujet à 4 heures du matin, quand une pile de journaux arriva au magasin d'alimentation. Sunshine faisait la une – dans une photo de paparazzi granuleuse et désespérément peu flatteuse. L'objectif grand angle la montrait beaucoup plus rondelette qu'elle ne l'était.

Elle mordait dans un Snickers et, Tom Hunt le confessa après quelques encouragements, quelque chose dans la photo donnait l'impression qu'elle faisait une fellation à ce Snickers. Le gros titre disait : « Amber McAllen grosse et moche !!! C'est quoi ce b… ??? »

Jean fut à ma porte en deux secondes pour tout expliquer. Je m'habillai et sautai dans la fameuse salopette.

— Comment l'ont-ils même retrouvée ? demandai-je. Et pourquoi la cherchaient-ils ?

— Qui sait ? dit Jean.

Elle avala son café et me dit qu'il en restait dans la cafetière. Je la suivis dans le couloir en direction de la cuisine.

— Qu'est-ce que ça va faire à Sunshine ? Comment va-t-elle le prendre ?

— Je ne sais pas, répondit Jean, la mâchoire serrée.

Dans la cuisine, je sirotai mon café comme si je me préparais pour la bataille. Nous nous tenions toutes les deux au garde-à-vous tandis que nous discutions de la situation. Agir devait attendre jusqu'à ce que nous ayons décidé de ce que nous allions faire.

— La vérité, dit Jean, c'est que les gens nous laissent tomber, nous font du mal et nous traitent comme de la merde encore et encore. Apprendre à être heureux, c'est en partie…

— Éviter les gens qui le font ? proposai-je.

— Ça, dit Jean en acquiesçant, et apprendre à rebondir une fois que c'est arrivé. Parce que ça arrivera. Même les gens qui t'aiment te démoliront parfois. C'est juste la vie. Et plus nous nous entraînons, mieux nous nous en remettons.

— Donc la souffrance a du bon ?

— Oui, beaucoup, dit-elle. Tu en ressors plus forte.

— Ou elle te détruit, hasardai-je.

Jean secoua la tête.

— Tu t'aperçois seulement des années plus tard que non.

Dehors dans la cour, Dubbie le coq se réveilla et commença à chanter. Jean poursuivit.

— Il y a quelque temps, on a découvert dans une étude que les vieux étaient bien plus heureux que les jeunes. Et personne ne parvenait à comprendre pourquoi. Comment était-ce possible que les gens en maison de retraite soient plus heureux que leurs semblables jeunes et sexy ? Toutes ces théories ont circulé. Peut-être était-ce parce qu'ils avaient déjà pris leurs grandes décisions et qu'elles ne se profilaient plus de manière inquiétante. Peut-être était-ce parce que l'intensité de l'éducation d'enfants était derrière eux. Peut-être était-ce une espèce de dommage cérébral lié à leur âge. (Jean posa sa tasse à café dans l'évier.) Mais, ensuite, un chercheur a tout compris. Il a dit qu'ils étaient plus heureux parce qu'ils avaient déjà appris ce que la vie avait à leur enseigner.

Jean prit les clés de la voiture sur le crochet à côté de la porte.

— Je pense beaucoup à cette idée quand nous parlons d'Abby et de son petit tyran – sur le fait de savoir si son comportement la démolit ou la rend plus forte. Et je me demande si intervenir pour protéger les gens des peines de la vie ne la rend pas en réalité plus douloureuse, finalement. Et j'y pense à présent avec Sunshine.

— Tu es en train de dire que c'est bon pour elle de voir cette une dans toute la ville ?

— Ça pourrait. À long terme.

J'étudiai le visage de Jean tandis qu'elle se tenait devant la porte.

— Donc tu vas simplement laisser arriver ce qui est sur le point d'arriver ?

Jean croisa mon regard.

— Bon Dieu, non. (Puis un grand sourire éclaira son visage.) Je vais récupérer tous ces journaux jusqu'au dernier et les réduire en cendres.

Je lui rendis son sourire.

— Je viens avec toi.

Et voilà comment nous finîmes par porter les enfants, encore à moitié endormis et en pyjama, jusqu'à la camionnette. Nous prîmes leurs tenues d'école et leurs cartables pour plus tard, et les nourrîmes de donuts pour le petit déjeuner dans la voiture. Ils les engloutirent en chantant un medley de comptines tandis que Jean nous conduisait d'une devanture de magasin à l'autre et que je volais pile par pile les journaux à scandale pour les balancer à l'arrière de la camionnette. Nous passâmes à l'épicerie, la bibliothèque, la banque, l'auberge *Hampton Inn*, au magasin d'alimentation, et tous les autres endroits auxquels nous pouvions penser. À un moment, Abby dit :

— Maman ? Est-ce que tu voles des choses ?

— Non, mon ange, répondis-je en m'époussetant les mains. Je débarrasse les ordures.

Lorsque nous eûmes couvert toute la ville, nous conduisîmes les enfants à l'école. Je me promis de les coucher une heure plus tôt ce soir-là pour compenser le sommeil qu'ils avaient perdu. Ils s'habillèrent dans la voiture puis se lavèrent les dents, se rinçant avec une bouteille d'eau et crachant sur l'allée de gravier. Nous arrivâmes devant l'entrée de l'école juste à temps, et je regardai les enfants défaire leur ceinture, ajuster leurs cartables et monter les marches pour affronter leur journée. J'observai le troupeau de gamins qui entraient dans le bâtiment. L'un d'eux était Pissfroc – même si je n'avais aucune idée de qui il s'agissait. Mes yeux suivirent un visage après l'autre, y cherchant la malveillance. J'aurais pu rester là à les examiner jusqu'au dernier. Mais Jean se pencha, tapota le volant et dit :

— Allons-y.

Je me tournai vers elle.

— Et ensuite ?

— Ensuite, nous allons faire un feu.

Nous fîmes un tour supplémentaire de la ville pour être sûres de n'avoir rien manqué et roulâmes ensuite en direction du pâturage sud de Jean, où il y avait une fosse pour brûler les ordures. L'arrière de la camionnette était rempli jusqu'au toit de piles de journaux, et je les sortis une par une pour les catapulter à l'intérieur. Je fis des allers-retours d'un pas militaire, coltinant un lourd paquet après l'autre, respirant avec difficulté, les bras et les épaules douloureuses. Jean aida un peu, aussi, et, lorsque nous eûmes terminé, elle sortit une bouteille de liquide à briquet et mit le feu au tas.

Alors que nous regardions le feu s'animer dans un rugissement, nous passâmes en revue la matinée pour savoir si nous avions oublié le moindre endroit.

— Et si jamais elle met la main sur un exemplaire ? dis-je.

Jean avait les yeux rivés sur le feu. Les flammes diffusaient une lumière qui l'éclairait comme des rayons de soleil.

— Elle fera face du mieux qu'elle pourra.

— Crois-tu qu'une chose pareille pourrait… (Je cherchai le bon terme.) … la déstabiliser ?

Jean me regarda.

— Bien sûr. Elle est humaine. (Nous tournâmes les yeux vers les flammes.) En tant que thérapeute, je dis toujours aux gens que ce qui t'arrive ne compte pas autant, en réalité, que ce que tu deviens en réaction à ces choses.

(Elle cala ses cheveux derrière ses oreilles.) Peut-être que Sunshine gérera ça avec grâce.

— Tu ne le crois pas vraiment, dis-je, au plus profond de toi. Ou nous n'aurions pas brûlé tous ces torchons.

— Si, j'y crois, répliqua-t-elle, les yeux sur le feu. Mais nous les avons brûlés quand même. Parce que c'est exactement ce qu'elle aurait fait pour nous.

Sunshine ne vit pas les journaux ce jour-là. Lorsque je gagnai la grange de traite ce même matin, elle leva les yeux vers moi et dit :

— Pourquoi est-ce que tu sens la fumée ?

— Je brûlais des ordures avec Jean.

Elle ne me demanda pas quel genre d'ordures, ni s'il y avait une photo monstrueusement peu flatteuse d'elle dessus. Elle se contenta de traire et nous bavardâmes, comme n'importe quel autre jour. Je ne cessai de me dire qu'elle le devinerait, mais ce ne fut pas le cas. Même si elle n'arrêtait pas de regarder vers moi avec curiosité. Alors que nous finissions, Sunshine fronça les sourcils en lorgnant ma bavette et demanda :

— Et ça, qu'est-ce que c'est ?

Avant même que je baisse les yeux ou que je me rappelle ce dont elle pouvait parler, elle avait chipé la vieille photo et l'examinait.

— Oh, dis-je, c'est juste quelque chose que j'ai trouvé.

C'était ma première occasion d'examiner l'image. Et là, ces gens, de nouveau : la mère, le père et le bébé. Ils se trouvaient sur les marches de la maison hantée. La mère avait le bébé sur ses genoux, et avec le père, ils le contemplaient en affichant cette expression débordante d'amour qu'ont les parents. C'était clairement juste avant qu'ils s'attendent à ce que l'obturateur se déclenche, et ils n'avaient pas encore levé les yeux pour sourire. Nous étudiâmes la photo une minute, Sunshine et moi, puis, à ma plus grande surprise, elle déclara :

— C'est Jean.

— Vraiment ?

Maintenant qu'elle l'avait dit, toutefois, ce ne pouvait être personne d'autre. Les cheveux étaient bruns, le corps mince, mais les yeux étaient les mêmes. Exactement.

— Bien sûr, dit Sunshine. C'est Jean et Frank.

Sur la photo de Frank que Jean conservait sur sa commode, il était chauve sur le dessus, avec une moustache de morse. Ce type, en contraste, avait une tête pleine de cheveux en bataille. Et il était jeune, avec le ventre plat, et portait un tee-shirt avec le drapeau américain.

— Où est-ce que tu as trouvé ça ? me demanda-t-elle.

— Dans la maison hantée.

— Tu es allée dans la maison hantée ?

J'acquiesçai.

— Je suis plus ou moins tombée dessus. Pendant que je me promenais. En journée.

— Comment es-tu entrée ? Ils ont barricadé cette fenêtre.

— La porte de derrière était ouverte.

— C'est bizarre.

— Ouaip.

Puis, comme Sunshine semblait tout savoir, je lui posai la question qui suivait en toute logique.

— Qui est ce bébé ?

Elle se contenta de hausser les épaules comme si elle l'ignorait.

— Pourquoi est-ce que je ne finirais pas ici pendant que tu vas demander à Jean ?

Dans la cuisine, Jean faisait du thé et lisait un roman d'amour. Elle me salua de la main quand j'entrai, et je m'assis en face d'elle à table, avec la photo contre ma poitrine. Lorsqu'elle s'aperçut que je restais, elle plia le coin de sa page et posa le livre.

— Il faut que je te demande quelque chose, dis-je alors.

— OK, vas-y.

J'hésitai. Je ne savais pas trop quelle serait sa réaction. Et j'étais étrangement consciente que, une fois que je lui aurais montré la photo, je ne pourrais pas revenir en arrière. Si c'était un moment tiré de sa vie, ce qui ne faisait aucun doute, alors je n'étais pas certaine d'avoir le droit d'y fourrer mon nez. Le mystère me rendait curieuse, mais peut-être n'était-ce pas juste. Après tout, il s'agissait de Jean, de sa vie affective, ses souvenirs et secrets, et son amour perdu – et de cet enfant dont je n'avais jamais entendu parler. Mais la curiosité est une chose puissante. Je ne mis donc pas longtemps à poser la photo devant elle sur la table.

— J'ai trouvé ça la semaine dernière, dis-je.

Jean se figea, les yeux rivés sur l'image.

— Ça se voit que c'est toi, dis-je. Et là, ça doit être Frank.

— Où est-ce que tu as trouvé ça ?

— À la maison hantée. Dans un tiroir près du téléphone.

— Tu es allée à l'intérieur, dit-elle.

Ce n'était pas une question, mais une affirmation.

— Oui.

Jean en caressa le bord avec son doigt.

— C'était il y a une éternité, dit-elle. Une vie entièrement différente.

— Donc, dis-je, c'est toi ?

— Oui, c'est moi.

— Et l'homme, c'est Frank ?

— Oui. C'est Frank.

— Il était mignon, dis-je d'un ton approbateur.

Jean sourit, mais avec tristesse.

— C'était l'année où nous avons convaincu la ville de remettre en état la vieille salle de bal allemande. Nous avons lancé une association de quadrille nommée le Club de danse des petits veinards. C'étaient nous, les jeunes, à l'époque, expliqua-t-elle, absorbée par la photo. Les gens te disent que ça file, mais tu ne les crois jamais.

— Je les crois. (Elle ne semblait pas m'entendre.) Que fait une photo de toi dans la maison hantée ?

Elle leva les yeux.

— Tu n'as pas deviné ?

Non, mais, dès qu'elle prononça ces mots, je devinai.

— Parce que c'était la propriété familiale ?

Elle acquiesça.

— Le manoir pour lequel ma mère est si furieuse ?

Elle hocha de nouveau la tête.

— Bien que ce ne soit pas un manoir.

— Et tu n'y habites plus parce que... ?

— Parce que Frank m'a construit cette maison-ci, et je la préfère.

— Mais tu t'occupes toujours de l'ancienne.

— Oui, dit Jean. Ce n'est pas bon pour une maison de rester vide, mais je n'ai jamais pu me résoudre à la louer. Je l'entretiens en gardant un œil dessus. Elle sera à toi un jour.

— À moi ?

— À qui d'autre la laisserais-je ?

Je n'y avais pas songé. Je ne savais pas trop quoi dire.

— Merci.

Nous regardâmes une nouvelle fois la photo.

— Frank et toi semblez très heureux, déclarai-je.

— Nous l'étions, la plupart du temps.

J'attendais qu'elle poursuive, mais elle ne le fit pas. Elle semblait perdue dans la photo.

— Et le bébé ? finis-je par demander, puisqu'elle n'offrait pas l'information. Est-ce que c'était ta fille ?

Jean leva alors les yeux, comme si elle ne parvenait pas à croire que je pose la question. Elle étudia mon visage, comme si elle essayait de déterminer si j'étais sérieuse ou pas. Puis elle se plaqua une main sur la bouche, et je vis ses yeux se remplir de larmes.

— Jean, dis-je avec toute la gentillesse que je pouvais rassembler, as-tu perdu un enfant ?

Elle secoua la tête et se frotta les yeux.

— Tu ne reconnais vraiment pas ce bébé ? Mon ange, ce bébé, c'est toi.

Je lui pris la photo et l'étudiai de près. Moi ? Pourquoi aurait-ce été moi ? Mon cerveau retourna l'idée comme une pièce de puzzle qu'il tentait de faire rentrer.

— Je n'ai aucune photo de moi bébé, lui dis-je. Elles ont été perdues dans un déménagement.

— Perdues dans un déménagement ? répéta Jean d'un air amer. C'est ce qu'elle t'a raconté ?

J'ignorais quelle réponse fournir à la question, mais Jean n'en attendait pas. Elle se leva, sortit de la pièce et monta l'escalier. Je ne bougeai pas – j'en étais incapable. Je restai juste assise là, les yeux rivés sur l'image d'une version de moi bébé. Je voulais sentir un déclic de reconnaissance. Mais, vraiment, il aurait pu s'agir de n'importe quel autre bébé.

Quand Jean redescendit, elle portait deux albums photos et une boîte à chaussures. Sans un mot, elle les posa sur la table devant moi. Je la regardai, puis reportai mon attention sur les albums.

— Je ne comprends pas.

— Ouvre-les, dit-elle.

Je pris celui du dessus et l'ouvris à la première page. À l'intérieur, disposées sous cellophane, se trouvaient d'autres photos exactement comme celle que j'avais découverte. Ma tante avec les cheveux bruns et une jupe en jean, Frank en lunettes noires sur une moto – et, presque sur chaque photo, un petit bébé. Moi. Après le choc initial, je commençai à tourner les pages plus vite. Moi avec Frank sur une couverture de pique-nique. Moi sur une balançoire en pneu avec Jean. Nous trois devant un gâteau d'anniversaire. Moi sur un petit poney. Moi debout sur le perron avant. Moi qui regarde par la fenêtre. Moi qui embrasse Frank sur le nez. Il y avait des gens sur les photos que je ne reconnaissais pas : une vieille dame en robe de chambre à fleurs, un vieil homme avec des lunettes à monture d'écaille et en bleu de travail.

— Les grands-parents ? demandai-je à Jean.

Elle acquiesça.

— Mimi et Papa.

Je continuai de feuilleter. Et je commençai à remarquer une absente sur les photos : ma mère. Il y en avait de moi dans le hamac avec Papa et Mimi. D'autres où je faisais mes dents sur un anneau en plastique, installée sur une couverture.

— Où est ma mère ? demandai-je à Jean, mais elle ne répondit pas tout de suite.

J'ouvris l'album suivant. Dans celui-ci, j'étais plus grande, je courais au même endroit. Je reconnus le porche et la cour de la maison hantée. Elle était jaune à l'époque, aussi ; une Oldsmobile était garée dans l'allée. Jean avait toujours la main plaquée sur la bouche tandis qu'elle me regardait tourner les pages.

— Jean ? demandai-je, alors qu'une nouvelle idée me traversait l'esprit. Est-ce que tu as jeté les photos de ma mère ?

Elle semblait ne pas pouvoir détacher ses yeux des photos. C'était presque comme si elle ne m'entendait pas.

— Hé ! Où est ma mère ? l'interrogeai-je encore, et cette fois son regard croisa le mien.

Elle inspira profondément.

— En Californie.

— En Californie ? répétai-je.

Jean ferma les yeux, puis les rouvrit.

— Durant les quatre premières années de ta vie, dit-elle alors, ta mère a vécu en Californie. Et toi, tu as vécu ici. Avec nous.

Mon esprit se mit à tournoyer. Ce n'était pas la conversation que j'attendais. Pourquoi ma mère se serait-elle trouvée en Californie ? Qu'est-ce qui éloignerait une mère de son enfant ? À moins que – et l'idée me rendit vaseuse –, à moins que ce ne soit pas ma mère, après tout. Peut-être était-ce pour cette raison que nous ne nous étions jamais appréciées. Puis une autre idée se parachuta par-dessus celle-là : peut-être que Jean était ma mère ! Tout était possible à ce stade. Cela expliquerait l'animosité entre elles, et la façon dont Jean et moi nous entendions si merveilleusement. Mais pourquoi Jean m'aurait-elle abandonnée ? Qu'est-ce qui aurait bien pu convaincre quelqu'un comme Jean de confier son enfant à quelqu'un comme Marsha ? Jean regarda mon esprit s'emballer, m'accordant sans aucun doute une seconde pour que mon cerveau fasse la mise à jour, en attendant l'assaut de questions qui allait arriver dès que je serais en mesure de les formuler.

— Donc, commençai-je, est-ce que ma mère… (J'hésitai.) … n'est pas ma vraie mère ?

— Oh, si, dit Jean. C'est ta mère.

J'éprouvai du soulagement et de la déception en même temps. Et, à présent, des premiers signes de frustration, aussi.

— Alors pourquoi était-elle en Californie ?

Jean perçut la tension dans ma voix.

— Je vais te raconter ce qui s'est passé – du début à la fin, dit Jean. Il est largement temps que tu entendes l'histoire de ta vie. (Elle prit une inspiration.) Ta mère était toujours la bonne fille. Je faisais le mur, et elle était à la maison à étudier. J'étais une déception permanente pour mes parents, surtout après avoir lâché la fac et m'être mise à la colle avec Frank. Tes grands-parents étaient de gentilles personnes, mais très traditionnelles, et ils n'étaient pas certains qu'une fille ait besoin d'études, de toute façon. Une fois que j'ai eu quitté l'école, ils ont annoncé à ta mère qu'ils ne l'enverraient pas à la fac non plus. Elle s'est enfuie dans le mois. Elle avait dix-sept ans. (Jean m'accorda une minute.) Nos parents étaient dans tous leurs états, et ils ont cherché partout pendant des semaines. Finalement, ils ont commencé à recevoir d'elle des cartes postales hebdomadaires, leur disant de ne pas s'inquiéter, qu'elle allait bien et vivait en Californie. Bien entendu, ils se sont inquiétés quand même. Et l'ironie ne leur a pas échappé dans le fait qu'essayer de la garder auprès d'eux l'avait éloignée.

Jean se leva pour nous verser du thé frais, et je pris une inspiration.

— Un an plus tard, poursuivit-elle, elle reparut à la porte de nos parents avec un bébé. (Elle leva sa tasse comme pour porter un toast.) Toi.

Je secouai la tête dans sa direction. Elle reprit.

— Mes parents étaient terrifiés qu'elle reparte. Ils lui firent promettre de rester avec eux. Je crois que tu avais environ deux mois à l'époque. Elle refusait de leur raconter quoi que ce soit sur sa vie. Elle confessa par contre qu'elle n'était pas mariée et que le père l'avait quittée. C'était un scandale, mais tes grands-parents s'en moquaient. Ils étaient juste contents de l'avoir de nouveau avec eux – ainsi que toi. Ils vous ont accueillies toutes les deux pendant à peu près un mois, avant que ta mère reçoive une lettre de ton père disant qu'elle lui manquait. Cette nuit-là, elle a laissé un mot d'excuses, a pris le camion de notre père et traversé le pays pour retourner là-bas. Et elle t'a abandonnée.

Je doute que Jean ait voulu défendre ma mère, mais elle semblait incapable de s'en empêcher.

— Elle te savait entre de bonnes mains, dit-elle. Nos parents étaient géniaux avec les enfants.

Je sentais qu'un *mais* se profilait.

— Mais… ? dis-je.

— Mais ma mère souffrait de polyarthrite rhumatoïde à l'époque – comme j'ai maintenant, ainsi que d'autres choses que nous ne savions pas encore. C'était trop à gérer pour elle. (Elle prit une gorgée de thé.) Alors ils m'ont appelée. Et Frank et moi sommes revenus vivre ici. Ni lui ni moi n'en avions envie. Nous avions tous les deux de grands rêves, et Atwater, Texas, ne paraissait pas l'endroit où les poursuivre. Mais nous nous disions que ce serait seulement pour une petite période. Frank disait qu'il voulait juste être où j'étais, ce qui était adorable. Et puis, nous t'avons rencontrée, et nous sommes tombés amoureux. Tu étais vraiment trop pour mes parents à leur âge, alors tu as fini par être à moi. Frank acceptait des petits boulots dans toute la ville – il était peintre de formation, mais bricoleur, aussi. Te prendre en charge semblait guérir ma sauvagerie. Nous nous sommes posés. Nous avons commencé à économiser de l'argent. Nous sommes devenus responsables et réfléchis. Nous sommes devenus de meilleures personnes.

Je calai mes cheveux derrière mes oreilles.

— Et ma mère ?

— En cartes postales, dit Jean. Sans adresse d'expéditeur.

— Est-ce qu'elle est venue nous rendre visite ?

Jean me regarda un bon moment avant de répondre :

— Non.

Je baissai les yeux sur mes mains.

— C'était aussi bien, dit-elle. Nous ne voulions pas qu'elle vienne. En ce qui nous concernait, tu étais à nous. Quand tu avais environ deux ans, notre pote Russ, avocat, a suggéré que nous lancions les procédures d'adoption, afin qu'elle ne puisse pas t'enlever à nous.

— Russ ? l'interrompis-je. Ton Russ ?

— Oui, répondit Jean, comme si elle avait oublié que je le connaissais. Bien sûr. Mon Russ. (Puis elle poursuivit.) Mais comme Frank et moi n'étions pas mariés, nous n'avons pas pu faire la démarche.

— Vous ne pouviez pas simplement vous marier ?

— Eh bien, dit Jean, c'était compliqué. Frank était marié à quelqu'un d'autre.

C'était vraiment trop. Mais impossible d'arrêter tout ça maintenant.

— Elle refusait de divorcer de lui. Même s'ils étaient déjà séparés depuis des années. Il la suppliait de divorcer, mais elle ne cédait pas.

Jean se frotta les yeux. Elle avait l'air fatiguée.

— Et puis, un jour, la semaine après ton quatrième anniversaire, ta mère est réapparue. Elle se mariait, disait-elle, et elle voulait te récupérer. Nous lui avons dit qu'elle ne pouvait pas te prendre. Nous lui avons dit qu'elle avait renoncé à ses droits envers toi. En vérité, nous nous sommes enfermés dans la maison en la laissant dehors. Mais elle est revenue avec le shérif, et ils t'ont enlevée à nous. (Elle alla à l'évier.) J'aurais dû leur dire que tu étais à moi. J'aurais dû contrefaire un acte de naissance. J'y ai pensé tant de fois. Tout le monde en ville nous avait vus t'élever. Ils supposaient tous que tu étais notre fille. (Jean se retourna vers moi.) Ma mère est morte peu de temps après. Et mon père un mois plus tard, jour pour jour. Frank et moi avons épuisé nos économies pour nous battre au tribunal afin de te récupérer, mais nous avons perdu. Après un certain temps, il a voulu que nous tentions d'avoir nous-mêmes un bébé. Mais je ne pouvais pas. Je ne voulais pas d'« un bébé ». Je *te* voulais. À moins que ce ne soit toi, rien ne conviendrait. C'est alors qu'il a commencé à construire cette maison. Nous parcourions le chemin tous les jours, et Frank a imaginé cet endroit pour nous pendant que je le suivais en silence. Je détestais ces marches. Mais je pense qu'elles m'ont sauvée.

— Pourquoi n'avez-vous pas quitté la ville ? demandai-je.

Elle haussa discrètement les épaules.

— Je continuais de penser qu'elle renoncerait et te ramènerait.

— Tu m'attendais ?

Jean leva les yeux et acquiesça.

— Nous devions rester. Juste au cas où. (Elle repoussa ses cheveux derrière ses oreilles.) Plus tard, nous avons vraiment essayé d'avoir un bébé. Mais ça n'a jamais pris. De nombreuses fausses couches plus tard, nous avons abandonné.

— Jean, dis-je, tu me tues.

— C'est terrible, n'est-ce pas ? dit-elle en riant comme on le fait parfois de tristesse.

— Et c'est ça, la dispute entre ma mère et toi ? demandai-je.

Elle hocha la tête.

— Bien que « dispute » soit un terme trop faible. Les choses que tu éprouves pour la personne qui t'a retiré ton enfant… Il n'y a pas de mot pour ça. La manière dont elle t'a arrachée à nous était d'une cruauté si incompréhensible. Envers moi, mais surtout envers toi. Cette parfaite inconnue a débarqué un jour à la maison avec le shérif et t'a retirée à tous ceux qui t'aimaient. La terreur sur ton visage… Je n'arrive même pas à y repenser sans avoir la nausée.

Elle se mit à faire les cent pas dans la cuisine.

— Nous avons vécu à Hawaï pendant un moment, dis-je. Puis à San Diego. Ensuite nous avons suivi un type prénommé Phil à Schenectady. Puis Tulsa, Miami, Little Rock.

Ma tête commençait à me faire mal. Ce n'était pas de déménager qui avait été si pénible. Ça signifiait juste que je n'avais jamais personne d'autre sur qui compter à part cette folle. Les maris et les petits amis ne duraient pas, et les amitiés que je nouais étaient rompues chaque fois que nous déménagions. Et maintenant, avec les photos des albums qui défilaient dans ma tête comme un folioscope, l'idée de grandir dans une véritable famille, avec Jean et Frank et deux grands-parents – l'idée que ceci aurait pu être ma vie… C'était trop.

Je me levai.

— Il est l'heure d'aller chercher les enfants.

— J'y vais, dit-elle, avant de prendre ses clés.

— Jean, dis-je en l'arrêtant à la porte. Pourquoi ne m'en as-tu pas parlé avant ?

Elle se frotta les yeux.

— J'en ai toujours eu l'intention. J'ai écrit un nombre incalculable de lettres que je n'ai jamais postées. Dès que tu serais assez grande, je comptais le faire – à ton seizième anniversaire, je me disais. Ou ta remise de diplôme. Mais qu'aurais-tu pensé en recevant une lettre comme ça d'une vieille cinglée ? J'étais devenue une étrangère pour toi. Je ne voulais pas chambouler ta vie, ni te perturber. Et j'avais peur, poursuivit-elle, si jamais je m'y prenais de la mauvaise manière, de te faire fuir pour toujours. Alors j'ai juste continué d'attendre le bon moment. Qui n'est jamais venu.

— Et depuis que je suis ici ? C'est ça, le secret que tu ne me disais pas ?

Elle acquiesça.

— Je te laissais prendre tes marques d'abord. Et ensuite, je n'ai pas su comment l'aborder. Toute cette histoire est si moche et triste. Après l'irruption de ta mère ici, j'ai été sidérée de ce que ça m'a fait de la revoir. J'étais simplement submergée de…

Elle secoua la tête, comme si elle n'arrivait même pas à trouver de mot.

— Haine, proposai-je.

Elle acquiesça. Ses yeux paraissaient fatigués.

— C'est probablement ça. Et ça a rendu les choses plus difficiles à évoquer, pas l'inverse.

Elle jeta un coup d'œil à l'horloge. Elle était en retard pour le covoiturage.

— Vas-y, dis-je. Ce n'est pas grave.

Nous nous levâmes toutes les deux, et, la seconde suivante, elle m'étreignait de cette manière familière.

— Je suis tellement désolée de t'avoir perdue, me dit-elle à l'oreille.

Puis elle franchit la porte.

Chapitre 21

La porte-moustiquaire se referma en claquant, et je regardai de nouveau l'album ouvert sur la table. J'avais du travail dans la cuisine à fromage, mais, dès que je fus seule, je sus que ça devrait attendre. Je fis volte-face et suivis Jean dehors.

— Attends ! criai-je à l'autre bout de la ferme.

Jean se retourna.

— Il y a quelque chose que je dois faire, dis-je.

— Quoi ? demanda-t-elle – mais je pense qu'elle savait.

— Il faut que j'aille voir ma mère.

Jean avança de quelques pas vers moi. Elle me jaugeait, je le voyais bien. Elle évaluait à quel point exactement notre conversation m'avait rendue dingue.

— OK, dit-elle ensuite. Je comprends ça.

— Est-ce que tu peux coucher les enfants ?

— Bien sûr.

— Et est-ce que Sunshine peut s'occuper de la traite du soir ?

— Oui, elle peut. (Elle m'étudia une seconde.) Es-tu sûre de vouloir y aller ?

J'avais l'impression que tout mon corps n'était qu'électricité statique. Je hochai la tête. Elle m'observa.

— Qu'espères-tu obtenir en la voyant ?

— Je ne sais pas, dis-je. Mais je dois y aller.

— Sois juste prudente dans tes attentes.

Quelque chose dans sa voix me fit hésiter. Peut-être qu'une confrontation n'était pas la meilleure des idées après tout. Peut-être cela ne ferait-il qu'empirer la situation.

—Est-ce que c'est inutile même d'y aller ? demandai-je.

—Non. Pas tant que tu sais ce que tu veux.

—Je veux une autre mère.

—Ce n'est pas près d'arriver.

—Je veux qu'elle voie combien elle a eu tort et qu'elle se roule par terre de regret. (Jean secoua la tête.) Je veux qu'elle présente ses excuses.

—Mon ange, dit-elle, ta mère ne présentera jamais d'excuses pour quoi que ce soit.

Bon rappel.

—C'est vrai, dis-je.

—Alors va la voir si tu en as besoin. Mais souviens-toi de qui elle est. Aller voir ta mère pour chercher de la compréhension, c'est comme aller à la quincaillerie pour acheter du pain.

J'y allai. Il existait un nombre infini de choses dans ma vie que je ne serais jamais en mesure de changer. Mais je devais pour le moins défendre mes intérêts – et, après une vie à compenser et excuser ma mère, cela me semblait être un changement en soi. Je devais dire qu'on m'avait fait du mal. À voix haute. Ne fût-ce que pour mes propres oreilles. Tout ce que Jean venait de me révéler tourbillonnait dans ma tête, et l'ensemble paraissait lié. C'était comme si j'avais mis en machine chaque fait crucial de ma vie en cycle essorage. Je songeai combien je m'étais souvent inquiétée que la perte de Danny hante mes enfants de manière incontournable. Mais j'étais celle qui était hantée. Mes enfants avaient perdu leur père, mais ils avaient gagné Jean, Russ, Sunshine – et même O'Connor comme pote de pêche et expert en arts martiaux. Le plus important, ils ne m'avaient jamais perdue. Je me sentis alors terriblement navrée pour moi-même, mais largement mieux concernant mes petits. L'empathie dont j'usais pour imaginer combien la vie les avait affectés venait de ma propre expérience – mais ma propre expérience s'était révélée tellement pire que la leur. J'avais supposé que perdre Danny les laisserait avec la même espèce de nostalgie permanente que j'emportais partout où j'allais. Mais je pris soudain conscience que ce ne serait pas le cas. Et ensuite, je m'aperçus d'autre chose : je ne m'étais pas sentie nostalgique depuis longtemps.

Lorsque j'arrivai à l'appartement de ma mère, je frappai des poings sur la porte jusqu'à ce que j'entende les verrous cliqueter. Trente ans de déception et de colère bouillonnaient dans mon corps comme un raz-de-marée intérieur, et j'avais pleinement l'intention de le déchaîner sur ma mère dès qu'elle ouvrirait. Mais ce ne fut pas ma mère qui ouvrit. À la place, sur le seuil, il y avait un homme que je n'avais jamais vu.

— Est-ce que je peux vous aider ? demanda-t-il.

Il sentait l'eau de Cologne, et portait un tee-shirt sous son blazer. À la Don Johnson.

— Il faut que je voie Marsha, dis-je, passant direct devant lui en le poussant.

— Elle s'habille, dit-il en me suivant dans le salon, ne sachant s'il devait m'arrêter. Nous avons un rendez-vous.

Je le laissai là, pour surgir par la porte de la chambre de ma mère et la claquer derrière moi. Elle croisa mon regard dans le miroir et attendit avec son pinceau à ombre porté à sa paupière.

— Quoi ? dit-elle, déjà irritée.

Je me contentai de la regarder d'un œil noir.

— Elle t'a raconté, dit-elle alors en se retournant.

J'acquiesçai aussi méchamment que possible. Ma mère secoua la tête.

— Et maintenant, poursuivit-elle, tu me détestes, et je suis une affreuse personne, et bla-bla-bla.

Elle n'attendit aucune réaction, mais se remit au travail sur son ombre à paupières.

— Ce n'est pas drôle, dis-je. Ce n'est pas anecdotique.

— Et ? Quoi ? Tu es ici pour me dire que je suis la source de tous tes problèmes ?

Je répondis par un virulent hochement de tête.

— Quelque chose comme ça.

— Je t'en *prie.*

Elle dévissa le capuchon de son mascara.

— Pourquoi est-ce que tu m'as enlevée à eux ? J'étais heureuse ! J'étais aimée !

— Tu étais mon enfant, rétorqua-t-elle, arrogante comme jamais. Tu étais à moi.

— Non. J'ai arrêté d'être à toi quand tu m'as abandonnée.

Ma mère soupira et posa son maquillage.

— Libby, qu'est-ce que je peux te dire ? J'étais pratiquement une enfant moi-même.

— Je ne suis pas furieuse que tu sois partie, Marsha, dis-je, me résolvant à ne plus l'appeler « maman ». Je suis furieuse que tu sois revenue.

— Que je sois revenue vers ma propre fille ?

— Pourquoi as-tu fait ça ? Qu'est-ce qui t'a pris ?

Ma mère pivota alors face à moi.

— Je te voulais, dit-elle, comme si cela expliquait tout.

Je me passai la main dans les cheveux. Toute une vie de cette femme qui me traînait derrière elle sans se retourner traversa ma mémoire.

— Mais c'est faux ! Tu ne voulais pas de moi.

— C'est ridicule, dit-elle, comme si ça l'était vraiment.

— Tu m'as emmenée dans une voiture de patrouille.

— Ce n'est pas ma faute ! C'est Jean et Frank qui ont voulu un règlement de comptes à OK Corral.

— Tu avais juste envie que quelqu'un t'aime, dis-je alors, prenant conscience en prononçant ces paroles combien elles étaient vraies. Quelqu'un qui n'avait pas le choix.

J'avais touché trop près de la cible.

— Très bien, dit-elle. Tu peux croire ça si tu veux.

— Je ne *veux pas* le croire. Il n'y a pas d'autre option !

— Jean est parfaite, et je suis un monstre. Très bien. Mais ne t'ai-je pas sortie de cette petite ville merdique ? On a voyagé. On a vu des choses !

— *Tu* as voyagé, *tu* as vu des choses.

J'étais coincée à la maison – en général avec une baby-sitter de douze ans. Ou toute seule.

— Bien, dit-elle. Je suis une terrible personne. Est-ce qu'on peut tourner la page ?

Je secouai la tête. Il était temps d'agir différemment.

— Je ne suis pas sûre que nous le puissions.

Elle m'esquiva facilement, comme elle l'avait toujours fait – comme si elle prononçait juste les répliques de sa vie.

— Libby, Libby, Libby, dit-elle en enfilant ses chaussures. Nous ne pouvons pas changer le passé. Est-ce la meilleure décision que j'aie jamais prise ? Probablement pas. Mais en faire une obsession et piétiner dans tous les sens en hurlant sur le sujet ne va certainement pas nous fournir la réponse. Je ne sais pas pourquoi tu souhaites passer toute ta vie à regarder en arrière. *Moi*, je regarde devant, vers ce qui se profile.

Avant que je m'en aperçoive, elle était à la porte avec la main sur la poignée.

— Et ce qui se profile ce soir, poursuivit-elle, c'est un rencard. Avec un homme qui roule en Ferrari.

Puis elle ouvrit la porte et se faufila dehors, dans une autre pièce et un décor différent, s'attendant à ce que, une fois que nous aurions de la compagnie, la politesse me pousserait à lâcher l'affaire. Je la rejoignis dans le salon alors qu'elle disait :

— Tony, voici ma fille, Libby.

— Nous nous sommes rencontrés à l'instant, dit-il, un peu méfiant.

Je n'étais pas venue pour me venger. Mais, soudain, l'occasion se présentait. Parce que ce qui caractérisait ma mère, c'était son besoin de l'approbation des étrangers. Et en particulier des hommes. Elle avait besoin de les impressionner. Elle avait besoin de les éblouir, de les charmer et de les séduire. Elle avait besoin de se voir refléter dans leurs yeux exactement comme elle voulait être. C'était pourquoi elle ne restait jamais avec qui que ce soit. Une fois qu'ils la connaissaient assez bien pour voir ses défauts, ils ne pouvaient lui donner la seule chose qu'elle désirait : de l'admiration. Et personne ne connaissait ses défauts mieux que moi. Voilà pourquoi j'étais un tel boulet.

— Nous ne nous sommes pas exactement rencontrés, dis-je à ma mère. Je suis passée devant lui quand j'ai déboulé pour t'attaquer sur le fait que tu m'as abandonnée bébé.

Le visage de ma mère se crispa dans un sourire.

— Très drôle, dit-elle.

— Et que tu as ensuite changé d'avis, poursuivis-je, et que tu es revenue pour m'arracher à ma famille adoptive. Dans une voiture de police.

J'étais prête à continuer sans m'arrêter. J'étais prête à exposer toutes ses faiblesses et imperfections devant ce nouvel homme. C'était l'occasion parfaite de l'humilier et l'atteindre à l'endroit précis où ça ferait vraiment mal. Je pris une inspiration. *Rentrez chez vous*, étais-je sur le point de dire à son prétendant. *Cette femme est minable*. À cet instant, toutefois, le sang-froid de ma mère se fissura. Elle se pencha pour me pointer du doigt.

— Ne t'avise pas de te moquer de moi ! (Sa voix éclata dans une précipitation que je ne connaissais pas.) Je n'ai jamais voulu être mère. Mais c'est arrivé. Et, après être partie, j'aurais pu rester loin pour toujours. Mais je me suis forcée à revenir pour toi. J'ai fait ce qu'il fallait, bon Dieu – et tu ne peux pas m'amener à le regretter.

Un silence de mort régnait dans la pièce. J'avais l'impression que c'était la première chose vraie qu'elle m'eût jamais dite. Je la regardai attentivement pour la première fois depuis des années. Soudain, je m'aperçus que ses cheveux s'étaient clairsemés. Son mascara avait un peu bavé sous un œil. Elle était aussi plus petite que dans mes souvenirs. Le terme qui me venait à l'esprit était « frêle ».

Je me surpris à songer combien les parents semblent géants aux yeux de leurs enfants. Ils semblent contrôler le monde entier. Mais, bien sûr, c'est juste une question de perspective. Ce n'est pas que les parents sont grands, c'est que les enfants sont petits. Ce n'est pas que les parents sont puissants, c'est que les enfants sont impuissants. Mes enfants commettaient toujours l'erreur de penser que je savais des choses que j'ignorais, ou que je devrais être capable de résoudre des problèmes insolubles pour moi. Aucun moyen pour eux de comprendre que j'étais juste moi – juste une ancienne enfant moi-même. Et pour la première fois je me rendis compte que ma mère, sous cet angle du moins, était exactement pareille. Je pensai à la façon dont elle avait passé toute une existence à chercher quelque chose qu'elle ne parvenait pas à trouver. Et je sus à ce moment précis une vérité sur sa vie qu'elle ignorait : elle n'allait jamais le trouver. Pas seulement parce qu'elle cherchait aux mauvais endroits. Parce que ce qu'elle cherchait si désespérément, quoi que ce fût, ne se trouvait simplement nulle part. Et, avec ça, j'éprouvai quelque chose d'inédit pour ma mère : de la compassion.

— Eh bien, dit-elle alors, levant le menton pour revenir dans son personnage. Si tu as fini ta petite crise, nous avons une réservation pour dîner.

Je hochai la tête. Ma voix était calme à présent, toute l'urgence s'en était évacuée.

— J'ai fini ma petite crise.

Je ne ferais jamais d'elle une personne différente. Je ne l'amènerais jamais à voir ce qu'elle avait fait de mal, ni à le regretter, ni même à présenter des excuses. Je n'aurais jamais la mère que je voulais, mais elle n'aurait jamais ce qu'elle voulait non plus. Et ce n'était pas seulement triste pour moi. Ça l'était pour toutes les deux. Aussi profondément que ma mère avait pu gâcher ma vie, elle avait bien mieux réussi à gâcher la sienne.

Elle se redressa.

— Bien, parvint-elle enfin à prononcer.

— Je rentre chez moi maintenant, annonçai-je.

Et je sus soudain quelles seraient les seules paroles au monde qui avaient une chance d'arranger les choses plutôt que les envenimer. Je les énonçai avec précaution, pleinement consciente que l'unique personne qui avait vraiment besoin de les entendre, c'était moi. À la porte, je me retournai et croisai son regard.

— Et au fait, dis-je, je te pardonne.

Dix minutes floues plus tard, j'étais garée devant la maison où j'avais vécu avec Danny et les enfants. C'était une demeure à deux étages des années 1940, typique des vieilles sitcoms aux familles parfaites, avec du chèvrefeuille qui poussait sur la barrière et une porte d'entrée rouge grange. Même si, maintenant que je regardais de plus près, les nouveaux propriétaires paraissaient avoir repeint la porte en noir. Ce qui était horrible. Il faisait sombre à présent. Les lumières étaient allumées dans la maison, et je voyais la nouvelle famille assise pour dîner. La maman finissait dans la cuisine tandis que le père s'efforçait de garder trois petits garçons sur leurs chaises. À l'époque où nous vivions avec ma mère, ça m'avait apaisée de les observer. J'avais encore l'impression de faire partie de cet endroit, comme si ma place était là – comme si j'avais tous les droits d'y être. Ce soir-là, néanmoins, la magie, quelle qu'elle fût, qu'avait pu contenir le spectacle de ces étrangers habitant mon ancienne maison avait disparu. Avant, j'éprouvais une fascination infinie pour eux – pas en raison de qui ils étaient, mais de l'endroit où ils étaient. C'était *mon allée* où ils s'étaient garés. Ils dormaient dans *ma chambre*. Mangeaient dans *ma salle à manger*. Je n'étais pas revenue depuis que nous avions déménagé. À présent, je trouvais ça malsain, à la limite du harcèlement. J'avais la sensation qu'une voiture de police allait s'arrêter à tout moment et que l'agent me dirait de circuler. Ce soir-là, je ne les connaissais pas. Et je ne m'en souciais pas particulièrement non plus. Ils étaient subitement des inconnus – comme, bien entendu, ils l'avaient été depuis le début. Leurs vies étaient sans rapport avec la mienne. La maison dans laquelle ils habitaient, je m'aperçus alors, ne me semblait plus être mon domicile. Et ensuite, je m'aperçus d'autre chose : cette maison n'était plus mon domicile, parce que, enfin, je m'étais installée dans un autre.

Chapitre 22

Quelques jours plus tard, alors que nous dînions un soir de fin avril anormalement chaud pour la saison, Abby nous raconta une nouvelle blague.

— Pourquoi est-ce que la vache a traversé la route ?

— Pourquoi ? demandâmes-nous tous en chœur – surtout Tank, qui voulait vraiment le savoir.

— Pour aller se pro*meuh*ner.

Nous lui offrîmes un rire copieux, puis elle dit :

— Je l'ai apprise de l'enfant à côté de moi au déjeuner.

— Sarah B., dis-je en acquiesçant.

J'avais le plan de table en mémoire. Abby secoua la tête.

— Non, on avait placement libre aujourd'hui.

— Ce n'était pas Sarah B. ?

— Non. C'était Pissfroc Gaveski. (Elle but une gorgée d'eau.) Sauf que tout le monde l'appelle Jimmy maintenant.

Si je n'avais pas été si occupée à en rester bouche bée, j'aurais peut-être échangé un coup d'œil reconnaissant avec Jean sur l'idée que « Jimmy » était quelque part le surnom de Pissfroc. Mais j'étais trop affairée à dévisager Abby.

— Qu'est-ce qu'il faisait assis à côté de toi ? demandai-je, oubliant la règle du ne-demande-pas-ce-que-tu-veux-savoir.

Abby haussa les épaules.

— Est-ce qu'il t'embêtait ?

Elle secoua la tête.

— Nan.

J'étais trop choquée pour apprécier la manière triomphale avec laquelle Abby me regardait. Du genre : *Il y avait un siège vide. Pourquoi ne l'aurait-il pas pris ?*

Cependant, plus tard ce soir-là, après que les enfants se furent endormis, je me repassai ce moment en boucle. Parce que l'expression sur son visage me disait exactement ce que j'avais voulu entendre pendant tout ce temps. Que les choses s'étaient arrangées. Que Pissfroc avait cessé de l'embêter. Et qu'Abby, de cette merveilleuse façon qu'ont les enfants de faire, avait poursuivi sa vie. Jean avait même soutiré à Abby l'information que Pissfroc était passé à un autre gamin – un « garçon vraiment, vraiment, vraiment petit » de sa classe prénommé George.

— Il est petit comment ? voulut savoir Tank. Taille souris ?

— Non, répondit Abby en méditant la question. Plus grand qu'une souris. Peut-être de la taille d'une chèvre.

— Sans les sabots, ajouta Tank.

— C'est ça. Il a la forme d'une personne, mais la taille d'une chèvre.

Une fois que cela fut établi, Abby avoua qu'elle enseignait les arts martiaux à George dans la cour, afin qu'il puisse se protéger de Pissfroc en cas de besoin.

— Si O'Connor revient un jour, je peux peut-être inviter George ici pour une leçon, suggéra-t-elle. Par un maître.

— Peut-être, dis-je, ne souhaitant pas donner de faux espoirs à quiconque.

Mais, même si mes inquiétudes au sujet d'Abby s'atténuaient, d'autres surgissaient pour me tenir occupée. J'en discutais avec Sunshine lors de ce qui devenait nos virées hebdomadaires à la maison hantée pour nos séances de spiritisme : la façon dont les problèmes paraissaient se résoudre seulement pour faire de la place à de nouveaux.

Même si je ne devrais pas appeler ces soirées devant le feu des « séances ». À part quelques activités d'ouverture sommaires à base d'invocations aux morts, elles n'avaient rien de surnaturel. La maison hantée semblait considérablement moins hantée maintenant que je savais qu'il s'agissait de la maison de mon enfance, et les séances ressemblaient considérablement plus à des pique-niques chamallows-bière, maintenant que Sunshine était devenue mon amie. Elle écoutait toujours attentivement, et même si elle n'avait pas plus de réponses que moi, elle avait une manière de poser des questions qui me faisait réfléchir sous de nouveaux angles. Elle me racontait avec franchise ses difficultés à résister à l'attrait addictif de son ancienne vie (qui avait refait surface très récemment quand son ex-agent l'avait appelée pour lui proposer de participer à une émission de téléréalité intitulée « Que sont-ils devenus ? »), à découvrir qui elle était vraiment et ce qu'elle adorait faire. Je lui confiais mes difficultés, moi aussi : mes inquiétudes concernant Abby, comment j'essayais de comprendre la vérité sur mon enfance, et même mon faible pour O'Connor – et la tentation permanente que j'éprouvais de feindre une raison de passer chez lui pour voir comment il allait. Quelque chose dans le fait qu'il soit parti me donnait l'impression de retenir mon souffle sous l'eau. Et j'avais vraiment, vraiment envie d'air.

— Va le voir, dit Sunshine, comme si c'était la réponse la plus évidente du monde.

— Je ne peux pas. Ce serait m'incruster.

— Il veut que tu t'incrustes.

— Il n'y a aucun moyen de savoir ça.

— Je vous ai vus tous les deux à la fête de Jean. J'ai vu comment il te regardait.

Cela a retenu mon attention.

— Comment est-ce qu'il me regardait ?

— De la façon dont les flics matent des donuts, dit Sunshine en agitant les sourcils.

Je me sentis alors mal à l'aise. Je couvris mon visage avec mes mains. Mais Sunshine s'amusait.

— De la façon dont les fumeurs regardent des clopes, poursuivit-elle. De la façon dont les accros au chocolat reluquent un brownie.

— OK, OK, dis-je en lui faisant signe de s'arrêter.

— C'est tragique, vraiment. Qu'il ne soit pas libre.

— Ce n'est pas *tragique*, rectifiai-je, souhaitant être précise. Ça craint, c'est tout.

— Peut-être que je pourrais lui rendre visite, suggéra-t-elle, et laisser mon téléphone par accident, et ensuite te demander d'aller me le chercher. Ou peut-être que nous pourrions casser quelque chose à la ferme et l'appeler pour qu'il vienne le réparer.

— Mais non. Je ne suis pas aussi désespérée.

— OK, dit Sunshine. Nous attendrons juste que tu le sois.

Puis elle prit une grosse lampée de sa bière bio, me regarda de haut en bas et ajouta :

— Ça ne devrait plus être très long, maintenant.

Et en fait, ce ne le fut pas. Même pas vingt-quatre heures plus tard, alors que Jean, les enfants et moi finissions de dîner, O'Connor apparut à la porte-moustiquaire et se planta à l'extérieur sans parler ni entrer. Lorsque Jean l'aperçut, elle posa sa fourchette.

— Qu'est-ce qui se passe ? s'enquit-elle.

Il avait la voix toute rocailleuse en répondant :

— Elle est partie.

Personne ne savait exactement ce qu'il entendait par là, mais même les enfants pouvaient déchiffrer cette voix.

Ils ne crièrent pas son prénom, ne coururent pas non plus vers lui pour le supplier de faire des tours d'avion. Ils se figèrent, et nous regardâmes tous Jean se lever et sortir sur le perron. Le moment parut si important que les enfants et moi montâmes l'escalier sur la pointe des pieds sans un mot et chuchotâmes tout le temps du bain. J'ignorais ce que « partie » signifiait, et tout ce que je pouvais faire était juger, à son expression, que ce n'était pas une bonne chose. Était-elle morte ? S'était-elle perdue de quelque manière ? De quoi pouvait-il bien parler ? Mais pour le découvrir il me faudrait attendre après le bain moussant, les pyjamas et l'histoire du soir. Même si je ne saurais vous dire laquelle nous avons lue. Ma tête était totalement ailleurs.

Dès que la lumière des enfants fut éteinte, je redescendis sur la pointe des pieds et laissai traîner une oreille. Là, en bas des marches, j'éprouvai une bouffée de gratitude envers l'amour de Jean pour l'air frais. Avec les fenêtres ouvertes dans toute la maison, j'entendais parfaitement la conversation. Ils étaient sur la balancelle, et la portion de chaîne supplémentaire cliquetait contre elle-même tandis qu'ils basculaient d'avant en arrière.

— Tu as fait ce qu'il fallait, disait Jean.

— Je n'en suis pas sûr.

— Je n'arrive pas à croire qu'elle soit juste apparue chez toi sans appeler.

— En fait, elle *a* appelé. Elle a laissé un paquet de messages.

— Auxquels tu n'as pas donné suite ?

— C'est ça.

— Becky peut mieux s'occuper d'Erin que toi, dit Jean.

La voix d'O'Connor donnait l'impression qu'il avait les mâchoires serrées.

— Erin détestait Becky, dit-il. Elle la détestait vraiment.

— Les choses étaient différentes à l'époque.

— Elle la trouvait bégueule, maniaque et perfectionniste…, poursuivit O'Connor.

— C'est vrai, l'interrompit Jean. Toutes les qualités qui en font à présent une parfaite aide-soignante.

— Erin n'aurait jamais voulu vivre avec elle, dit O'Connor. Si elle pouvait comprendre ce qui se passe, elle ne me le pardonnerait jamais.

— Mais elle ne le peut pas.

— Tu n'en sais rien, répliqua O'Connor. Peut-être qu'elle arrive à comprendre, mais ne peut simplement pas l'exprimer. Peut-être qu'elle m'a regardé la confier à Becky sans même pouvoir me supplier de ne pas le faire.

— Est-ce que c'est avec ça que tu te tortures ?

La voix d'O'Connor semblait buter sur elle-même.

— J'ai promis de prendre soin d'elle dans la maladie et dans la santé.

— Beaucoup de choses ont changé depuis ce jour-là, déclara Jean. Énormément de choses.

Ils se turent. La balancelle allait et venait en grinçant.

— Même si en effet elle comprenait ce qui se passait, reprit alors Jean, elle saurait que c'est la meilleure option.

— Tu ne le sais pas non plus.

— Si, je le sais. Et toi aussi, tu le sauras, quand tu te seras reposé.

Il prit une profonde inspiration et souffla.

— Becky a de l'argent, reprit Jean. Elle a du temps, un nid vide et un mari occupé. Elle a envie d'aider, maintenant qu'ils sont revenus pour rester, et elle sera compétente. Elle a besoin d'un projet.

— Erin n'est pas un projet, dit O'Connor.

— Tu sais bien ce que je veux dire.

— Si je cède sa tutelle, dit O'Connor, Becky pourrait la mettre dans un institut.

— Mais elle ne le fera pas. Elle a dit qu'elle ne le ferait pas.

— Mais elle pourrait.

— J'imagine, oui, dit Jean. Mais c'est un risque que tu dois prendre.

— Pourquoi ?

— Parce que tu as besoin de retrouver ta vie.

Le silence s'installa ensuite. Juste le couinement et le cliquetis de la balancelle. Puis O'Connor annonça :

— Je vends la maison.

— Es-tu certain de vouloir faire ça ?

— Elle est trop vide maintenant qu'Erin est partie. J'ai dormi dans la caravane ces deux dernières nuits.

— Est-ce qu'elle est complètement installée ? demanda Jean.

— C'est ce que dit Becky.

— Mais tu ne lui as pas rendu visite ?

— Non.

— Peut-être que tu devrais y aller, suggéra Jean.

— Peut-être, dit O'Connor, comme s'il n'y croyait pas une seconde. Becky est persuadée que ça me tranquillisera.

— Mais ?

— Mais je ne vois pas de tranquillité d'esprit dans mon avenir.

— Tu es plus susceptible de voir une chose, dit Jean, si tu la cherches.

— Je vais bien.

— C'est faux, rétorqua Jean. Mais je ne serai pas celle qui te le dira.

— OK, dit-il. Ne me le dis pas.

— Tu le comprendras. Tu devrais revenir travailler. Libby se tue à la tâche avec Sunshine pour seule aide.

— Comment va Libby ? demanda-t-il.

Je tentai de décrypter sa voix, mais en vain.

— Elle s'est probablement déjà portée mieux.

— Tu lui as dit pour sa mère, n'est-ce pas ?

— Oui.

— Comment est-ce qu'elle encaisse tout ça ?

— À ton avis ?

S'ensuivit une pause, où même la balancelle se tut, puis O'Connor dit :

— Je reviens travailler demain matin.

Le lendemain matin, lorsque je trouvai O'Connor en train de traire Pocahontas dans la grange, comme au bon vieux temps, je lançai en guise de bonjour :

— Qu'est-ce que tu fais là ?

— Je reprends le boulot.

Il répondit de manière très désinvolte, comme si ça n'avait pas fait plus d'un mois que nous ne nous étions pas vus. Et alors je ne pus deviner s'il jouait la super désinvolture parce qu'il se sentait réellement ainsi ou parce que c'était *l'inverse*. Pour ma part, je la jouais extra super désinvolte. Mais seulement parce que tout ce que je ressentais était aux antipodes.

— Où est Sunshine ? demandai-je.

— Je l'ai virée, dit-il en relevant furtivement les yeux.

Je n'arrivais toujours pas à croire qu'il soit vraiment là. Mais j'en voyais la preuve. Sa caravane était garée sur la pelouse comme une machine volante de l'ère spatiale. Je l'avais vue par la fenêtre au petit déjeuner et j'en avais retenu mon souffle.

— Tu es revenu, alors ? m'enquis-je.

O'Connor continua sa traite.

— Ouaip.

— Et c'est ton vaisseau spatial, là-bas ?

— Oui, en effet.

— Tank voudra voler à son bord après l'école, dis-je.

— Qui ne voudrait pas ?

— Cette chose t'appartient ?

— Ce n'est pas une « chose », précisa-t-il. C'est un Overlander de 1973. Tu devrais venir pour la visite touristique.

— Est-ce que tu vas… (J'hésitai.) Vivre là ?

— Ouaip, dit-il, comme si aucune autre explication n'était nécessaire.

Ce qui était le cas, parce que j'avais espionné leur conversation et entendu tout ce que j'avais besoin de savoir. Mais il l'ignorait… ou du moins l'espérais-je. Je me tenais toujours là, à l'observer. Il se tourna et croisa mon regard pour la première fois.

— Jean s'inquiète pour toi, dit-il.

— Je vais bien, dis-je.

— Ce n'est pas ce que Jean pense.

— Jean ne pense pas que tu ailles bien non plus.

— Tu n'as pas répondu à ma question, dit-il.

— Est-ce que tu m'en as posé une ?

Il soutenait toujours mon regard, et cela me déstabilisa un peu. Il se leva pour que nous soyons face à face.

— Ma question, c'est : *est-ce que tu vas bien ?*

Je hochai un peu la tête avant de répondre :

— Ça va.

— Bien, dit-il, comme s'il le pensait vraiment.

S'ensuivit une pause, et nous semblâmes tous deux résister à la tentation magnétique de nous rapprocher. O'Connor se détourna le premier.

— Maintenant, mets-toi au travail, dit-il, avec un signe de tête vers mon tabouret. Mary Todd Lincoln ne va pas se traire toute seule.

Ce soir-là, les enfants endormis et la vaisselle faite, je décidai de prendre O'Connor au mot sur sa visite de caravane. Et voici pourquoi : il avait une télévision, que je voyais par sa fenêtre, et elle était allumée. Je me faufilai par la porte de derrière et traversai la cour au clair de lune, comme un papillon de nuit voletant vers la lumière d'un porche. Puis je me tins à deux mètres de la caravane une minute, hésitant à frapper. Avant que je ne me sois décidée, O'Connor l'ouvrit.

— Besoin de quelque chose ? s'enquit-il.

— Hum, je me demandais juste ce que tu regardais là-dedans.

Il jeta un coup d'œil à la télé, comme s'il ne comprenait pas.

— Parce que Jean n'a pas de télé, m'empressai-je d'expliquer. Elle désapprouve d'en avoir. Ça fait donc des mois que je ne l'ai pas regardée. Et je suis un peu en manque. Tu sais, du genre à trembler, tout ça.

— Tu es ici pour regarder la télé ? demanda-t-il.

— Si ça ne te dérange pas, dis-je, soudain timide.

— Ça ne me dérange pas, dit-il en ouvrant plus grand la porte.

Je me glissai devant lui pour monter. La caravane avait l'air plus spacieuse de l'extérieur. Le canapé, en réalité, constituait aussi le lit d'O'Connor et était encore – ou peut-être en permanence – défait. Il tira les couvertures pour les étendre un peu, et je m'assis sagement, marquant une pause seulement pour relever que ses draps étaient en chambray bleu et d'un tissage beaucoup plus dense que je ne m'y serais attendue. Je relevai les yeux pour m'apercevoir qu'O'Connor m'observait.

— Quoi ? fis-je.

— Je me demande juste ce qu'on s'apprête à regarder.

Je haussai les épaules.

— Peu importe. Je ne suis pas difficile. (Il acquiesça.) Sauf que je ne tiens pas à regarder des émissions qui montrent des cadavres. Ou des bouts de corps. Ou des médecins légistes.

— OK.

— Ou la guerre, non plus, ajoutai-je. Ou des explosions, des bombes ou des membres sectionnés qui volent dans les airs.

— OK, dit-il en commençant à paraître amusé.

— Et pas de serial killers. Pas de violeurs ni de meurtriers d'enfants. Rien en rapport avec la mort ou la destruction.

— Pas du tout difficile, donc.

— À part ces trucs-là, tout me va, dis-je en campant sur mes positions. Est-ce que ça te surprend ?

— Non.

— Bien, dis-je pour ma défense. Parce que je suis maman.

— Les mamans n'apprécient ni la mort ni la destruction ?

— Non. Du moins, pas moi.

Il attendit une explication.

— Parce que, poursuivis-je, me voilà, à me casser le cul pour élever deux petits êtres et leur enseigner comment faire les bons choix, se concentrer sur l'essentiel et se montrer gentil l'un envers l'autre. Je déverse, genre, ma propre vie en eux et j'y consacre vraiment tout ce que j'ai avec la conviction que je fais quelque chose d'extrêmement, largement, extraordinairement important.

Je ne savais pas comment l'expliquer mieux que ça.

— Et je ne veux pas que Rambo ou quiconque arrive et les tue, ajoutai-je.

O'Connor trouva ça drôle.

— Tu ne veux pas que Rambo tue tes enfants ?

— Ni ceux de qui que ce soit, rectifiai-je. Je refuse que Rambo tue les enfants de qui que ce soit. D'accord ? Tous ces gens qu'il tue ont un jour été des bébés. Ils avaient des mères qui ont changé leurs couches et ont veillé des nuits entières auprès d'eux quand ils avaient de la fièvre et les ont aimés désespérément. Et puis Rambo entre juste avec un énorme flingue, et – *boum* – voilà que tout ça n'a servi à rien.

— Un énorme flingue, répéta O'Connor, l'air perplexe.

— C'est insultant, dis-je.

— Tu es consciente que ce sont juste des acteurs. Ils ne meurent pas vraiment dans ces films.

— Hors de propos ! dis-je. Et condescendant.

— Désolé.

— J'aime les émissions sur les bonnes choses. Les choses pleines d'espoir.

— Comme ?

— Je ne sais pas. Comme les gens qui prennent soin les uns des autres.

O'Connor fronça le nez, comme si une telle idée était trop tarte pour la commenter.

— N'y a-t-il pas assez de détresse dans le monde ? dis-je. Est-ce que je suis vraiment obligée de passer mon temps libre à en absorber encore plus ?

— Remarque pertinente.

— Je ne sais pas pourquoi nous pensons tous que la guerre et la mutilation sont les seuls sujets importants…

— Je crois que c'est un livre, en fait : *Guerre et mutilation*.

— Et la gentillesse ? Et la résistance ? Et la bravoure ?

O'Connor acquiesça, puis haussa les épaules.

— Eh bien, dit-il, ça ne compte pas vraiment, de toute façon.

— Ça compte pour moi ! m'exclamai-je.

— Je veux dire, précisa-t-il, pour ce qui est de regarder la télé ici.

— Pourquoi ?

— Ma télé ne capte que deux chaînes.

Mes épaules s'affaissèrent.

— Deux et demie, en vérité, corrigea-t-il.

Je jetai un coup d'œil déçu au poste.

— Mais, entre ces chaînes, dit-il en me tendant la télécommande, c'est entièrement toi qui décides.

Il s'assit à côté de moi sur le canapé-lit et prit un livre de la bibliothèque qui était à moitié caché dans les draps.

— Qu'est-ce que tu vas faire ? demandai-je en regardant le livre.

Il le leva en l'air.

— Je vais lire.

— Qu'est-ce que tu lis ? m'enquis-je, étonnée de voir combien l'ouvrage était épais.

— Oh, c'est une histoire de guerre. Tu le trouverais insultant. Et condescendant.

— Pas faux.

Deux heures plus tard, j'étais toujours là, zappant joyeusement entre les deux chaînes et demie disponibles. O'Connor avait commencé à bâiller bruyamment, mais j'ignorai les signes qu'il m'envoyait. Finalement, il se pencha et me tapa sur la tête.

— Il est 23 heures, tarée, dit-il. Dubbie chante à 5 heures du matin.

Je fis la sourde oreille. Il changea de position afin de m'empêcher de voir la télé, mais je me contentai de m'incliner sur le côté et continuai de regarder.

— OK, dit-il, si tu veux la jouer comme ça.

Il se mit à retirer ses bottes.

— Qu'est-ce que tu fabriques ?

— Je me prépare pour aller au lit. (Il ôta ses chaussettes et les lâcha par terre.) Je suis fatigué. Dégage.

— Encore cinq minutes, dis-je en jetant des coups d'œil vers la télé.

— Eh non, dit O'Connor, qui commença à défaire sa ceinture.

— Je veux juste finir ce…

Mais il ne plaisantait pas. La seconde suivante, il avait déboutonné son jean et l'avait laissé tomber sur ses chevilles.

— Allô ! criai-je, bondissant pour vaciller en arrière vers la porte. Pas nécessaire !

O'Connor, en caleçon, m'adressa un large sourire.

— Tu as de la chance que j'aie mis des sous-vêtements.

Je me plaquai les mains sur les yeux.

— Seigneur, O'Connor !

— Je n'étais pas complètement sûr de l'avoir fait, poursuivit-il en baissant le regard pour confirmation.

Et avec ça, j'ouvris la porte dans un bruit de ferraille, dévalai les marches et filai dans la nuit noire.

— Ne laisse pas la panthère t'attraper ! lança-t-il dans mon dos.

— Ne laisse pas la police des caleçons t'attraper ! rétorquai-je.

Et je traversai la cour en détalant jusqu'à la maison. Après cela, je pris l'habitude de débarquer devant la porte de la caravane d'O'Connor tous les soirs après l'heure du coucher, dans l'espoir de recevoir ma dose de télé. C'était si merveilleux de rêvasser ainsi et de mettre en sourdine tous les tracas qui me suivaient comme une musique de générique, même si les seules émissions sur ces deux chaînes étaient des rediffusions de *Seinfeld* ou les infos locales. J'étais preneuse. Preneuse et reconnaissante. Tous les soirs, O'Connor lisait son livre pendant que je zappais. Tous les soirs vers 23 heures il me jetait dehors contre mon gré. Et tous les soirs je traversais la cour en trottinant jusqu'à la maison, m'inquiétant à mort des risques infinitésimalement faibles d'être attaquée par une panthère. Parce que c'est comme ça que je fonctionne. Je décidais sans cesse que j'allais me retenir d'aller là-bas – qu'il était temps d'arrêter le délire –, mais je continuais quand même. Une fois que je voyais cette lumière bleue qui clignotait, j'étais à peu près fichue.

Jean jurait que ça ne la dérangeait pas de me perdre les soirs en semaine comme partenaire pour le Scrabble, les dominos et le gin-rami. Elle lisait une nouvelle saga sur un zombie voyageant dans le temps qu'elle ne pouvait simplement pas lâcher, et en réalité elle semblait contente de me voir partir. Même Russ était mis sur pause en attendant qu'elle arrive à la fin du septième volume.

— Tu préfères lire ce livre que traîner avec moi, dis-je un soir en passant la porte.

Elle haussa les épaules comme si elle ne pouvait rien y faire.

— Tu as beaucoup de grandes qualités, dit-elle, mais tu n'es pas un zombie qui voyage dans le temps.

Les choses se poursuivirent ainsi pendant une bonne semaine jusqu'à ce qu'un soir je regarde la caravane d'O'Connor et la trouve plongée dans le noir. J'y allai quand même et essayai d'ouvrir la porte en me disant que je regarderais peut-être la télé toute seule en attendant qu'il revienne d'où qu'il puisse être, mais c'était fermé à clé. Je m'assis dans l'une de ses chaises longues en tissu et patientai dehors un bon moment, extrêmement déçue, avant de renoncer et de rentrer. Une fois à la maison, je m'assis à côté de Jean et lus moi aussi un livre sur une femme qui plantait un potager comme héritage. Nous allâmes toutes les deux nous coucher tôt, et je me réjouis – comme je l'évoquai à plusieurs reprises – en songeant combien je serais fraîche après une vraie bonne nuit de sommeil. Après de multiples coups d'œil par la fenêtre de la cuisine vers la caravane toujours sombre, je fus KO à 21 h 30. Mais, à minuit, j'étais de nouveau debout. Quelqu'un cognait à la porte de derrière, et après avoir foncé dans le couloir jusqu'à la cuisine, je vis qu'il s'agissait d'O'Connor – avec la tête appuyée dessus et la martelant du poing. Je tournai la poignée, et il trébucha sur le seuil en se rattrapant à mes épaules.

— Moins de bruit ! sifflai-je. Tout le monde dort.

O'Connor regarda autour de lui, comme s'il ne lui était pas venu à l'esprit que quelqu'un puisse dormir.

— Désolé, dit-il.

Il avait toujours les mains sur mes épaules, s'en servant pour garder l'équilibre, les pouces sur ma clavicule.

— Tu sens la bière, dis-je.

Il acquiesça.

— Ça me paraît logique. C'est ce que j'ai pris pour le dîner.

— Tu es saoul.

— Tu es perspicace.

— Est-ce que tu cherches Jean ? demandai-je.

Je me dis qu'il était peut-être en crise et avait besoin d'une professionnelle.

— Je peux la réveiller, ajoutai-je.

— Ce n'est pas Jean que je cherche, répondit-il. C'est toi.

— Pourquoi ?

La question sembla le démonter.

— Au cas où, dit-il après une minute, tu voudrais regarder la télé.

— Pas à minuit, non.

— Il est déjà minuit ?

— Oui, il est minuit, répétai-je, devenant toute maternelle et méthodique. Tu dois te lever tôt. Je dois me lever tôt. Allons te mettre au lit.

Je le retournai pour le diriger sur la pelouse, et il dit :

— Tu portes encore cette foutue chemise de nuit.

Je le guidai pour descendre le perron.

— Qu'est-ce que tu lui reproches ?

— Elle est trop fine. On dirait du papier de soie.

— Eh bien, dis-je en nous faisant traverser la cour, si j'étais dans mon lit sous la couette, ça n'aurait pas grande importance.

Ne m'étant pas arrêtée pour mettre des chaussures, j'avançais lentement dans l'herbe en espérant ne pas marcher sur quoi que ce soit d'épineux.

— Ça faisait longtemps que je n'avais pas vu quelqu'un bourré, dis-je.

— Moi aussi.

Je lui adressai un regard du genre : *Je t'en prie.*

— Vraiment, insista-t-il. Ça ne m'arrive jamais.

Je continuai de marcher.

— Je ne pouvais pas, si ? poursuivit-il. Je devais rester alerte et compétent. J'avais des responsabilités. Mais, ce soir, ça m'est soudain venu à l'esprit : je peux faire tout ce que je veux. Et je voulais me saouler.

— Et comment c'est ?

— Génial.

Ce fut alors que je m'enfonçai de la bardane dans le gros orteil. Je lâchai O'Connor et il vacilla dans l'herbe.

— Hé ! protesta-t-il, comme si j'avais manqué à ma mission.

— Chut !

Je retirai la bardane et la lançai à O'Connor, qui était à présent allongé sur le dos avec les mains derrière la tête, contemplant les étoiles.

— Je connais toutes les constellations, dit-il. Est-ce que tu savais ça ?

Je tendis la main pour l'aider à se relever.

— C'est super, Copernic. Allons-y.

Plutôt que je le hisse, cependant, c'est lui qui d'une certaine manière m'entraîna, et j'atterris avec un *ouf* sur sa poitrine.

— Attention ! me dit-il, comme si j'avais été maladroite.

Je me relevai avec précipitation et frottai l'herbe de ma chemise de nuit. Il trouva ça extrêmement drôle, mais je plaçai mes mains sur mes hanches.

— Est-ce que tu veux que je t'aide ou pas ? Parce que je pourrais dormir en ce moment.

Il reprit son sérieux.

— Je veux que tu m'aides. C'est vrai.

— Alors debout, mon vieux. Tu me fais perdre mon temps.

Lorsque nous atteignîmes la caravane, il y avait des cannettes de bière éparpillées autour des chaises longues.

— Elles n'étaient pas là tout à l'heure, dis-je.

— Tout à l'heure ?

J'avais vraiment l'impression de reconnaître quelque chose en expliquant :

— Je suis passée après avoir couché les enfants.

— C'était il y a longtemps, souligna-t-il.

Clairement.

— Est-ce que ces cannettes sont toutes les tiennes ?

— Je ne fais jamais rien à moitié.

Il lui fallut au moins cinq minutes pour déverrouiller la porte – il refusa de me laisser l'aider. Une fois que nous eûmes monté les marches, il s'assit sur le canapé-lit, et je dis :

— Je vais te chercher de l'eau et de l'aspirine. Ensuite, je retourne me coucher.

— OK, dit-il, le dos droit.

Je trouvai une bouteille d'eau dans son mini-frigo et partis chasser l'aspirine dans l'armoire à pharmacie – remarquant au passage que nous utilisions le même dentifrice. Je lui apportai deux cachets et dis :

— Prends ça. Et finis l'eau.

Puis je m'agenouillai devant lui pour lui retirer ses bottes, ce qui semblait, quelque part, la chose à faire. Il s'exécuta et but l'eau bruyamment, terminant la bouteille et baissant la tête juste quand je levai la mienne après avoir fini avec sa seconde botte – et, soudain, nous fûmes nez à nez.

— Est-ce que tu veux savoir ce que je voulais faire d'autre quand j'ai pris conscience que je pouvais tout faire ? demanda-t-il alors, sa bouche à seulement quelques centimètres de mon visage.

Je secouai la tête. Il baissa les yeux sur ma bouche, puis les releva vers les miens. La pièce avait l'air complètement immobile, en dehors de nos deux respirations.

— Je voulais te voir, dit-il.

Dans n'importe quelle autre situation, je me serais inclinée pour l'embrasser à cet instant-là. Mais il avait tort en disant qu'il avait pris conscience de pouvoir tout faire. Il ne pouvait pas vraiment tout faire. Parce qu'il était encore marié, aussi insoutenables, tragiques ou désespérées que fussent les circonstances. Et le savoir me suffit pour résister à la pression du désir qui voulait m'attirer comme une marée. Je ne m'inclinai pas, même si chaque parcelle de mon corps en avait envie. Au lieu de ça, je fis la seule chose possible. Je me levai et le poussai sur le côté jusqu'à ce qu'il se renverse sur son lit.

— Va te coucher, dis-je. Je mets une poubelle ici, au cas où tu voudrais gerber.

Et ensuite, le moment étant officiellement gâché et la chose adéquate officiellement accomplie, il ne me resta plus qu'à me remettre au lit et à le regretter.

Chapitre 23

Le lendemain matin, je me réveillai en me demandant si je verrais O'Connor à l'heure de la traite une fois qu'il aurait dessaoulé.

Il avait régné tant de désir la veille, juste à la surface des choses, de manière totalement nouvelle. Parfois, l'alcool peut fonctionner comme un sérum de vérité, mais parfois, il fera dire absolument n'importe quoi. Je n'étais pas vraiment sûre de l'effet que la bière avait eu sur O'Connor, mais je savais que je lirais la réponse sur son visage lorsqu'il me reverrait sans la vue déformée par l'ivresse – et je craignais de le découvrir. J'avoue avoir flanché et m'être mis du gloss sur les lèvres avant d'entamer les tâches matinales.

Mais il n'était pas dans la grange quand j'arrivai là-bas. Il continua de dormir durant la traite du matin, sa caravane encore silencieuse bien après que j'eus fini de traire chaque chèvre et nourri jusqu'au dernier animal de la ferme. Jean était partie tôt pour son rendez-vous café-artisanat du mardi matin, et avec Sunshine qui ne venait plus et les enfants à l'école, je n'avais absolument personne pour me distraire de la sensation grésillante de douche froide qui me pesa toute la matinée. À un moment donné, ne cessais-je de me dire, il faudrait qu'il se réveille. Mais, avant qu'il le fasse, je reçus un coup de téléphone. Au sujet d'Abby. Provenant de l'infirmière à l'école.

— Je ne veux pas que vous paniquiez, dit-elle, me catapultant à la vitesse de la lumière dans un état de panique, mais Abby est ici, dans mon bureau.

— Qu'est-ce qui s'est passé ? demandai-je.

— Elle a une blessure à la tête, et j'ai besoin que vous veniez la chercher.

— Quel genre de blessure à la tête ? m'enquis-je, chaque muscle à présent tendu pour agir.

— Rien de terrible, me rassura-t-elle. Il semblerait qu'elle soit tombée dans la cour et se soit éraflé la tête sur la palissade.

C'était la blessure la plus bizarre dont j'aie jamais entendu parler.

— Elle s'est éraflé la tête sur la palissade ?

L'infirmière poursuivit.

— Elle est ici dans mon bureau avec une poche de glace. Elle a le moral. Mais elle devrait rester tranquille aujourd'hui.

— Je serai là dans dix minutes, dis-je.

J'attrapai mon sac à main, tournant au ralenti à proximité du téléphone. Si Jean avait eu un sans fil, j'aurais marché avec dans la cour.

— Autre chose, dit l'infirmière. Quand le crâne saigne, c'est abondant.

— OK.

— C'est fini maintenant, mais les vêtements d'Abby sont assez trempés.

— Trempés ?

— Juste pour que vous puissiez vous préparer.

Ce matin-là, Abby portait un tee-shirt rose qu'elle avait décoré avec Jean de petites fleurs blanches en ruban. Je l'imaginai trempé de sang.

— Je suis en route, dis-je, sur le point de raccrocher.

— Une dernière chose, ajouta-t-elle. Abby est en train de m'expliquer qu'elle n'a pas trébuché dans la cour. On l'a poussée.

Mon cœur se transforma en brique.

— Qui ?

Je l'entendais se tourner vers Abby et demander :

— Qui t'a poussée, chérie ?

Et je n'eus même pas besoin que l'infirmière me rapporte la réponse. Parce qu'au téléphone, à l'autre bout de la pièce, je perçus la voix limpide d'Abby disant :

— Jimmy Gaveski.

Alors que je traversais la cour en trombe, O'Connor choisit ce moment précis pour émerger de sa caravane, avec la gueule de bois, les paupières en berne. Je ralentis juste une seconde tandis qu'il marchait nonchalamment vers moi, mais je ne me concentrai même pas vraiment sur lui. Il était passé d'une taille à remplir mon esprit tout entier à celle d'un minuscule grain de poussière dans le coin.

— Salut, dit-il alors que nous nous arrêtions tous les deux à un mètre l'un de l'autre.

Et à cet instant, déchiffrant son expression gênée, j'eus ma réponse pour la nuit précédente. La façon dont il m'avait regardée… C'était bien les lunettes déformantes de la bière. À savoir mon pire scénario, mais c'était pâle en comparaison du pire scénario de ma douce enfant qui m'attendait dans le bureau de l'infirmière à l'école. Je me rapprochai doucement de la voiture.

— Je voulais juste que tu m'excuses pour hier soir, dit-il.

Il paraissait physiquement mal à l'aise, comme une personne le serait si elle se trouvait, disons, pieds nus sur un trottoir un jour de canicule. Ou profondément embarrassée.

— Inutile, dis-je, sans cesser d'avancer.

— Est-ce qu'on peut parler une minute ? J'ai quelque chose à te dire.

Mais je n'avais pas le temps pour cette conversation. Tout ça me traversa l'esprit en une milliseconde. Il était désolé, c'était une erreur d'être sorti boire, il ne savait pas ce qui lui avait pris, il ne pensait pas à moi de cette manière. Bla-bla-bla.

— Tu n'as pas à me dire quoi que ce soit. Et je dois vraiment y aller.

Je me retournai et marchai rapidement vers la voiture. Il me suivit.

— Où ?

— L'école vient d'appeler, dis-je par-dessus mon épaule. Pissfroc Gaveski a poussé Abby par terre dans la cour et lui a ouvert le crâne.

— Poussée par terre ?

— L'infirmière m'a prévenue que je devais m'attendre à beaucoup de sang.

J'avais atteint la portière de la voiture que j'ouvris sans traîner. Je montai, m'attachai et mis le contact avant de m'apercevoir qu'O'Connor attachait sa ceinture juste à côté de moi sur le siège passager, toute trace de gueule de bois effacée. Il s'assit bien droit et se pencha en avant, comme s'il voulait inciter la camionnette à se lancer au galop.

— Qu'est-ce que tu fabriques ?

— Je t'accompagne, répondit-il.

Il n'y avait pas le temps de protester. Je démarrai pied au plancher, et les roues dérapèrent sur la route en gravier tandis que nous foncions rejoindre la nationale dans une queue de poisson. L'école était à quinze minutes, mais nous y parvînmes en dix. Sur le trajet, je racontai à O'Connor tout ce que je savais. Lorsque nous fîmes halte au perron dans un crissement, la principale attendait à l'entrée.

Le mois de mai était bien entamé, mais elle semblait tellement éreintée, je me demandai si elle tiendrait jusqu'à la fin de l'année scolaire.

— Ce n'est pas aussi grave que cela en a l'air, promit-elle tandis que nous traversions les couloirs au pas de course.

Il y avait classe, et les lieux paraissaient désertés.

— Et Abby est alerte et joviale, ajouta-t-elle.

Même si mon infinie contrariété concernant ce problème de Pissfroc se cristallisait en rage à ce moment-là, l'information me rassura un peu. Mais seulement jusqu'à ce que nous atteignions le bureau de l'infirmière. La vue d'Abby – allongée si immobile avec les yeux fermés, les cheveux de tout un côté de sa tête emmêlés et son tee-shirt cramoisi de sang – me donna littéralement le tournis. C'est le genre d'image cauchemardesque à laquelle on ne se permet même pas de se préparer. Elle avait l'air morte. Je fus renvoyée au moment où l'infirmière des urgences avait refermé le rideau sur Danny.

J'eus l'impression que mes genoux disparaissaient. Je cédai, mais O'Connor, dont j'avais même oublié la présence, me rattrapa avant que je heurte le sol. Il me remit d'aplomb, glissa un bras autour de ma taille et me maintint stable. Je pris une grosse et lente inspiration, puis me rappelai qui je devais être à cet instant, et m'agenouillai à côté d'Abby. Elle ouvrit les yeux.

— Salut, maman.

— Hé, coccinelle. Comment ça va ?

— Bien.

— Ça fait mal ?

— Pas vraiment. C'est juste le sang, tu vois, qui m'a un peu fait peur.

— Qu'est-ce qui s'est passé, mon ange ?

— Jimmy Gaveski m'a poussée.

— Cette petite merde.

— Maman, dit-elle en jetant un coup d'œil vers l'infirmière. « Merde » est un gros mot.

— Je croyais que Jimmy Gaveski ne t'embêtait plus, dis-je. Je croyais qu'il s'en prenait à un autre gamin.

— Il ne m'embêtait pas, c'était ça le problème. Il embêtait George.

— Qu'est-ce que tu veux dire ?

Abby se redressa pour mieux expliquer. Je tentai d'abord de l'en empêcher, mais l'infirmière déclara que ce n'était pas grave si elle s'en sentait capable – et c'était clairement le cas. Elle balança les pieds par-dessus le bord du lit de camp et fit des gestes avec les bras.

— Jimmy n'arrêtait pas de pousser George par terre. Tu sais, cette partie de la cour avec toutes ces grosses racines d'arbre partout ?

Je ne savais pas, mais acquiesçai malgré tout.

— Il l'a poussé dans les racines. Il répétait : « Arrête de trébucher ! Arrête de trébucher ! » Mais alors il le poussait et le faisait trébucher. George avait les genoux qui saignaient et tout.

Sur ce, elle pointa le doigt vers l'autre bout de la pièce, et je remarquai pour la première fois un deuxième lit, dans lequel était allongé un garçon de la taille d'un élève de maternelle. Il avait des pansements sur les genoux, ainsi que sur les talons de ses paumes.

— Salut, George, dis-je.

— Bonjour, dit-il en levant une main pansée pour me saluer.

Je me retournai vers Abby.

— C'est pour ça que Pissfroc Gaveski t'a poussée ? Tu prenais la défense de George ?

Abby hocha vigoureusement la tête.

— C'est ça. J'ai dit : « Laisse tomber, Jimmy. Ce n'est pas cool. »

Elle se tourna vers O'Connor, et, au regard qu'ils échangèrent, je devinai qu'il lui avait appris cette phrase. Le reste de ce qu'elle avait à dire était aussi adressé à O'Connor.

— J'allais lui faire un Poulet accroupi, poursuivit-elle. Ou peut-être un Poing de glace. Mais il a joué en coups bas et m'a flanquée dans la palissade pendant que j'étais encore en train d'aider George à se relever.

— Mais pourquoi, mon ange ? demandai-je.

Je sentais toutes mes vieilles angoisses au sujet d'Abby ressurgir en déferlant dans mon corps comme de l'eau glaciale dans le *Titanic*.

— Il te laissait enfin tranquille ! m'exclamai-je. Il était passé à autre chose. Pourquoi intervenir comme ça et jeter de l'huile sur le feu ?

C'était une question pleine de lâcheté ; je le sus à l'instant même où je la formulai. Et la lâcheté n'était pas du style d'Abby.

— Maman ! me dit-elle, comme si la réponse était tellement évidente qu'il lui paraissait incroyable de devoir la formuler. Quelqu'un *devait* aider George.

Il fut convenu qu'Abby devait rentrer à la maison – et avoir un cône de glace sur le chemin pour son courage. L'infirmière explora les cheveux d'Abby avec ses doigts pour me montrer l'entaille dans le cuir chevelu, qui n'avait vraiment rien d'inquiétant pour un épanchement pareil. Elle faisait peut-être un pouce de long, mais elle était fine, propre et formait déjà une croûte. L'infirmière dit que nous pouvions aller la faire recoudre si nous le souhaitions, mais estimait que ça guérirait très bien sans cela.

— Personne ne verra la cicatrice sous tous ces beaux cheveux, dit-elle.

Depuis l'autre bout de la pièce, George ajouta :

— En plus, c'est trop classe, les cicatrices.

Pendant tout ce temps, O'Connor fut absolument silencieux. Il se tenait à côté de moi, comme prêt à me rattraper une fois encore, et ne prononça pas un mot. Enfin, jusqu'à ce que nous passions devant le bureau de la principale en sortant, et que nous voyions le fraîchement suspendu Pissfroc assis sur un banc, attendant qu'on vienne le chercher pour le reconduire chez lui.

— C'est lui, dit Abby, tandis que nous approchions, en s'arrêtant pour le pointer du doigt. C'est Pissfroc Gaveski.

Nous fîmes tous halte, nous retournâmes et le dévisageâmes. Il nous jeta un coup d'œil, puis détourna la tête. Pour une raison que je ne parvenais pas à m'expliquer, je m'étais attendue à un roux. Dans mon esprit, c'était une petite brute emblématique de sitcom – un gamin à taches de rousseur, grand et méchant, avec un nez retroussé et un rictus moqueur. Mais ce n'était pas ce que je voyais sur le banc. Le vrai Pissfroc avait les cheveux ternes et des traits quelconques. Il avait un nez, des yeux, une bouche et des oreilles, mais je ne pourrais pas vous en dire beaucoup plus. S'il s'orientait vers une vie de criminel, il avait choisi la bonne profession. Vous ne désigneriez jamais ce gamin au cours d'une séance d'identification.

— C'est l'enfant qui t'a poussée ? demanda O'Connor à Abby, parlant à haute voix pour la première fois depuis que nous étions arrivés à l'école.

— Oui, dit Abby.

— C'est l'enfant qui t'a insultée toute l'année et s'est moqué de toi ?

— Oui.

Sans un mot de plus, O'Connor rejoignit Pissfroc en une enjambée, le saisit par le bras et l'arrière du col et le sortit directement par les doubles portes qui menaient à la cour. Tandis que celles-ci se refermaient dans un bruit métallique derrière eux, Abby et moi nous tournâmes l'une vers l'autre pour revenir sur terre – puis nous empressâmes de les suivre. O'Connor et Pissfroc étaient à quelques pas devant nous, et, quand O'Connor le lâcha, le pauvre môme trébucha et percuta le sol. O'Connor pivota et croisa le regard d'Abby.

— Est-ce que c'est ta classe ? demanda-t-il.

Abby acquiesça.

— Hé, les CE1 ! cria-t-il alors, d'une voix si forte qu'elle choqua les enseignants jusqu'à les réduire au silence. Écoutez bien !

O'Connor attendit d'avoir l'attention de tout le monde. Pissfroc, trop pétrifié pour s'enfuir, attendit la prochaine attaque d'O'Connor.

— Ce gamin, annonça-t-il, a harcelé mon amie Abby Moran toute l'année. Et je suis ici pour vous dire que le harcèlement est terminé. (Il se tourna vers Pissfroc, mais continua de hurler.) Si tu touches encore Abby, même par accident, ou que tu lui donnes un nom d'oiseau, ou que tu oses même lui adresser la parole, je viendrai te trouver. Je n'ai pas encore décidé si j'allais te casser un bras, ou le cou, ou peut-être même si j'allais te faire sortir les yeux des orbites. Mais je te garantis que tu passeras chaque minute de chaque jour du restant de ta vie à regretter d'avoir même songé à embêter mon amie. Et si ça ne t'arrête pas, je reviendrai pour chercher tes parents, et ton frère, et ton chien, et ton hamster. Est-ce que tu m'entends ?

Pissfroc esquissa un hochement de tête ténu.

— Et c'est valable pour vous tous, poursuivit O'Connor, avec un geste circulaire. Si vous voyez cette petite merde faire du mal ou provoquer quelqu'un, vous l'affrontez pour l'en empêcher. Soyez courageux ! Faites ce qu'il faut ! Et ensuite, dites à Abby de m'en parler. Et je viendrai pourchasser ce gamin à la vitesse de l'éclair.

Les enseignants lui tombaient dessus à présent. Il y avait tellement de torts dans ce qu'il était en train de faire que j'étais persuadée qu'il finirait en prison. L'institutrice la plus près de nous commença à marcher vers lui d'un pas déterminé en lui assenant de sa voix d'institutrice :

— Monsieur, vous ne pouvez…

— Et ces enseignants ne peuvent pas vous protéger, rugit O'Connor par-dessus ce qu'elle disait en se retournant vers Pissfroc. Je défoncerai cette palissade avec mon camion, s'il le faut. J'écraserai tes animaux domestiques et hanterai tes rêves. Je te ferai regretter d'être né.

— Monsieur ! dit l'institutrice, complètement outrée. J'appelle le shérif !

Elle brandit son portable vers O'Connor comme s'il s'agissait d'une arme.

— Allez-y, la défia-t-il. C'est mon cousin.

Qui savait si c'était vrai ou non ? Ça lui cloua le bec aussitôt.

— Faites votre boulot, dit O'Connor le doigt pointé vers elle. Ou je le ferai à votre place.

J'étais certaine qu'aucun livre d'éducation au monde ne vous dirait de débouler dans l'école de votre enfant pour menacer de mutiler son tyran, et j'étais tout aussi certaine que s'ils pouvaient trouver un moyen de le faire, ces enseignants colleraient un dépôt de plainte et une ordonnance restrictive sur le dos d'O'Connor avant la fin de la journée. Mais, à cet instant, ne fût-ce que pour moi-même, j'officialisais la chose : j'aimais cet homme. Et alors, quand O'Connor passa en furie devant nous et regagna le couloir en franchissant de nouveau les portes telle une bourrasque, laissant bouche bée toute une classe d'enfants de sept et huit ans qui le suivirent de leurs yeux ronds, Abby et moi nous prîmes la main et le suivîmes. Mais pas avant qu'Abby ne se soit retournée vers Pissfroc, toujours par terre, et n'ait dit, dans un moment dont je me souviendrai jusqu'à la fin de mes jours :

— Prends ça, petite merde.

Sur le trajet du retour, avec Abby à l'arrière et O'Connor sur le siège passager, respirant toujours comme un taureau enragé, un détail me frappa.

— Abby, dis-je, Pissfroc Gaveski ne t'a jamais vraiment laissée tranquille, n'est-ce pas ?

Abby attendit une minute avant d'admettre :

— Pas complètement.

J'aurais préféré ne pas avoir raison.

— Sérieusement ?

— En gros, il a arrêté, précisa Abby. Mais il m'appelle toujours la Boiteuse.

— Pourquoi ne me l'as-tu pas dit ?

Elle haussa les épaules.

— Abby, répétai-je. Pourquoi ne m'en as-tu pas parlé ?

Elle regarda par la vitre une seconde, puis répondit :

— Je ne sais pas. J'imagine que je ne voulais pas que tu aies l'impression d'être nulle comme maman.

— Pourquoi est-ce que j'aurais cette impression ?

— Je ne sais pas, dit-elle en reportant son regard vers la vitre. Parce que tu ne pouvais pas me protéger, je pense.

J'inspirai et sentis le picotement des larmes qui montaient.

— Tu sais quoi, mon chou ? Je ne pourrais jamais me sentir nulle comme maman. Je suis une maman géniale. Et tu sais ce qui me rend géniale ?

Elle secoua la tête.

— C'est que je me donne tellement de mal. Parfois je vous déçois, et parfois j'oublie votre déjeuner, et il est certain que je ne peux pas vous protéger de tout. Mais je n'abandonne pas. Même si je commets des erreurs, et même si je suis très loin d'être la mère parfaite que je rêverais que vous ayez Tank et toi, quoi que ça me coûte, je me relève après chaque chute, j'y retourne et je persévère – plus que je ne l'ai jamais fait pour quoi que ce soit dans ma vie. Parce que… (Et là, une autre vérité me frappa pour la première fois.) … vous élever, Tank et toi, est la chose la plus importante que je ferai jamais.

— Tu te donnes vraiment du mal, maman, confirma Abby.

Je hochai la tête, avec le sentiment que je lui donnais une formidable leçon de vie.

— Et c'est ce qui rend n'importe qui génial pour n'importe quoi. Juste persévérer à fond.

Abby assimilait mes propos.

— Tu entends ça, n'est-ce pas ? demandai-je. Parce que c'est probablement la chose la plus intelligente que je t'aurai jamais dite.

— Je l'entends.

— Bien.

— Mais… maman ?

— Oui ?

— Il *faut* que tu arrêtes de dire des gros mots.

Lorsque nous arrivâmes à la maison, je marquai une pause dans la cour pour remercier O'Connor, mais alors je n'étais pas sûre de ce que je devais dire.

— Est-ce que le shérif est réellement ton cousin ?

Il acquiesça.

— Mais je bluffais. En vérité, il adorerait me mettre en prison.

J'avais envie de lui prendre la main, la serrer, le regarder dans les yeux et lui dire combien j'étais reconnaissante pour ce qu'il venait de faire. Mais j'hésitai, et, à ce moment-là, il regarda Abby, qui allait clairement mieux et se ruait vers les balançoires en pneus. Il hocha la tête dans sa direction.

— Tu ferais mieux de la rattraper. Tu ne voudrais pas que cette éraflure recommence à saigner.

Je ne le voulais assurément pas. Je me retournai pour la rameuter juste au moment où Jean descendit les marches de derrière et vit Abby. Elle ne paniqua pas, ce qui était tout à son honneur.

— Tu t'es fait une petite éraflure ?

Abby acquiesça.

— Tu sais ce que ça veut dire…

Abby secoua la tête. Jean pointa le doigt vers elle.

— Glace au dîner.

Abby vérifia mon expression.

— Vraiment ?

Je regardai Jean comme si elle était complètement folle.

— Je suppose que oui, dis-je.

Je me retournai vers O'Connor pour voir s'il apprécierait de manger de la glace au dîner, lui aussi – mais il avait déjà quitté la cour. Jean alla chercher Tank pendant qu'Abby et moi montions à l'étage pour passer le reste de l'après-midi à lire, jouer à la Pêche, et ajouter des savons dans un bain luxueux. Après l'heure du coucher, je descendis l'escalier dans des craquements, allai dans la cuisine, me livrai à Jean et laissai toute ma rage déborder en faisant les cent pas pieds nus.

— Est-ce que tu as vu son tee-shirt ? demandai-je avec véhémence. Elle a dû perdre la moitié de son sang.

Jean m'avait préparé une tasse de thé, mais elle avait refroidi pendant que je fulminais.

— Le tee-shirt était dans un sale état, concéda Jean. Mais, au moins, ce n'était pas injustifié.

— Injustifié ?

— Ce que je veux dire, expliqua-t-elle en relançant un tour de bouilloire, c'est qu'au moins il s'agissait d'une bagarre de cour de récré. Qu'au moins Abby n'était pas une malheureuse victime.

— Elle *était* une victime !

Jean acquiesça.

— Mais il ne faisait pas que l'embêter. Ils étaient adversaires.

— Quelle importance ? Il l'a poussée dans une palissade.

— Mais, dit lentement Jean afin que je puisse reprendre mon souffle, elle lui tenait tête quand il a fait ça. Et même pas pour elle – pour quelqu'un d'autre. Elle a choisi de s'opposer à lui.

— Et maintenant elle a une entaille dans le crâne pour le prouver.

— Ce que je veux dire, poursuivit Jean, tout en patience, c'est que le fait qu'elle ait pris la défense de George me dit qu'elle n'a pas peur. Elle s'est vue assez forte pour le protéger.

— Mais elle ne l'était pas.

— Ce n'est pas grave. Ce qui compte, c'est qu'elle ait essayé.

— Ne vient-elle pas d'apprendre que quand on défend les autres on se fait défoncer le crâne ?

Jean secoua la tête.

— Non. Elle a appris qu'en défendant les autres, on se sent plus courageux. Elle a appris qu'on se sentait bien en faisant ce qu'il fallait. Et elle a appris que même se faire entailler le crâne ne va pas la briser.

J'y réfléchis.

— N'as-tu pas vu son visage ce soir ? dit Jean. Ne l'as-tu pas entendue raconter l'histoire en boucle ? Elle est fière d'elle. Et pas parce que nous lui avons dit qu'elle avait fait une bonne action. Parce qu'elle sait jusque dans sa chair qu'elle a fait une bonne action. Elle est fière d'elle de l'intérieur.

Abby avait *en effet* paru terriblement joyeuse cet après-midi-là, pensai-je. J'avais mis ça sur le compte d'un résidu d'adrénaline.

— Tu ne pouvais pas arrêter cette brute, poursuivit Jean, les yeux brillants. Même si tu le voulais. Je le voulais, aussi. Mais il s'est produit quelque chose de mieux. Abby l'a arrêtée elle-même. Elle nous l'a montré à tous.

— Crois-tu vraiment qu'on l'ait arrêté ? demandai-je, craignant même de l'espérer.

— Peu importe ce qu'il fait. Peut-être qu'O'Connor l'a convaincu de changer de fonctionnement en l'effrayant, ou peut-être qu'il l'a juste rendu pire qu'avant. Dans les deux cas, il ne harcèlera plus Abby. Parce qu'elle n'est plus une victime.

Je voulais trop la croire pour vraiment m'y autoriser. Mais je cessai enfin d'arpenter la pièce, m'assis et me pris la tête dans les mains. Toute la tension de la journée m'avait vidée, et je me sentis soudain comme une version humaine d'un poulet en caoutchouc. Je fus même incapable de répondre quand Jean me dit que le thé frais bouillait. Elle regarda vers moi, m'examina assise à table et dit :

— Va te coucher. Tu ressembles à un poulet en caoutchouc, ajouta-t-elle.

Je me redressai de stupéfaction.

— Je pensais à l'instant – *à l'instant même* – que c'était précisément comme ça que je me sentais.

Jean haussa les épaules.

— Ça se voit.

Elle sécha la dernière théière propre avec un torchon pendant que je l'observais. Quand je finis par me lever pour emporter ma tasse encore pleine dans l'évier, j'eus le réflexe pavlovien de chercher la caravane d'O'Connor par la fenêtre de la cuisine. Mais elle n'était pas là.

— Où est la caravane ? demandai-je.

— O'Connor l'a prise.

Jean passait un petit coup de balai à présent.

— Pour aller où ? m'enquis-je en vérifiant dehors une deuxième fois.

Jean ne semblait pas sûre de ce qu'elle devait répondre.

— Il voulait t'en parler, dit-elle. Il a attendu longtemps ici cet après-midi en espérant te voir.

— Mais ?

— Quand il a commencé à se faire tard, il a dû partir.

— Où ? demandai-je, sentant mon cœur se serrer.

— Je ne peux vraiment pas le dire, répondit-elle en soupirant. Il voulait discuter en personne avec toi.

Jean était véritablement une tombe, et j'adorais ça chez elle – d'habitude.

— Tu ne peux pas le savoir et ne pas me le dire !

Elle secoua la tête.

— Il m'a spécifiquement demandé de le laisser gérer ça.

— Gérer quoi ?

Jean rangea le balai.

— Ce n'est pas mon rôle de tenir les conversations d'O'Connor à sa place. Surtout celles de ce genre.

— Jean, tu me tues.

— Il t'expliquera tout quand il pourra.

— Dis-moi juste où il est parti, demandai-je, estimant que cette seule information convenable suffirait.

Et alors Jean, ayant finalement pitié de ma tête épuisée – tout en sachant parfaitement que cette information ne suffirait pas, même de loin – établit le record du plus copieux renseignement qu'elle laisserait jamais échapper sur la vie d'une autre personne :

— Il est allé à Austin.

— Austin, ça craint, déclara Sunshine dans la grange de traite le lendemain.

Elle était désormais de retour plus ou moins en tant que trayeuse remplaçante.

— Pourquoi ?

— Premièrement, sa femme est là-bas avec sa sœur maintenant.

Elle comptait sur ses doigts, comme si elle reconstituait un grand mystère.

— Deuxièmement, il a mis leur maison en vente ici, poursuivit-elle. Et troisièmement : Russell vient de me raconter qu'un pote d'O'Connor du Service d'incendie d'Austin lui a trouvé un boulot vraiment génial là-bas. (Elle se tourna pour m'adresser un haussement d'épaules.) Alors on dirait qu'il a peut-être simplement déménagé.

Je bondis et manquai de renverser mon seau à lait.

— Quoi ? demanda Sunshine.

— Pourquoi est-ce qu'il déménagerait ?

— Peut-être qu'il voulait être plus près de sa femme. Peut-être qu'il voulait un vrai job.

Je fis un geste vers Betsy Ross, perchée sur la plate-forme de traite.

— C'est un vrai job, ça.

— Non. Tu l'as dit toi-même.

— Mais il ne disparaîtrait pas comme ça.

— Jean a dit qu'il avait attendu tout l'après-midi pour te parler, dit Sunshine. Peut-être qu'il attendait pour te dire au revoir.

La situation était tellement à l'envers : Jean ne pouvait pas me dire ce qui se passait avec O'Connor parce qu'elle *savait*, mais Sunshine pouvait continuer indéfiniment sur le sujet parce qu'elle ne savait *rien*. Mais plus j'y songeais, plus les éléments s'emboîtaient. J'avais beau essayer de les assembler d'une autre manière, ils semblaient ne coller vraiment qu'à un scénario : que Sunshine avait raison. O'Connor était parti. Il avait attelé cette caravane et nous avait laissés en plan.

Chapitre 24

Les jours qui suivirent, j'observai Abby de près. Et Jean, pour sa part, m'observa.

— Tu as l'air un peu tendue, me dit-elle un matin.

J'y songeai.

— Je le suis.

Elle m'étudia encore un moment.

— Parce que Russ et moi nous disions combien ce serait amusant d'amener les enfants camper ce week-end.

— Camper ? demandai-je, comme si je ne savais pas ce que c'était.

— Bien sûr. Une aventure ne leur ferait pas de mal. Une pause ne te ferait pas de mal non plus.

— Je ne sais pas, dis-je. Et la tête d'Abby ?

Le camping ne paraissait pas très aseptisé.

— Il y a une croûte sur toute l'entaille. Nous n'irons simplement pas nous baigner.

Je ne voulais pas laisser Abby aller camper. Je voulais juste la garder à la maison et avoir les yeux rivés sur elle jusqu'à ce qu'elle soit guérie et comme neuve. Mais Jean n'allait pas me laisser m'en tirer comme ça.

— Alors c'est réglé, dit-elle.

Ils iraient tous les quatre à Enchanted Rock avec la tente familiale de Russ, et je resterais à la maison à boire un verre de vin. Ou plusieurs.

— Peut-être que je devrais venir aussi, dis-je en sourcillant vers elle.

— Toi, dit-elle en souriant, tu n'es pas invitée.

Au final, je les laissai y aller. J'avais effectivement besoin d'une pause. J'avais aussi besoin de sommeil, après tant de nuits à m'agiter dans tous les sens. Jean voulait que je mange un bon dîner, que je détrempe dans un bain moussant bien chaud, et que je lise un livre – de préférence tout en même temps. Mais je ne fis rien de tout cela. Le jour où ils partirent, j'étais si fatiguée que j'étais profondément endormie à 19 h 30.

Le lendemain matin, je me réveillai avant que Dubbie chante. Sunshine ne vint jamais, et je fus donc seule durant le lever du soleil – me chargeant de la traite et du chargement du camion pour le marché des fermiers, mes pieds bruissant ce faisant dans les longues herbes. Je progressai si silencieusement dans les routines du samedi matin que toute la solitude que j'avais été trop somnolente pour remarquer la veille sembla m'arroser comme la pluie. Avec tout le monde absent, je n'avais personne à qui parler à part moi, ni rien pour orienter mes pensées à part leurs propres caprices. Ce qui me taraudait vraiment ce matin-là, tandis que je conduisais sur l'autoroute vers Houston, c'était combien je m'acharnais à essayer de me construire une vie – une solide, sur laquelle je pourrais compter –, et combien l'univers ne cessait de se mettre en travers de ma route. J'avais eu Jean, mais ensuite ma mère m'enleva à elle. J'avais trouvé Danny, mais ensuite il mourut. J'avais trouvé O'Connor – ou du moins l'avais-je voulu – mais à présent, apparemment, il avait déménagé. Jean avait appris aux enfants, quand ils avaient du mal à s'endormir le soir, à compter leurs chances plutôt que les moutons. Elle leur avait littéralement fait rédiger des listes de toutes les choses pour lesquelles ils étaient reconnaissants. Je passai toute ma matinée silencieuse au marché des fermiers à essayer de me convaincre de faire pareil. Mais je n'avais pas envie de compter mes chances ce jour-là. J'avais juste envie de me morfondre.

La fin d'après-midi fut identique. En gros, je fis des allers-retours sans répit à la grange, gardai un œil sur les chèvres et le jardin, et maintins mon corps en activité pour essayer de distraire mon esprit. Enfin, de désespoir, je pris le bain et le livre pour la forme, mais atteignis difficilement la béatitude réparatrice que Jean avait espérée. Pour le dîner, je me fis une grande salade raisonnable avec concombres, laitue et carottes du potager. Je la mangeai seule dans la cuisine, en écoutant le tic-tac de l'horloge et les voitures passer en fonçant sur l'autoroute en bas. J'avais à peine décidé d'aller chercher le premier volume du livre de zombies de Jean quand le téléphone sonna. Au bruit, je me levai littéralement d'un bond, les lieux avaient été si tranquilles depuis si longtemps. Puis je me dirigeai vers l'appareil et prononçai mon premier mot de tout l'après-midi.

—Allô ?

C'était Sunshine.

—Qu'est-ce que tu fais ce soir ? demanda-t-elle. J'ai des ragots d'enfer sur O'Connor.

—Des ragots ?

—Tu veux entendre ça ?

Je ne fis qu'acquiescer, mais elle poursuivit quand même.

—J'ai parlé à Russ hier, en le poussant à lâcher le scoop, et même s'il ne m'a donné aucune information actuelle sur ce que fabriquait O'Connor à Austin, j'ai obtenu autre chose de lui.

—Pourquoi ne pas me l'avoir dit hier ?

—J'avais un rencard hier. Tu ne veux pas savoir ce qu'il a dit ?

—Quoi ?

—O'Connor n'est pas marié.

Je retins mon souffle.

—Pas marié ?

—Eh nan.

—Mais…

Mon esprit clignota comme s'il allait court-circuiter.

—Je sais ! dit-elle, ravie d'avoir les preuves qu'il fallait. Écoute ça : ils sont divorcés.

—Mais…

—Je sais ! répéta-t-elle. Et Russ en a la certitude, parce que c'est lui qui a rédigé les papiers.

—Pourquoi seraient-ils encore ensemble s'ils sont divorcés ?

—Eh bien, dit-elle en se préparant à envoyer l'histoire complète, O'Connor ne voulait pas divorcer. C'est elle qui l'a quitté. Il a signé les papiers parce qu'elle a insisté, mais ensuite il a essayé de la récupérer. La nuit de l'accident, O'Connor l'avait convaincue de sortir tous les deux.

—Est-ce qu'elle allait le reprendre ?

—Apparemment, elle y songeait.

J'absorbai tout ça.

—Et ensuite, sur le chemin du retour…

—Un gamin sur son portable a grillé un feu rouge à toute allure, dit Sunshine. Et a totalement écrasé le côté de la voiture d'Erin.

—Merde.

Sunshine hocha la tête.

—O'Connor a passé des mois à dormir sur un canapé dans sa chambre d'hôpital. Et lorsqu'elle a été en état de rentrer chez elle, elle n'avait nulle part où aller. Sa sœur était hors du pays et voulait la placer dans un institut, mais l'assurance ne couvrait que trois mois.

— La sœur n'est pas rentrée ?

— Eh non, à cause du job de son mari. Ils avaient un contrat pour rester trois ans.

— Mais maintenant le contrat est arrivé à terme et ils reviennent, dis-je.

— Exactement. En plus, Erin et sa sœur ne se sont jamais beaucoup appréciées. Donc voilà.

À présent, tout s'assemblait.

— Il ne voulait pas que la sœur emmène Erin, mais après la crise cardiaque de sa voisine, il est arrivé à court d'options.

— Il ne pouvait pas travailler, intervint Sunshine. Il épuisait toutes ses économies. Et ce n'est pas un mec d'intérieur. Tu as vu comme ça le rendait fou…

J'avais vu.

— Donc il a laissé la sœur la prendre, dis-je, et il a déménagé à Austin pour garder un œil sur elle.

— C'est ce qu'on dirait. (Je lâchai un soupir.) Ça fait beaucoup à digérer, dit Sunshine. Je suis libre si tu as besoin de compagnie.

J'avais absolument besoin de compagnie. J'en avais tellement marre de la déprimée que j'étais, que j'aurais pu porter une pancarte : TRAVAILLERA CONTRE DE LA COMPAGNIE. Mais, en général, Sunshine n'était plus libre les samedis soir.

— N'as-tu pas de rendez-vous ?

— Pas ce soir. Il joue au billard avec les gars. On se rejoint plus tard.

Nous convînmes de nous retrouver à la maison hantée. Je devais m'occuper des chamallows, elle des bières.

J'étais folle de joie à la perspective d'avoir quelqu'un à qui parler. La dernière personne avec qui j'avais envie de passer la soirée, c'était moi.

— N'est-ce pas génial ? dit Sunshine avant que nous raccrochions. O'Connor est libre. Il n'est pas tragiquement pris, finalement. Il était dispo pendant tout ce temps.

Mais ce n'était pas génial, en vérité. Et plus j'y pensais, assise devant le feu avec un sac de chamallows sur les genoux en attendant Sunshine, plus je m'apercevais combien ce n'était pas génial du tout. Ma première réaction en entendant l'histoire avait été la même que Sunshine – s'il n'était pas marié, il y avait au moins un espoir que nous puissions, éventuellement, nous mettre ensemble. Mais ensuite je commençai à me dire que si nous n'étions pas déjà ensemble, malgré les multiples occasions et mon envie accablante, et si ce n'était pas une obligation dramatique quelque part ailleurs qui avait retenu O'Connor, alors il devait exister une autre raison. Et la seule que je puisse imaginer était que je ne l'intéressais pas. Ce qui était pire qu'un tragique obstacle. Parce que ça faisait de moi une idiote. N'est-ce pas la règle avec les mecs ? Si vous pensez qu'ils n'ont pas l'air intéressés, c'est qu'ils ne le sont pas. Je passai mes souvenirs en revue. Avais-je tout fantasmé ? Il avait paru intéressé au marché des fermiers quand il m'avait donné ce faux baiser, mais peut-être qu'il jouait simplement bien son rôle. Il avait paru intéressé le soir de la fête d'anniversaire de Jean, mais peut-être s'était-il juste senti navré pour moi. Et il avait paru intéressé le soir où il avait bu son poids en Budweiser et était ensuite venu cogner à la porte, mais cela, avais-je déjà déduit, n'était rien de plus que les lunettes déformantes de la bière. Plus j'y pensais, plus il semblait clair que j'avais laissé mes propres délires de concrétisation biaiser mes perceptions. J'avais développé un faible pour ce type qui ne se doutait de rien, et tissé par la suite une histoire tragico-fictive à travers chacun de nos échanges afin que ce faible semble viable.

J'éprouvai un embrasement cuisant d'humiliation. Je ne m'étais pas exactement jetée dans les bras d'O'Connor, mais je ne m'étais pas retenue non plus. Je n'avais pas flirté, mais je n'avais pas masqué mes sentiments. Mes paroles étaient toujours convenables, mais mes yeux, je le savais, exprimaient plutôt l'inverse. Et ce fut la réflexion qui me frappa au moment même où Sunshine montait l'allée de gravier en pédalant vers la maison hantée. Tandis que je marchais à sa rencontre, j'étais préparée à faire une obsession sur ces nouvelles informations, examiner et théoriser sur chacun des angles. Mais Sunshine ne se trouvait plus en condition de faire ça. Car, lorsque je la rejoignis, elle avait laissé tomber son vélo dans la cour et elle pleurait.

— Quoi ? dis-je, en me hâtant de me rapprocher. Qu'est-ce qui s'est passé ?

Mais elle ne répondit pas. Elle se contenta d'essuyer ses joues et de me pousser pour aller se planter auprès du feu. Je suivis.

— Qu'est-ce qu'il y a, Sunny ?

Elle riva les yeux sur les flammes et secoua la tête.

— Je ne peux pas t'aider si tu ne me racontes pas, dis-je.

C'était quelque chose que j'avais dit cent fois à Abby. Finalement, sans se tourner pour croiser mon regard, elle sortit un bout de papier roulé en boule de sa poche arrière et me le tendit de côté.

Je le pris et le déployai, un pli après l'autre. Mais, avant même d'avoir terminé, je sus ce dont il s'agissait. La une du journal à scandale.

— D'où est-ce que ça vient ? demandai-je, sans regarder.

Puis les larmes arrivèrent pour de bon.

— La mère de Marshall a un abonnement.

— Je suis désolée, dis-je. Nous avons essayé de tous les récupérer.

Sunshine regarda vers moi.

— Vraiment ?

J'acquiesçai.

— Jean et moi avons fait le tour de la ville le matin où ils ont été livrés, et nous les avons tous ramassés pour les brûler dans la fosse à ordures.

Elle sourit et se mit à pleurer plus fort en même temps.

— C'est vrai ?

Je hochai la tête. Puis je la pris dans mes bras.

— Je ne peux simplement pas y échapper, dit-elle, tout étouffée dans ma chemise. C'est comme si mon ancienne vie refusait de me lâcher.

— Tu t'es déjà échappée, dis-je en lui caressant les cheveux. Ces trucs ne peuvent pas t'atteindre.

— Mais ils peuvent me hanter.

— Eh bien, dis-je, nous sommes tous hantés par quelque chose.

Et je fus frappée par la véracité de cela. Sunshine s'essuya le visage avec son tee-shirt, prit quelques profondes inspirations, puis dit :

— J'ai rompu avec Marshall, au fait.

— Quoi ? Pourquoi ?

— Je ne sais pas, dit-elle. Parce que !

Je brandis la une scandaleuse.

— Comment as-tu trouvé ça ?

— Je suis passée chez lui pour un bisou en venant ici. Et c'était sur son canapé.

— Et c'est pour ça que tu as rompu avec lui ? Parce que c'était dans sa maison ?

— Parce que c'était dans sa maison. Parce qu'il ne m'en a pas parlé. Parce que maintenant il l'a vu, et ça rend la chose réelle, et que plus rien ne sera plus jamais pareil.

— Il a toujours su qui tu étais, dis-je. Ce n'est pas comme s'il l'ignorait.

— J'en ai fini avec tout ça, dit-elle. J'en ai fini avec les hommes. Avec l'amour. Je vais déménager en Antarctique.

— Tu es consciente que personne n'habite réellement en Antarctique. Juste les pingouins.

— Très bien. C'est parfait. J'adore les pingouins.

De sa poche retentit le bruit étouffé de son téléphone qui sonnait : Aretha Franklin. Elle le sortit et consulta le numéro.

— C'est lui, dit-elle.

— Réponds.

Mais elle riva les yeux dessus tandis qu'Aretha continuait de chanter. Je pointai mon index vers elle.

— Les hommes peuvent causer toutes sortes d'ennuis, dis-je. Mais ils sont mieux que les pingouins. Et ce n'est pas sa faute si sa mère lit des torchons.

— Bien, dit-elle.

Elle porta le téléphone à son oreille et répondit par :

— Peu importe.

Elle resta longtemps silencieuse en écoutant Marshall. Il avait beaucoup à dire, et elle allait l'entendre. Je regardai son expression s'adoucir à mesure qu'il poursuivait, puis, après un moment, elle prononça le seul mot avec lequel elle contribua à toute la conversation :

— OK.

Et elle raccrocha. Elle releva les yeux vers moi.

— Je dois y aller, annonça-t-elle.

— Qu'est-ce qu'il a dit ?

—Il a dit qu'il ne regarderait plus jamais un Snickers de la même manière.

Je passai mes bras autour d'elle et l'étreignis.

—Alors ? Tu te sens mieux maintenant ?

—Qu'est-ce que je peux dire ? Il est persuasif.

Puis Sunshine se tourna vers le feu, chiffonna la page de journal et l'y jeta. Nous la regardâmes s'enflammer et brûler, puis je dis :

—Brave fille.

Avant qu'elle s'en aille, Sunshine marqua une pause, inquiète de me laisser seule.

—Qu'est-ce que tu vas faire ?

Je haussai les épaules.

—Rester ici et me faire une séance.

—Passe mon bonjour à Danny.

—Mais tu sais quoi ? poursuivis-je. Je pense que ce sera ma dernière.

Sunshine acquiesça, comme si elle comprenait vraiment. Comme s'il était aussi clair pour elle que pour moi que tout devait changer. Parce que nous n'avions réellement plus besoin de ces séances, si cela avait un jour été le cas. Elle s'inclina pour m'embrasser la joue.

—Merci d'être mon amie, dit-elle.

Bien après son départ, je me tenais devant le feu, observant les flammes, et, sans en avoir vraiment l'intention, je parlai à Danny.

—C'est la dernière, tu sais, dis-je à voix haute. Et tu ne peux pas te disputer avec moi, parce que tu es mort. Si tu ne le savais pas.

Il me manqua cruellement à cet instant. Je me sentis seule comme jamais. Et découvrir qu'O'Connor ne me portait pas l'intérêt que je croyais me donna absolument hâte de courir dans les bras de quelqu'un qui m'en portait.

Mais ces bras n'étaient plus là, bien entendu. Il n'y avait personne vers qui courir.

Je croisai les miens autour de ma taille dans un geste de réconfort. Mais, lorsque le vent se leva, il me transperça quand même. Alors je pris conscience de quelque chose : Danny me manquerait toujours. Peu importe combien ma vie se remplissait, il y aurait toujours un vide là où sa présence vivante s'était trouvée. Mais la vérité, c'était que j'allais déjà mieux. Et pas malgré ce vide – mais à cause de lui. La perte de Danny était à présent une part de l'histoire de ma vie. Et ce n'était pas grave. Les choses que j'avais n'étaient pas annulées par celles que je n'avais pas. En fait, me languir de certaines choses rendait les autres plus douces. De plus, la pire chose que j'aurais pu imaginer m'était arrivée, mais ça allait quand même. Et pas seulement ça : je me tenais devant un magnifique feu par un soir venteux, vaillante dans une nature sauvage, non loin de la maison de mon enfance depuis longtemps perdue.

Vous ne pouvez pas juste vous souhaiter de la force. Ni de la sagesse. Ni de la résistance. Ces choses doivent être gagnées. Je me sentis sereine en y songeant. Je n'aurais jamais échangé Danny contre ces choses-là. Maintenant que je les avais, toutefois, je n'avais d'autre choix que d'être reconnaissante. Et j'étais tellement perdue dans l'idée, et l'univers paraissait si connecté, impétueux et magique à cet instant, que lorsque Sunshine revint, arriva derrière moi et fit craquer une brindille sous sa chaussure, je crus sincèrement pendant une demi-seconde qu'il s'agissait de Danny. Mais ce n'était pas lui. Et ce n'était pas Sunshine non plus. C'était O'Connor.

— Salut, dit-il, s'arrêtant dans son élan.

J'étais si surprise que j'en restai muette. Tout mon calme disparut au moment où je vis son visage. Juste une seconde plus tôt, j'étais en paix avec toute la solitude, le chagrin et la tragédie de l'univers. Mais rien qu'un regard dans ses yeux bleus me renvoya directement en guerre.

— Où sont tous les autres ? demanda-t-il.

— Ils campent à Enchanted Rock. Comment m'as-tu trouvée ? demandai-je ensuite.

— Sunshine.

Je hochai la tête, puis me retournai vers le feu. J'étais si absurdement excitée de le voir que ça me donnait envie de le gifler. Il me rejoignit et nous restâmes debout côte à côte à regarder les flammes.

— Comment va Abby ? s'enquit-il.

— Elle va bien, en fait. Elle est un peu devenue une célébrité de CE1.

O'Connor acquiesça.

— Comme elle le devrait.

— Et, bien entendu, elle a l'éternelle dévotion de George, ajoutai-je. S'il pouvait se faire tatouer le prénom d'Abby, il le ferait.

— L'entaille guérit ?

— Ouais.

— Eh bien, c'est forcément le cas, dit-il ensuite, si tu laisses Jean et Russ l'emmener camper.

Je souris malgré moi. Ça faisait du bien de me faire taquiner.

— Oui, dis-je, mais ils la gardent dans une tente exempte de germes, comme l'Enfant-bulle.

— Évidemment, dit O'Connor.

S'ensuivit une pause, puis il dit :

— J'ai une question pour toi.

Une question pour moi. Je retins mon souffle. À l'encontre de toute logique, raison, et tout bon sens de base, à l'encontre de tout ce que je savais et que j'avais compris, je fus soudain certaine que cet homme que je n'avais pas vu depuis des jours, que je n'avais même jamais vraiment embrassé, et que je n'intéressais pas du tout, allait me demander de l'épouser. Peut-être avait-il juste déménagé à Austin. Peut-être était-il encore amoureux de son ex-femme. Je m'étais efforcée des heures durant à accepter qu'il n'avait jamais été épris de moi comme je l'avais été de lui. Mais il y a une preuve de la manière dont l'espoir peut triompher de l'information. C'était triste, mais vrai : mon cœur s'envolait de désir.

— Quelle est la question ? demandai-je, mes paroles telles des plumes.

O'Connor fit un pas vers moi, puis un autre, et encore un autre. Il s'arrêta tout près, et me regarda droit dans les yeux.

— Est-ce que je peux avoir tes chamallows ? Je meurs de faim.

Je n'avais aucune idée de ce dont il parlait. Mais je baissai les yeux et m'aperçus qu'en réalité j'en tenais toujours un paquet. Malgré tout, je le dévisageai comme s'il m'avait parlé dans une autre langue.

— Les chamallows que tu as dans la main ? dit-il en les désignant d'un geste.

Je les regardai de nouveau, sentant toute la détresse, l'injustice et l'auto-apitoiement auxquels je venais de renoncer reprendre le dessus.

— Prends-les ! dis-je, mais en les jetant par terre.

Et avant même qu'ils atterrissent, je retraversai la cour à grandes enjambées vers ma voiture. O'Connor me suivit – sans s'arrêter pour ramasser les chamallows, ce qui était tout à son honneur.

— Hé, dit-il en me rattrapant. C'était quoi, ça ?

— Rien.

— Où est-ce que tu vas ?

— Nulle part, dis-je. Je ne vais nulle part.

Et c'était littéralement vrai. Car lorsque j'arrivai à ma voiture, le camion d'O'Connor, auquel était encore attachée sa caravane, la bloquait. Mais ça ne m'arrêtait pas. Je le contournai sans ralentir le pas. O'Connor était juste derrière moi.

— Tu es fâchée contre moi parce que je voulais tes chamallows ?

Tellement premier degré.

— Non, dis-je.

— Garde-les ! Je m'en fous.

— Il ne s'agit pas des chamallows.

Je savais où j'allais à présent. Le chemin forestier qui menait à la maison de Jean était de l'autre côté de la clairière. Si je ne pouvais pas partir en voiture, alors je marcherais.

— Mais qu'est-ce que *c'est*, alors ? exigea-t-il de savoir.

S'il l'ignorait, alors je ne pouvais pas le lui dire. Et le fait qu'il l'ignore – qui l'ait ignoré depuis le début – m'enveloppait littéralement de rage. Quasiment au même moment où ce sentiment surgit, O'Connor me rattrapa, me saisit le bras et me fit pivoter.

— Tu ne vas pas dans les bois, dit-il, une expression résolue sur le visage.

— Si.

— Je ne te le demande pas. Je te le dis. Tu ne vas pas dans les bois.

— Tu ne peux pas me dire ce que je dois faire, répliquai-je.

On aurait dit une gamine de quatre ans, même à mes propres oreilles.

— Tu veux aller t'engouffrer dans l'obscurité totale et trébucher sur un demi-kilomètre de sentier en descente sans éclairage ni marquage et bordé de ronces et de sumac vénéneux ?

— Oui ! dis-je. C'est exactement ce que je veux faire.

O'Connor semblait largué.

— Et la panthère ? dit-il enfin.

— La panthère ? dis-je, comme s'il était complètement fou. Rien à foutre de la panthère !

Je me retournai pour continuer mon chemin.

Mais il y eut de nouveau sa main sur mon coude qui me retenait, et, cette fois, il ne lâcha pas. Il plaça son visage juste devant le mien.

— Libby ! dit-il. Qu'est-ce qui se passe, bordel ?

— Je ne sais pas ! À toi de me le dire. Tu te pointes chez Jean au milieu de la nuit ivre mort et tu m'entraînes dans la cour, et puis tu débarques à l'école d'Abby comme un justicier, et puis tu disparais avec ta caravane délirante et Jean refuse de me dire où tu es parti, et puis tu déboules de nulle part et tu me demandes des chamallows ! *Toi*, dis-moi ce qui se passe ! Parce que je n'en sais foutrement rien.

Il était un peu essoufflé par la poursuite et la dispute. Il me lâcha le bras, et sa voix se fit plus calme.

— Je me suis comporté comme un cinglé, hein ?

— Ça, c'est sûr, dis-je, moi-même un peu plus calme.

— Je crois, dit-il alors en étudiant mon visage, si je suis vraiment honnête… Je crois que c'est parce que je suis amoureux de toi.

Le silence s'empara des lieux. Nous étions tous les deux légèrement hors d'haleine.

— Tu ne peux pas l'être, finis-je par dire.

— Je ne peux pas ?

— Et Erin ?

— J'aimais Erin, dit-il en acquiesçant, quand nous étions mariés. Mais lorsqu'elle m'a trompé et a ensuite divorcé de moi, ça a plutôt anéanti mes sentiments.

— Elle t'a trompé ?

Il hocha la tête.

— En effet.

— Et ensuite, vous avez divorcé ?

— C'est ça.

— Mais tu t'es occupé d'elle quand même.

Il acquiesça, et il me rappela tant Abby lorsqu'il précisa :

— Quelqu'un devait le faire.

— Et maintenant sa sœur est de retour, dis-je.

— Oui, à Austin.

— Est-ce là-bas que tu es allé ?

— Oui. Pour vérifier comment elle allait et voir l'installation.

— Et tu as déménagé à Austin, aussi.

O'Connor fronça les sourcils.

— Qui t'a raconté ça ?

— Sunshine.

Il secoua la tête.

— N'as-tu pas décroché un boulot de rêve ? demandai-je, au service incendie d'Austin ?

— J'ai décroché un *entretien* pour un boulot de rêve, rectifia-t-il. Mais je n'y suis pas allé.

— Pourquoi pas ?

— Parce qu'Abby s'est fait mal ce jour-là, et je t'ai accompagnée à son école à la place.

— Tu as bazardé ton entretien d'embauche pour venir avec moi ?

Il acquiesça.

— Pourquoi ? demandai-je.

— Parce qu'il était temps de botter généreusement le cul de Pissfroc Gaveski, dit-il avec un sourire. Et parce que, comme je le disais, je suis amoureux de toi.

— Tu ne peux pas l'être, dis-je. Je me suis jetée à ton cou pendant des mois et tu es resté totalement insensible.

Il cligna les yeux.

— Tu ne t'es pas jetée à mon cou.

— Si.

— Non. Tu as fait des séances de spiritisme pour entrer en contact avec ton défunt mari.

Un point pour lui.

— Mais elles n'avaient rien de vrai.

— Sunshine estimait qu'elles l'étaient. Elle m'a tout raconté à ce sujet. Elle allait faire en sorte qu'il vienne à toi toutes les nuits dans tes rêves. Parce que tu ne t'étais jamais remise de lui et que tu n'en avais jamais eu l'intention.

— Je me suis remise de lui. Il y a un bout de temps.

— Sunshine pense l'inverse.

— Pourquoi Sunshine a-t-elle le rôle de l'experte ?

Un point pour moi.

— Elle en avait l'air vraiment persuadée.

— C'est une actrice.

— Elle faisait semblant ?

— Elle était juste absorbée par toute l'histoire, dis-je, et le romantisme d'un mari perdu qui revient d'entre les morts. Tout comme je l'étais, un peu, au début. Mais ensuite nous sommes plus ou moins passées à autre chose.

— Pourquoi ? demanda-t-il.

— Je ne sais pas. Parce que nous nous amusions plus en buvant des bières et en faisant les andouilles. Ce truc de spiritisme n'était pas très intéressant.

Il me regarda comme si ma réponse était d'une importance vitale.

— Pourquoi ?

J'y réfléchis.

— D'une part, parce que c'était sans intérêt. Et de l'autre…

Malgré tout ce qu'il venait d'avouer et cet air haletant avec lequel il me regardait, je ne parvenais pas tout à fait à prononcer à haute voix les mots que j'avais en tête. Au lieu de ça, je tendis le bras vers lui et tirai sur l'ourlet de son tee-shirt jusqu'à ce qu'il se rapproche. Mais, une fois qu'il fut là, je ne pus me résoudre à lever les yeux. J'entortillai son tee-shirt autour de mes doigts. Il attendait une réponse – même si, en vérité, il l'avait déjà.

Je pensai à lui, à moi, et à l'espèce humaine en général – et combien nous sommes courageux, résistants et irrécupérables. Je me sentais tellement navrée pour nous, tout brisés et démoralisés, mais je nous admirais, aussi. On se débrouillait. On n'abandonnait pas. On trouvait des brins de bonheur accrochés aux ronces. On commettait toutes ces ridicules erreurs pour lesquelles les humains sont si célèbres. Je m'étais tant échinée à me bâtir une vie parfaite et intouchable. Mais les ennuis vous trouvent. La tragédie vous trouve. Et on s'acharne quand même. On espère le meilleur. On croit que l'on peut faire quelque chose pour nous-mêmes – quelque chose de bien qui durera –, même si nous savons simultanément que nous en sommes incapables. Et il y avait O'Connor, menant une existence à laquelle il ne s'était jamais attendu. Et il y avait moi, exactement pareille. Tous les deux encore en vie, et nous efforçant encore tous deux à faire ce qu'il fallait. Et je savais que le moment était venu d'arrêter de perdre du temps. Parce que tout cela – tout autour de nous – nous filait entre les doigts, à l'instant même où ça se produisait.

Il avait à présent ses mains sur moi. Elles étaient chaudes et calleuses, et avaient trouvé mes hanches sous ma chemise, juste là, au-dessus de mon jean. Il se pencha si près que je pus sentir son souffle dans mes cheveux. Je laissai mes mains imiter les siennes et se frayer à leur tour un chemin sous son tee-shirt. Il était l'heure d'être brave et d'avouer. Mais, avant que je ne puisse le faire, il inclina la tête pour appuyer son front contre le mien. Ses mains quittèrent mes hanches tandis qu'il les remontait vers mon visage. Il me releva le menton, je croisai son regard, et, à ce moment-là, il posa sa bouche sur la mienne. Un baiser différent de tous ceux que j'avais jamais reçus. Plus triste. Et plus déterminé. Nous n'avions rien d'un parfait livre illustré, me disais-je, et pour la première fois je comprenais la manière dont l'imperfection pouvait améliorer les choses. Nos vies ne s'étaient pas déroulées comme nous l'avions imaginé. Les éléments sur lesquels nous avions compté s'étaient échappés et nous échappaient encore – ce qui faisait de ce baiser ainsi que tout ce qui pourrait s'ensuivre davantage qu'une bénédiction. J'ignorais quels ennuis se profilaient, mais je savais que nous nous étions trouvés pour l'instant. Je resserrai ma prise sur lui tandis que le reste de mon être commençait à fondre.

— D'autre part quoi ? demanda-t-il alors, de nouveau, en abandonnant à peine le baiser. Quelle est « l'autre part » ?

— J'ai oublié de quoi nous parlions.

— Non, c'est faux dit-il en m'embrassant encore. Tu as dit « d'autre part »...

Et alors, avant que nous retournions à la caravane, que nous montions de côté les marches en vacillant, toujours en plein baiser et cherchant le lit à tâtons, et avant que je puisse m'abandonner au soulagement béat de ne pas être seule, et avant qu'O'Connor puisse sortir à minuit d'un pas hésitant et pieds nus jusqu'aux braises du feu pour récupérer ce fameux paquet de chamallows, je dus gagner tout ça au prix de la vérité. Je relevai les mains derrière son cou, attirai son oreille plus près, et inspirai.

— D'autre part, dis-je, à cause de toi.

Chapitre 25

Le lendemain midi, lorsque Jean et les enfants revinrent, O'Connor et moi avions passé de longues heures entortillés dans les draps de sa caravane, étions rentrés traire des chèvres contrariées, et avions accompli les corvées de ferme d'une matinée. Alors que la Mercedes de Russ montait l'allée en gravier dans un bruit de ferraille, nous prîmes la pose sur le perron avant aussi innocemment que nous le pouvions. Les enfants disparurent dans le jardin après un bonjour rapide, mais Jean resta sur le perron à démêler les cannes à pêche pendant que Russ déchargeait la voiture. Elle ne cessait de nous observer, et quand Russ apparut pour annoncer qu'il était si sale qu'il lui faudrait trois douches d'affilée, Jean esquissa un geste dans notre direction et lui dit :

— Tu me dois cinquante dollars.

— Pourquoi ? s'étonna-t-il.

— Libby et O'Connor, dit-elle, en agitant la main vers nous deux. Ça a marché.

— Oh, dit Russ. Vraiment ?

— Tu ne le vois pas ? Regarde-les.

Et il fut facile de voir que Russ le devina une fois qu'il nous eut examinés. Certaines choses, comme être heureux, sont difficiles à cacher.

— Qu'est-ce que vous voulez dire ? demandai-je alors.

— On avait fait un pari sur vous, expliqua Russ. Jean pensait que vous étiez faits l'un pour l'autre, et nous avons parié cinquante dollars là-dessus.

— Tu as parié contre elle ? demanda O'Connor.

Je jetai un coup d'œil à Russ.

— Est-ce que ça signifie que tu ne nous pensais pas faits l'un pour l'autre ?

— Si, en fait, dit Russ. Mais Jean aime que je m'oppose à elle, alors j'essaie de faire plaisir quand je peux.

Je passai en revue toutes les fois où Jean avait forcé O'Connor à faire le trajet avec moi au marché des fermiers.

— Est-ce que tout ça était un coup monté ? demandai-je. Tous ces samedis ?

— Pas tout, dit Jean, l'air satisfaite d'elle-même. La porte de frigo cassée ? Tu ne peux pas gober un piège pareil.

— Mais, dis-je, tu nous *piégeais* ?

— Aussi souvent que possible, dit-elle avec un petit hochement de tête.

Je regardai O'Connor avec incrédulité, et il se mit à rire.

— Est-ce que vous pouvez m'en vouloir ? demanda Jean.

Russ comptait les billets dans son portefeuille.

— Cinquante dollars, dit-il à Jean. Tu peux m'offrir un steak.

Il ne restait alors rien d'autre à faire qu'aller m'asseoir près d'O'Connor. Il passa son bras autour de moi tandis que Jean raccompagnait Russ à sa voiture pour lui dire au revoir, et ils marchèrent bras dessus bras dessous, les chèvres sur les talons. Alors que je reportais mon attention vers les enfants sur les balançoires en pneus, puis vers les deux meutes de chiens qui se prélassaient non loin d'eux, puis vers l'un des chatons qui pourchassait Dubbie le coq, puis vers l'herbe haute qui ondulait dans le vent, mon esprit prit du recul pour voir l'ensemble à grande distance. Ça paraissait si clair à présent – la façon dont nous étions tous connectés, la façon dont *ensemble* et *séparé* se repoussaient et s'attiraient, la façon dont vous deviez perdre une chose pour en trouver une autre. Je ne pouvais m'empêcher de penser à Danny, et comment sa perte nous avait conduits ici. Et je savais qu'il n'existait aucun endroit où j'aurais préféré me trouver. Peut-être cela ne durerait-il pas. Peut-être les choses ne seraient-elles pas toujours exactement les mêmes. Peut-être qu'O'Connor et moi étions faits l'un pour l'autre, ou peut-être pas. Peut-être que Tank grandirait pour diriger la ferme à chèvres, et peut-être qu'Abby grandirait pour diriger le pays. Peut-être que Sunshine et Marshall grandiraient, eux aussi, et resteraient ensemble, et auraient dix petits-enfants gothiques vêtus de tee-shirts avec des crânes. Peut-être que Pissfroc Gaveski apprendrait à regretter toute sa méchanceté, ou peut-être qu'il passerait sa vie à se demander ce qui ne tournait pas rond chez tous les autres, exactement comme ma mère. Et peut-être que Jean vivrait pour être centenaire, et que nous finirions par passer beaucoup plus d'années ensemble que nous n'en avions passé séparées. Peut-être qu'elle écrirait un livre de recettes à succès à base de bœuf et de beurre, et participerait à l'émission *Today* en salopette. Ou, plus probablement, peut-être que nous ne rattraperions jamais vraiment toutes les années que nous avions perdues.

Tout était possible. Tout était incertain. Mais j'étais persuadée d'une chose : j'avais déjà rebondi, et je le ferais encore, et encore, et encore. Parce que c'est le seul choix qu'il y ait. Et pour toutes les choses qu'il me restait à perdre, il m'en restait autant à trouver.

Remerciements

Pour mon premier livre, j'ai remercié à peu près toutes les personnes que j'ai pu rencontrer. Cette fois, je fais plus simple. Mais, croyez-moi, je pourrais écrire un livre de mercis.

Il faut que je remercie mes amis Christian et Lisa Seger à la Blue Heron Farm qui m'ont accueillie de si nombreuses fois, laissée passer du temps en compagnie de leurs chèvres et manger leur incomparable fromage. Leur paisible vie à la campagne a été source d'inspiration, et je leur suis extrêmement reconnaissante d'avoir bien voulu la partager avec moi. Toute ma gratitude également à l'adorable Gene Graham pour m'avoir laissée passer du temps et écrire dans sa somptueuse maison, au milieu des collines du Texas.

Je remercie sincèrement mon merveilleux agent, Helen Breitwieser : j'ai tellement de chance de pouvoir compter sur son aide et ses conseils. Et je suis éblouie par les interventions avisées que ma relectrice, Jen Smith, a effectuées sur ce manuscrit au fil de ses versions successives.

Comme toujours, je suis aussi reconnaissante envers ma famille : mon fabuleux mari, Gordon, et mon incroyable mère, Deborah Detering, se partagent ma première dédicace pour m'avoir encouragée, avoir lu mes brouillons, gardé mes enfants, écouté mes inquiétudes, et avoir toujours, toujours fait leur possible pour m'aider à écrire. J'ai une chance inouïe d'être entourée par deux êtres aussi sensationnels, et il ne se passe pas une minute sans que j'en sois consciente. De grands mercis, également, à mes sœurs, Shelley Stein et Lizzie Fletcher, pour leurs encouragements, et à mon père, Bill Pannill, un ninja de la correction, qui a toujours eu un faible pour les mots, la langue et la grammaire. Et bien sûr, bien sûr : à mes enfants, Anna et Thomas, qui sont les personnes les plus agréables, les plus mignonnes, les plus gentilles que j'aurais pu un jour rêver de connaître.

Achevé d'imprimer en décembre 2020
Par CPI Brodard & Taupin à La Flèche
N° d'impression : 3041069
Dépôt légal : janvier 2021
Imprimé en France
38122018-1